# 等待

Waiting

哈金

Ha Jin

金亮·譯

# 目錄

# 十五周年中文版序

《等待》的故事核心是眞人眞事。一九八二年秋天我和太太麗莎一起回曲阜鄉下看望她父母；一天晚飯後散步，遠遠地看見一位軍醫。他個子挺高，皮膚白淨，戴著黑框眼鏡。麗莎指著他對我說：「那人的元配住在鄉下，是小腳。他一直要跟她離婚，離了十八年總算離成了，可是他跟現在的妻子關係並不好，結婚後常吵架。」

我當時開玩笑說這是很好的愛情小說題材。雖然那樣說，我並沒想到會寫它。我那時正在山東大學讀研究生，課業十分緊，將來打算做美國文學的研究工作，至多會翻譯些美國作品。

後來到美國讀博士，一九九三年畢業後找到一份教詩歌寫作的工作。雖然我的第一本詩集出版得很順利，我第二本詩集《面對陰影》卻無法出版，因爲第一本賣得不好。手稿送至無數家出版社，但都被拒絕。最後，我把它寄給一家叫「三個大陸」的獨立出版社，他們喜歡這些詩，也願意出版，但該社出版的國際作家系列的書都包括兩種文體，就是說我必須給他們一百頁小說或戲劇，好跟我的詩作爲一本書出版。當時我手裡沒有小說，死逼無奈就於一九九五年寒假期間動筆寫一個名叫《等待》的中篇。一共寫了一百零四頁，寫完後寄給了三個大陸。編輯看完後，同意接受，但我心裡不痛快，知道這個故事應該寫成長篇。

幸虧後來紐約一家叫「悠著來」的獨立出版社接受了我的詩稿，同意《面對陰影》單獨出書。這樣，我就把《等待》那個中篇撤了回來，開始擴充它，要寫成一個長篇。但這個過程很麻煩——每回加上一章，故事整體結構就會出現不對稱，我就得在別的地方再加上一節或一章。這樣不斷重覆，直到整個小說結構達到了均衡。細心的讀者會發現《等待》共有三部，每一部都由十二章組成，再加上那個序言，它們構成一個條理清晰的整體。這個經歷教給我了一個道理：故事往往有自己內在的結構，而作家的任務不過是充分把這個結構給挖掘出來。

有三本小說對《等待》影響很大：《安娜．卡列尼娜》、《包法利夫人》和《父與子》，就是說《等待》在風格和情致上多少延續了歐洲優秀的愛情小說傳統。最初，我並沒寫鄉下生活，但《安娜．卡列尼娜》中那些有關列文的章節給了我啓示——我意識到可以把故事放開，延伸到不同地域。至於木基市，它是以佳木斯市爲背景虛構的，因爲故事需要一所軍醫院，而佳木斯市並沒有軍醫院。我還把故事從山東移到東北，主要是由於對黑龍江那邊的環境比較熟悉，寫起來會更有信心。

其實，寫作的過程有不少坎坷。開始我一直在想這個問題：孔林等了十八年爲什麼還不了解自己心愛的女人？寫著寫著我漸漸明白了：他並沒有眞正愛過，而且由於漫長的等待，他被壓抑得逐漸喪失了愛的本能。我也清楚社會環境在這個悲劇中的作用，就是革命要求把個人的身心中的全部能量都用於集體的事業上去，不留給個人感情發展的空間。但寫完幾稿後，我信心開始動搖，看不出來這個故事對西方讀者有什麼意義。我的文學研究是現代英美詩歌，我知道普世性是文學的基本準則。如果故事只對中國讀者有意義，就沒有普世性，就很難成爲文學。所以，有三四個月我停筆不寫了，弄不清這個故事有什麼普世意義。直到有一天我在一個心理學家做的訪談中讀到這樣一個插曲：一個白人主婦抱怨說她在美國海軍服役的丈夫不愛她，冷得像條魚。心理學家問是不是她丈夫有外遇。那位夫人說，「我倒希望他能有外遇，那樣就可以證明他能愛女人。」

我恍然大悟，意識到原來美國也有這樣的男人，人品個性都挺好，就是不會全心全意地投入愛情。這樣我又找回了信心，就繼續把《等待》做完了。書出版後，我曾收到一位美國女讀者的信，說自己就像孔林，就是不能全心全意地去愛。看來孔林的困境不僅僅於男性。《等待》也受到印度讀者的歡迎。有段時間我常收到印度讀者的信。我曾問一位印度朋友爲什麼印度人對這個小說感興趣，他說是因爲印度很多男人有過類似的感情壓抑。也就是說，孔林的創傷並不一定都是社會環境造成的，其中也有一些個人本身的因素。而這些內在的因素使故事能夠在更多人的內心中產生共鳴，也給了《等待》更多的生命力。

中文的《等待》已經出版十五年了，令人欣慰的是它仍擁有許多讀者。但願它青春常在。

哈金於二〇一四年，秋

獻給

唯一相伴的麗莎

# 序

每年夏天，孔林都回到鵝莊同妻子淑玉離婚。他們一起跑了好多趟吳家鎮的法院，但是當法官問淑玉是否願意離婚時，她總是在最後關頭改了主意。年復一年，他們到吳家鎮去離婚，每次都拿著同一張結婚證回來。那是二十年前縣結婚登記處發給的結婚證。

孔林在木基市的一所部隊醫院當醫生。今年夏天，醫院領導又給他新開了一封建議離婚的介紹信。孔林拿著這封信回鄉探親，打算再一次領妻子到法院，結束他們的婚姻，孔林對在醫院的女朋友吳曼娜保證，這次他一定要讓淑玉在同意離婚後不再反悔。

孔林是幹部，每年有十二天的假期。回一趟鄉下要在兩個鎮上換火車、倒汽車，來回路上就要用去兩天，他在家裡只能待十天。今年休假前，他曾盤算，回了家會有足夠的時間實行他的計劃。現在，一個星期過去了，他對妻子一個字也沒提離婚的事。每次話到嘴邊，又想嚥到第二天再說。

他們家的土坯房二十年沒變樣。茅草屋頂，四間正房。三扇朝南的方窗，窗框漆成天藍色。孔林站在院子裡，面向南牆，翻弄著他曬在柴禾垛上幾本發黴的書。他想：不用說，淑玉根本不知道怎麼愛惜這些書。我也用不著它們了，也許該送給侄子們。

他身旁雞鵝成群，雞昂頭闊步地走著，鵝卻搖搖擺擺。幾隻小雞崽從圍住小菜畦的籬笆縫裡鑽進鑽出。菜畦的木架上爬著豆角和黃瓜，茄子彎得像牛角，壯碩的生菜蓋住了壟溝。除了雞鵝，他妻子還養了兩頭豬和一頭奶羊。菜畦的西頭是豬圈，肥豬在裡面哼個不停。起出的圈肥堆在豬圈牆邊，等著用車拉到自家地裡。地頭有個化糞池，豬圈肥要在裡面高溫焐上兩個月，再撒到地裡。空氣中飄蕩著豬飼料中酒糟冒出的味道。孔林別的不討厭，就是受不了這股酸味。淑玉在做飯，灶屋傳來風箱的喘息。孔林家院子南頭，榆樹和樺樹的傘遮住了隔壁人家的茅草泥瓦屋頂。從那邊不時傳來鄰家的狗吠聲。

翻弄完書，孔林走出前面的院牆。院牆有一米高，牆頭粘滿酸棗刺的枝椏。他一雙手拿著他的高中時用過的捲了邊的俄語字典。他無事可幹，坐在自家的磨盤上，翻著這本老舊的字典。他還記得幾個俄語單詞，想用它們造一兩個短句，卻想不起準確變格的語法規則。沒辦法，他只好任由字典待在腿上，紙頁在微風中抖動。他抬眼看著遠處的田間，村民們在鋤土豆。地太廣闊了，村民們把一竿紅旗插在田地的中央，誰先到那裡就可以喘口氣。孔林被這景象迷住了，但是他十六歲就離開村子到吳家鎮上高中，不知道怎麼幹農活。

路上出現一輛牛車，上面高高垛著成捆的穀子秸，隨著牛車左右搖晃。拉套的是頭小母牛，後腿有點兒瘸。孔林看見女兒孔華和另外一位姑娘坐在車頂上，快被蓬鬆的穀秸埋起來了。兩個女孩子又唱又笑。趕車的把式是個老頭，頭戴藍嘰帽子，嘴裡咬著菸袋，用短鞭輕戳駕轅小公牛的屁股。牛車的兩隻包了鐵皮的輪子在坑坑窪窪的路上發出有節奏的吱吱聲。

牛車在孔林家的門口停住，孔華扔下一只粗大的麻袋，自己也跳了下來。「楊大叔，謝謝啦。」她衝車把式說了一聲，又向車頂上的胖姑娘招招手說，「晚上見。」然後她開始撣掉黏在上衣和褲子上的草刺兒。

老頭和胖姑娘都看見了孔林，衝他笑笑，但沒說話。孔林模糊記得這位車把式是誰，但是不知道那閨女是誰家的。他清楚，他們同他打招呼並沒有鄉間的親熱勁兒。老頭並沒有喊：「活計，咋[1]樣啊？」女孩子也沒有說聲：「大叔好嗎？」孔林想這可能因爲他穿了軍裝。

「麻袋裡裝的啥？」他從磨盤上站起來，問女兒。

「桑葉，」她說。

「餵蠶的？」

「嗯。」孔華看起來不太情願同爸爸說話。她在屋後的三只大柳條筐裡養了些蠶。

「沉不？」他問。

「不沉。」

「要我幫一把嗎？」孔林希望她在進屋前，能同他多說幾句話。

「不用，我自己能揹。」

她用兩隻手把大麻袋掄到肩上，一雙圓眼睛在爸爸的臉上盯了一會兒，輕快地走開了。他注意到女兒手腕曬脫了皮，露出點點嫩肉。她長得多高多壯啊，一看就是把幹農

1 咋：北方口語，同怎麼之意。

活的好手。
她盯著他看的目光再一次讓他不舒服。他不明白她氣呼呼的是否是因爲他要同她母親離婚。他覺得這不太可能，因爲他今年還沒提離婚這件事兒。想到和自己的女兒有了隔膜，他很不痛快。小時候，她跟他那麼好，每次探家，他們經常在一起玩耍。長大了，她變得沉默寡言，同父親有了距離。現在她甚至多餘的話一句也不同他說，最多衝他笑笑。他很困惑，她眞的恨他嗎？她已經長成大姑娘了，過幾年就會出嫁，不再需要自己這個老頭了。
事實上，在他這個年紀，孔林看上去相當年輕。他快五十歲了，外表並不像個中年人。雖然穿了軍裝，他看起來更像個地方上的幹部，不像個軍官。他白白淨淨，細嫩英俊，筆直的鼻子上架著副黑邊眼鏡。相比之下，他的妻子淑玉又瘦又小，而且還十分老相。細胳膊細腿地撐不起衣服，穿在身上永遠晃晃蕩蕩。除此之外，她裹著小腳，有時打著黑色的綁腿。她的頭髮挽成素髻，使臉顯得更憔悴。她的嘴唇有些塌陷，但黑眼睛卻輕揚靈活，並不難看。無論從哪方面說，這對夫妻都不相配。
「淑玉，咱們嘮嘮離婚的事兒好嗎？」晚飯後，孔林問妻子。孔華剛走，去找朋友復習功課了。她想考哈爾濱的一所技校。
「行啊，」妻子平靜地說。
「咱明天上縣裡？」

「行啊。」

「你總是說『行啊』，可事後又變卦。咱這次能不變嗎？」

她不吱聲了。他們從不吵架，她總是聽他的。「淑玉，」他繼續說，「你知道，我在部隊上需要有個家。我一個人日子過得很苦，我不是年輕人了。」

她點點頭，沒說話。

「你這次能跟法官說你答應離婚嗎？」他問。

「行啊。」

屋裡又靜下來。他拾起縣裡的報紙《鄉村建設》，接著看下去，手指輕輕地敲著桌面。

淑玉在給女兒作衣服，用剪子和畫粉在裁剪一塊黑燈芯絨。從紙糊的房頂上垂下一只二十五瓦的燈泡，兩隻黃色的蛾子在圍著燈泡打轉。白牆上，燈繩的影子割開了一張年畫。年畫上，一個光著身子的胖小子穿著紅色兜肚，騎在滾滾波濤中的一條大鯉魚上。兩床疊好的棉被和三個深色的枕頭放在鋪著席子的炕上，活像幾個巨大的麵包。村南頭水塘裡傳來蛙叫，蟬鳴穿過紗窗，透進屋來。有人在生產隊部敲鐘，招喚社員們去開會。

二十一年前，也就是一九六二年，孔林還是瀋陽軍醫學院的學生。那年夏天，他接到父親的來信。信上說，母親病重，房子失修，父親在公社幹活，沒有時間照料。父親想要孔林盡快結婚，討個老婆好照顧母親。孔林很孝順，同意讓父母給他找一房媳婦。

他們請了一個上了年紀的媒人，尋了一個月，相中了劉家的大閨女。劉家剛從羅溝縣搬到鵝莊。因爲孔林在念大學，不久就能當上醫生和軍官，淑玉的父母也沒要彩禮，很高興能把女兒嫁給他。孔林的父母給他寄了一張淑玉的黑白照片，他就答應了這門婚事，覺得她是個模樣周正的正當姑娘。她那年二十六，只比他小一歲。

但是，當他冬天回家，看到未婚妻的時候，心裡涼了半截——她看上去那麼老，好像已經四十多歲，臉上有皺紋、手像硬皮革那樣粗糙。更有甚者，她的一隻腳像只有四寸多長。現在已經是新社會了，誰還會看上一個裹小腳的女人？他跟父母爭辯，勸他們退掉這門婚事。但是他們死活不同意，反說他不懂事。退婚也得拿出證據，證明人家淑玉不配當媳婦呀。要是他們這樣做了，得讓全村人罵死。

「模樣俊能餵飽肚子？」父親搭拉著臉問。

「兒啊，」母親在病床上說，「好看的臉蛋過幾年就黃了。性情好才靠得住。淑玉會是你的好幫手。」

「你怎麼知道？」孔林問。

「娘心裡有數。」

父親說，

「你上哪找心眼兒這麼好的閨女去？」

「兒啊，」母親哀求說，「娘知道你娶了她，死也安心了。」

孔林向父母讓了步。儘管他接受淑玉是他的新娘，但他認定她絕對上不得檯面，帶不出村去。從第二年夏天結婚之後，二十年來，他從不讓她到部隊醫院去探親。後來，他們唯一的女兒出生了，他開始睡在另一間屋裡，他同她分房十七年了。每年回鄉探親，他都睡在自己的屋裡。他不愛她，也不討厭她，待她像個表親。

如今，他父母早已故去，女兒孔華也中學畢業了。他尋思著，這個家已經不需要他來支持，他該去開始自己的生活了。無論如何他應該把自己從這沒有愛情的婚姻中解放出來。

第二天一早，村裡的拖拉機要到吳家鎮為新磨坊去拉電動馬達，孔林和淑玉就搭車去縣城。同車的還有淑玉的弟弟本生。本生是生產隊的會計，他已經聽說了他們要到法院去離婚。十多年來，每年夏天本生都要隨他們一道去法院。從一開始孔林就明白，雖然本生在法院裡一言不發，但就是他指使淑玉在最後關頭改變主意。兩個男人坐在拖拉機拖斗裡，背靠車幫，表面挺和氣。倆人平靜地抽著孔林的「光榮」牌香煙。

吳家鎮在鵝莊以西五十多里。道路兩旁，許多麥田已經收割了，麥捆和穀捆堆得像望不到邊的小墳頭。幾輛馬車停在田裡，社員們在裝車，草叉上的尖齒在陽光下閃亮。拖拉機駛過一片草地，幾頭奶牛在吃草，牛犢在撒歡。北面橫躺著松花江，江面寬闊如湖。一條褐色汽船拖著黑煙向東爬行。一對鵜鶘在水上翻飛，跳動在地平線上。

拖拉機在鋪滿車轍的路上慢慢顛簸。五十多里路走了一半，孔林感到腰疼。這在過去的年月裡從沒有發生過。我老了，他自語著。離婚的事不能永遠拖下去。這次我一定在法官面前據理力爭，了結這件事。

快到縣城，一隊運磚的馬車擋住了路，拖拉機跟在後面，慢得同人走路差不多。本生和外號叫大蜻蜓的司機耐不住，開始罵罵咧咧。走到縣城中心足足用了半個鐘頭。這天是趕集的日子，中街兩旁的人行道上全是商販。他們賣雞鴨、蔬菜、水果、雞蛋、活魚、豬崽、衣服。到處是柳條筐、雞籠、油罐子、魚盆和水桶。一個賣哨子的禿頂男人在吹哨子，哨音劃破空氣，刺痛人們的耳膜。西瓜攤前的幾個姑娘抽著自己捲的菸捲，大聲吆喝著，一邊用鵝毛扇轟著蒼蠅。

拖拉機司機把乘客撂在黑磚牆的法院前面。法院在中街的西頭，新華書店的對面。大蜻蜓隨後開向修理廠去取馬達。

離婚在鄉下很少見。法院一年大概處理十多件離婚案子，只有兩三對夫妻能離成婚。絕大多數的案子是由法院幫助夫妻調解問題，讓他們重歸於好。

法官是個五十多歲的胖子，身穿警服。他一見到孔林和淑玉就作了個鬼臉說，「又來了？」他搖搖頭，向法庭後面的一個女警察招招手，讓她到前面來作筆錄。

等每個人都坐下之後，孔林走到法官面前，把醫院的介紹信遞給他。

法官根據程序讓孔林向法庭陳述他的案子。孔林坐著說，「我們之間沒有愛情，所以我們申請離婚。法官同志，不要認爲我是個沒良心的人。我妻子和我已經分居了十七年，我一直對她很好，而且……」

「咱們先說清楚，」法官打斷他。「你說『我們申請離婚』，但是介紹信上只提到你的名字。你妻子也申請離婚嗎？」

「對不起。她沒有。我自己申請離婚。」

法官清楚他們的案子，知道孔林一直和木基市的一個女人相好，所以懶得再問他什麼。他轉向淑玉問，她丈夫的話是不是眞的。

她點點頭，「是」字幾乎聽不清。

「你們倆已經十七年沒在一塊睡覺了？」法官問。

她搖搖頭。

「有還是沒有？」

「沒有」。

「你同意離婚嗎？」

她沒有回答，眼睛盯著地板上翹曲的寬大的木板。孔林盯著她，心想，快點，說是啊。

足有一分多鐘，她一聲不吭。法官耐心地等著，搖著一把大扇子，扇面上畫著一隻老虎，張著血盆大口，引頸長嘯。他對她說，「好好想想，別匆忙決定。」

她的弟弟舉起手，法官讓他發言。

本生站起來說，「孫法官，我姐是個不識字的家庭婦女，自己說不清楚，可我知道她的心思。」

「那就跟我們說說。」

「孔林這樣對她太不公道。她在他們老孔家生活了二十多年，像頭啞巴牲口一樣伺候他們。她伺候他那個病老娘，直到老太太死。再往後，他爹也病了，她伺候老頭兒三年，從沒讓他起過褥瘡。他爹死了以後，她一個人拉扯大他們的閨女。她的男人還活著，可她像個寡婦一樣忙裡忙外。她過的苦日子全村人都看得見，誰不這樣說？但是這麼些年了，他孔林在木基市養著另一個女人，一個姘頭。這太不公道。他不能把一個活人，他的老婆，當作一件衣裳，穿舊了就丟掉。」本生坐下，臉發紅，直喘粗氣，眼含淚光。

他的話讓孔林羞愧。孔林沒有爭辯，看著妻子在擦眼淚。他沉默著。

法官揮手合上老虎扇子，在另一雙手心裡敲了一下。他一拳頭捶在桌子上，激起塵土，縷縷黃色的煙塵在陽光中飄蕩。他指著孔林的臉說，「孔林同志，你是一個革命軍人，應該是我們老百姓的榜樣。你算什麼榜樣呢？一個拋棄家庭的人，喜新厭舊，花心花腸子，一言一行都對感情不專一。你妻子像磨盤上的驢一樣照管你的家。過了這麼多年，你要卸磨殺驢了。這是不道德和可恥的，絕對不能容忍。你說，你還有良心嗎？你配這身綠軍裝和軍帽上的紅五星嗎？」

「我、我一直照管我的家庭。我一個月給她四十塊錢。你不能說我……」

「本庭駁回你的離婚申請。結案休庭。」

沒等孔林再辯解，矬子法官站起來，朝邊門裡的廁所走去。他扭著肥大的屁股，地板在腳下咯吱作響。他的法官帽還擺在桌子上。女警察看著他的背影，嘴上浮起淡淡的笑容。

中午了，外面的太陽火辣辣的。許多人已經離開了集市，街上的人少多了。遠處傳來有氣無力的馬車鈴鐺聲。路邊有幾個女孩子，唱著兒歌，在跳皮筋。石子路的街道在炎熱的陽光下泛著白光，有幾處積存著坑坑窪窪的雨水。孔林看到一位年輕婦女在賣頭繩，停下來想給孔華買一副，但他不知道女兒喜歡什麼顏色。淑玉告訴他「粉色的」。他花了五毛錢買了兩條絲綢頭繩。

他們一起走進街角上的「朝陽飯館」。這是一個主要賣麵食的小飯鋪。他們揀了張靠窗的桌子坐下。橡木的桌面看上去油糊糊的，中央還有幾個灰色的圓圈印子。裝筷子的玻璃罐子的邊沿上，一隻瓢蟲正在爬行，它的翅膀時而有意地相互磨擦，時而旋轉起來，像一對裝上小馬達的刀片。一個女服務員走過來，像老熟人一樣親切地打招呼，「中午吃點什麼？我們有麵條、牛肉餡餅、韭菜盒子、糖包和油條。」

孔林叫了一盤涼菜——茴香豬肝和豬心，還有四碗麵。兩碗給他的小舅子，淑玉和他各人一碗。涼菜很快上來了，然後是熱騰騰的麵條。麵條上澆著勾芡的肉鹵，裡面有肉末、青豆、大蔥、香菜和蛋花。淑玉用筷子調麵，一滴鹵濺在她的左手腕上。她抬起手腕，舔了舔。

他們安靜地吃著。孔林什麼也不想說，他的心麻木了。走出法院的時候，他想恨他的小舅子，但是他已經沒有力氣調動起強烈的感情了。

本生吃完了一碗麵，打破了沉默。他對孔林說，「大哥，甭把我在法院說的話往心裡去。淑玉是我姐，我得那麼做啊。」他嚼著一塊豬心，小眼睛閃閃發光。

「我明白。」孔林說。

「你不記恨？」

「不。」

「咱還是一家人？」

「嗯。」

淑玉微笑了，開始大口吸著麵條。孔林搖搖頭，歎了口氣。

拖拉機司機大蜻蜓原來說好在郵局附近的路口等他們，但是他們吃完飯到了那裡，連拖拉機的影子也沒看見。大蜻蜓肯定已經回家了。他們只得步行三里多地，到「綠園旅館」門前搭公共汽車。本生罵了大蜻蜓一路。

吳曼娜同孔林相愛已經好多年了，她仍然等著他同妻子離婚，然後他們才能結合。

一年又一年，他回家去想辦法離婚，但從未成功。今年，吳曼娜也沒有抱多大希望。根據部隊醫院的王政委在一九五八年冬天制訂的規定：只有分居十八年後，部隊幹部才可以不經妻子同意，單方面離婚。王政委在第二年的夏天就死於肝炎，但是二十五年來，這條規定得到嚴格的執行。

到了一九八三年，孔林和他的妻子已經分居十七年了。所以，不管淑玉是否同意，孔林明年就能離婚。這就是爲什麼吳曼娜確定他這次不會下多大勁兒。她了解他的思路：他永遠只揀容易的道兒走。

從鄉下回來的第二天，孔林來到吳曼娜的宿舍告訴她法院的裁定。她木然地回答，「你走之前，我就知道你離不成。」

他雙手圈起膝蓋，對她說，「別難過。我眞的盡了力。」

「我沒難過。」

「別這樣。明年我就能同她離婚，她不同意也沒有用。咱們就再等一年，好嗎？」

「再等一年，」她抬高了嗓門。「你一輩子能有幾個一年？」

他用手托著下巴，沉默了一會兒，然後說，「不管怎麼樣，我們已經等了這麼多年。只剩一年了。」

她仰起臉看著他。「林，看著我。我是不是變成老太婆了？」

「不，你不老。不要自尋煩惱。」

是的，她並不老，四十歲剛出頭。她的臉有了幾條皺紋，眼睛雖然有點分得太開，但仍然明亮有神。她雖然有了點白頭髮，身材卻滿好，修長苗條。從後面看去，人們很容易會以爲她只有三十歲。

門開了，和吳曼娜同房間的護士小許哼著流行歌曲〈太陽島上〉走了進來。小許床的對面就是吳曼娜的床。她看見孔林坐在自己的床沿上，伸伸舌頭，作了個不好意思的鬼臉，說「對不起，打擾了。」

孔林說，「占了你的地方，我該對不起你。」

「沒關係。」小許走到自己的床頭櫃前，拿出一個大番茄。她匆忙走出去，又哼起了那首歌。

孔林站起來，關上門。接下來是沉默，彷彿倆人誰也不願意再說什麼。

吳曼娜的黃瓷臉盆放在屋角的臉盆架上，他開始在臉盆裡洗手。他把幾捧水撩在臉上，對她說，「我得去上班。咱們今天晚上見，好嗎？」他用她的白毛巾擦了擦臉。

她點點頭，沒說話。

他們倆都在醫院的內科工作，孔林是醫生，吳曼娜是護士長。雖然他們是大家公認的一對兒，但是他們不能住在一起，只能在食堂的同一張桌子上吃飯，在醫院的院子裡一道散步。醫院的規定禁止本院的一男一女在醫院外面走在一起，除非是已婚或者訂婚的同志。一九六四年，醫院的一位護士被她的醫助男友弄大了肚子，從那以後，這條規定執行了十九年。這位護士懷了孕，被人發現後，他們供認曾經在醫院東面的樺樹林裡幽會了幾次。兩個人都被部隊開除，男的回吉林老家的村子裡當醫生，女的被分配到營口市，在一個罐頭食品廠包裝水產品。醫院黨委作出了這項規定：兩位異性同志，除非已婚或者訂婚者，不得在醫院大院的外面一起出現。

這條規定在當時對許多護士都是沉重的打擊，因爲醫院裡未婚的男軍官們怕被處罰，很快瞄準了城裡和附近村子裡的姑娘們。大多數護士都對此不滿，但是這項規定嚴格實行了十九年。每當有人犯規，領導都要批評。因爲孔林已經結婚，吳曼娜又不能成爲他的未婚妻，所以他們不可能在醫院大院外面一起散步。如今，經過了這麼多年的嚴格限制，他們對此已經習慣了。

# 第一部

# 1

一九六三年底，孔林從軍事醫學院畢業，來到木基市的這所醫院作醫生。當時，部隊醫院開辦了一個規模不大的護士學校，學制爲一年四個月，專門爲東北和內蒙地區的部隊培養護士。一九六四年秋天，吳曼娜進護校上學，孔林當時在那裡教授解剖學。她是個生機勃勃的姑娘，在醫院的排球隊打排球。吳曼娜的同學大多數是中學或者高中畢業生，只有她已經在海防部隊的一個陸軍師裡當了三年話務員。她比她們年齡都大。因爲護校裡的學員百分之九十五都是女的，木基市駐軍的許多年輕軍官周末都愛往這裡跑。

雖然這些姑娘還是士兵，不允許交男朋友，這些軍官多數都想在這些學員中找個女朋友或是未婚妻。他們對她們感興趣是出於一個不可告人、只能藏在心裡的原因：她們都是「好姑娘」。這個詞的意思是她們都是處女，否則參不了軍。每個應徵的姑娘都要經過體檢，處女膜破裂的部隊不要。

一個夏天的星期天下午，吳曼娜一人在宿舍的水房洗衣服。一個身材適中勻稱、臉上有幾粒雀斑的中尉走了進來。他沒戴軍帽，風紀扣也沒繫，敞著衣領，露出突出的喉結。他站在她身邊，抬起一隻腳，放在水磨石的水槽裡。自來水沖在他的黑塑膠涼鞋上濺起一片水花。他沖完了左腳，又開始沖右腳。吳曼娜看著他沒完沒了地洗腳，有點好笑。他的呼吸中有酒氣。

他回過頭來咧嘴一笑，她也報以微笑。倆人慢慢聊了起來。他說他是木基軍分區司令部無線電站的台長，也是護校彭教員的朋友。他一邊說話，手一邊比劃著。他問她老家在哪兒，她說在山東。吳曼娜沒有告訴他，她三歲時父母在西藏死於車禍，她其實是一個沒有家鄉的孤兒。

「你叫什麼名字？」他問。

「吳曼娜。」

「我叫董邁，上海來的。」

短暫的沉默。她覺得臉有點發燒，趕忙接著洗衣服。他卻好像談興未盡。

「認識你真高興，吳曼娜同志。」他突然說，伸出一隻手。

她揚揚手，讓他看看手掌上的肥皂沫。「對不起。」她頑皮地一笑。

「隨便問問，你覺得木基怎麼樣？」他說著在衣襟上擦擦濕手。

「還可以。」

「真的？氣候也還可以？」

「是啊。」

「冬天不太冷？」還沒等她回答，他繼續說，「當然，夏天還可以。那麼……」

「你幹嘛一雙腳要洗八九遍？」她咯咯笑著。

「哦，是嗎？」他似乎有點不知所措，低頭看看腳。

「涼鞋很漂亮嘛。」她說。

「我表妹從上海寄來的。唉，你多大了？」他呲牙一笑。

她沒想到他會問這個，看了他一會兒，又轉過頭，臉紅了。

他大方地微笑著，「我是說，你有對象了嗎？」

她又是一楞。她還不知道怎麼回答好，一個女兵拎著桶來打水，他們的談話只好中斷。

一個星期以後，她收到了董邁寄來的一封信。他反覆道歉說，那天在水房打攪了她，而且自己衣冠不整，不像個軍官的樣子。他問了她那麼多令人難堪的問題，她一定以為他是個二百五。那天他有點反常。他請求她的原諒。她寫了回信，說他並沒有得罪她。相反，自己很開心。她欣賞他的坦率和自然。

兩個人都是二十多歲，誰也沒有談過戀愛。很快他們就開始每個星期書信傳情。兩個月內，他們開始周末在電影院、公園和河邊約會。木基有大約二十五萬人口，董邁討厭這個城市。他害怕這裡嚴酷的冬天和從西伯利亞颳過來的裹夾著漫天雪塵的北風。天寒時節永遠籠罩著天空的塵霧使他長期咽喉疼痛。他收發電報的工作毀壞了他的眼睛。他心情不快，牢騷滿腹。

吳曼娜用好言好語安慰他。他的本性軟弱溫和。有時候她覺得他就像個需要一個姐姐或母親疼愛的小孩。

秋天，一個星期六的下午，他們在勝利公園見面。他們並肩坐在湖邊的垂柳下看著一群孩子在對岸放一只大風箏。這是一條紙紮的蜈蚣，在空中爬上爬下。在他們右邊，大約三十多米開外，一頭驢拴在樹上，不時甩著尾巴。驢的主人躺在草地上打盹，臉上蓋著一頂綠色的帽子遮擋蒼蠅。楓樹籽飄下來，在微風中打轉。董邁偷偷地伸出手，摟住吳曼娜的肩，然把她拉到懷裡，想親她的嘴唇。

「你幹什麼？」她尖叫著跳起來。她猛烈的動作嚇跑了水裡的野鴨和鵝。她不明白他想幹什麼，以爲他要耍流氓。她記不起來曾經被任何人親吻過。

他慌了神，嘟囔著，「我沒想到你這麼生氣。」

「以後不准這樣！」

「好吧，我不這樣了。」他不高興地扭過身，往草地上吐唾沫。

從那以後，她雖然不再責罵他，但是堅決地抗拒他的進攻。她的道德和名譽感阻止她屈從於他的欲望。她的拒絕反而點燃了他的激情。他不久告訴她，他對她晝思夜想，眼前總是有她的身影出現。有時候在夜裡，他會腰上別著五一式手槍在軍分區司令部的大院裡遊蕩幾個小時。上天才知道他多麼想念她，夜裡輾轉反側，不能成眠。就在她從護校畢業的兩個月前，他出於絕望向她求婚，要她立刻嫁給他。

雖然她現在每天夜晚也在思念他，但她還是認爲他簡直瘋了。她早晨起來頭疼，學習成績下降，常常怨恨自己。她會無故地對人發火。獨自一人的時候，眼淚會充滿她的眼眶。儘管他們相愛，立即結婚是不現實、不可能的。她不知道畢業後會被分配到什麼地方，可能是東北或內蒙地區任何一個偏遠的部隊單位。此外，這個時候結婚就表明她一直在談戀愛，這將招致懲罰。部隊所能給予的最輕懲罰是把他們倆盡可能遠遠分開。最近這些年裡，部隊領導就曾經故意把一些戀人分配到兩個不同的地方。

她把董邁求婚的事只告訴了她的教員孔林一個人。大家都知道他是一個好心腸的結了婚的男同志，許多學員把他當成兄長一般。在這種情況下，她需要有人給她客觀的意見。孔林也認為現在結婚是不明智的，他們最好等到她畢業之後再作決定。他保證替她保守祕密，還告訴她，他如果也參與畢業分配方案的話，會盡力幫助她。

她勸董邁打消立刻結婚的念頭，並讓他放心她早晚會嫁給他。畢業臨近的時候，兩個人都變得緊張不安，希望她能夠留在木基市。他垂頭喪氣，而這種消沉反倒使她更愛他。

畢業分配的結果是她留在醫院裡，在內科作護士，屬於行政級別二十四級的低級軍官。這個好消息並沒有使董邁和吳曼娜高興多久，因為一個星期之後，董邁接到通知：他的無線電台要移駐到福源縣一個新組建的團裡去。福源縣在木基市東北將近二百多里的地方，靠近中蘇邊境。

「沉住氣」，她對他說，「在前方好好工作和學習，我等著你。」雖然她自己也難過，她覺得他感情太脆弱。她希望他堅強些，成為她能在困難的時候倚靠的男人，因為生活中總是有意想不到的挫折。

「我們什麼時候結婚？」他問。

「快了，我保證。」

話是這麼說，她也不清楚他是否還能回到木基市。她想等一段時間再說。隨著分別之日的臨近，董邁變得更加憤忿。有幾次他提到寧願轉業回上海。她勸他別瞎想。從部隊退役也許會把他分配到一個邊遠的地方，比如油田，或者到內地修鐵路的築路工程隊去。他們最好還是能夠離得越近越好。

在軍分區司令部大門口與他送別的那天，她忘了戴手套，只得不斷地在手指上呵氣。他脫下自己的皮手套給她，她沒接過來，說他更需要。他站在電台車的後門，綠色的車身已經掛滿了冰雪，變成灰色。車頂的無線電天線被風吹得東倒西歪，發出刺耳的呼嘯，但是仍然時時反彈起來，重新直立。雪下得更大了，寒風刺骨。車裡的士兵擠到窗口，都想看看吳曼娜什麼樣。董邁向手下的士兵吆喝著命令，呼出的白氣在他的面前打轉。車外，一個人在往車廂側面的行李箱中裝大塊的木頭，用來防止汽車在冰封的山路上爬坡的時候打滑。司機使勁兒踢著後輪胎，看看防滑鏈是否裝牢。他的皮帽子全白了，落滿了雪花。

車子開動了，董邁向吳曼娜揮手告別。他的手從後車窗伸出來，好像要拖住她一道走。他想喊：「曼娜，等著我！」但是在部下面前他不敢這麼做。看著他那被痛苦扭曲的臉，吳曼娜淚眼模糊。她咬住嘴唇才沒有哭出來。

木基市的冬天好像沒有盡頭。雪一直到五月初才融化乾淨。四月中旬，松花江開江，冰封解凍。大人孩子聚集在江邊，看著江裡的大冰坨子嘎吧嘎吧開裂，在泛黑發綠的水裡浮動。冰塊撞死的魚被春水沖起來，飄在水上。半大小子們在浮動的冰板上跳來躍去，撈起魚扔到拎著的筐裡，有狗魚、胖頭魚、草魚、鱘魚苗和矚魚。在碼頭裡「貓」了一冬[1]的小火輪船，這時候也時不時拉響汽笛。等到整條江的冰化了之後，小火輪船悄悄開出來，在江裡慢吞吞地駛來駛去。見到岸上看船的人們，就把汽笛放得又長又響，惹得孩子們又是叫，又是揮手。

春天一下子就來了。柳絮漫天飛舞，行人走在街上吸得滿鼻子滿嘴，需要不停地把手在臉前揮來趕去。丁香花的香氣刺鼻又醉人。上年紀的人仍然用板袍棉襖把自己捂得嚴嚴實實。望不到邊的黑土地上長著東一堆西一簇嫩黃的草。肥得冒油的土壤開始蒸騰起溫暖的霧氣，在陽光中閃爍，如同紫色的煙霧。杏樹和桃樹一夜之間開了花，蜜蜂把樹上的花朵螫得膨脹腫大。兩個星期後，夏天就開始了。春天太短了，怪不得人們說木基只有三個節氣。

吳曼娜在信裡給董邁描繪了這些時令變化，好像他根本就沒有在木基待過。他的回信還是老一套，抱怨在邊境上的生活。許多戰士吃不到蔬菜，患了夜盲症。他們在營房裡不能洗澡，內衣褲上淨是蝨子。整個冬天和春天他只看過兩場電影。他掉了十二斤

1「貓」了一冬：躲、窩之意。

肉，瘦得跟鬼差不多。吳曼娜每個月給他寄一小包花生酥糖，讓他打打牙祭，心裡也好過點。

六月的一個傍晚，吳曼娜和另外兩個護士正準備到醫院大樓後面的排球場去打球，在收發室管郵件和報紙的士兵王奔平找到她，遞過一封信。兩個隊友看見信是董邁寫來的，跟她起鬨，「哎喲，情書哇。」

她打開信封，讀著那兩頁紙，心裡像是被人狠狠地打了一錘。董邁在信上說，他已經申請轉業，領導也批准了。他實在受不了邊境上的苦日子，一分鐘也不能捱了。他想回上海，那裡氣候溫和，飯菜也可口。更讓吳曼娜心碎的是他決定同在上海當售貨員的表妹結婚。沒有這張結婚證，他就拿不到上海戶口；沒有上海戶口，他不能找工作，沒有房子住，大上海就沒有他的立足之地。他在申請轉業之前，已經同表妹訂了婚。不這樣做，部隊領導也不會批准他回上海，因爲他的家在上海郊區，不在市裡。他在信裡說，曼娜，我對不起你。你恨我吧，忘掉我吧。

她看完信，半天沒緩過神。

「你沒事吧？」護士小沈問。

吳曼娜點點頭，嘴唇緊閉。三個人向排球場走去。

吳曼娜平時在排球場上對輸贏並不在乎。今天她格外賣力，扣球特別兇狠，隊友們第一次衝她喊「好球！」她的臉上滿是汗水、淚水。爲了救起一個球，她整個身子臉朝下重重摔在鋪著石子的球場上，右胳臂肘也劃破了。場外的觀眾大聲爲她叫好，她慢慢爬起來，看到血從皮肉裡滲出來。

打完了一局比賽，大家勸她到醫務室上點藥，包紮一下傷口。她離開球場，心裡還想著要回來打第二局的比賽。走在路上，她改變了主意，逕直走回宿舍。她草草地用涼水洗了洗胳臂肘，也沒有找繃帶裹一裹。

屋子裡只有她一人。她掏出信又看了一遍，眼淚像斷線的珠子湧出來。她把信往桌上一扔，撲到床上，扭動著身體，咬著枕頭套，泣不成聲。一隻蚊子在她頭頂上嗡嗡叫，落在她脖子上，她也不動。她覺得自己的心碎了。

等到九點鐘，同宿舍的三個室友回來了，她還在哭。她們拾起桌子上的信看了看，一邊安慰她，一邊罵這個良心讓狗吃了的混蛋。她們罵得越恨，她哭得更傷心，甚至顫抖起來。那天晚上，她牙沒刷，臉沒洗，和衣而臥。室友們早已進入夢鄉，呼粗氣，咂嘴唇，嘟囔著夢話。她時時驚醒，無聲地流淚，眼睛像掏不乾的兩口水井。

她病了幾個星期，感覺自己老了許多。她整天無精打采，木然絕望，後悔沒有在董邁離開木基市之前嫁給他。她的四肢疲軟無力，好像不是長在自己身上。她藉口身體不好退出了醫院排球隊，對同志們的抗議，也無動於衷。她更多的時間是一個人獨處，彷彿一夜之間成了個中年人。她變得不在乎自己的外表，穿衣服也不講究了。

大多數人都把二十七歲當作女人的一個檻兒，過了這個歲數就變成老姑娘。吳曼娜現在已經快二十六歲了。醫院裡有三個這樣的老姑娘，吳曼娜看來注定要成爲第四個了。

她雖然不十分漂亮，但是身材苗條修長，有種大方自然的風韻。她的嗓音也很動聽。正常情況下，找個男朋友並不發愁。但是，醫院裡總是窩著百十來個女護士，多數剛剛二十歲出頭，正是青春健康的好年紀。年輕的軍官們要想在她們中找個對象，不是什麼難事。這樣一來，看上吳曼娜的人就少了。只有一個大頭兵對她有意思。此人是個炊事員，一個又矮又胖的四川人。她每次在食堂打飯，他總是把她的飯盒裝得滿滿的。吳曼娜可不想找個當兵的男朋友——部隊裡規定，只有幹部才可以談朋友找對象，她不想破壞紀律。另外，這個男的長相實在看著憋屈，臉像貓頭鷹，賊眉鼠眼。只要排隊買飯的時候看到是他在賣飯，她就換一個窗口。

# 2

六十年代中期，醫院裡只有四個醫學院的畢業生。孔林是其中的一個。其他的七十個醫生都是部隊自己培養的，主要是進短訓班，再加上戰場上實際救護傷員的經驗，就成了給人看病的大夫。孔林不僅有大學文憑，而且肩上扛著上尉的一槓三星，每月工資九十四元。怪不得有的護士覺得他的條件很吸引人，特別是那些剛進醫院工作，還不知道他在鄉下有老婆的年輕護士們。等她們後來發現他已經結婚了，不免失望。醫院裡於是出現了許多關於孔林妻子的傳言，有的說她比他大八歲，是他七歲的時候，家裡領來的童養媳。有的說，她在嫁給他以前給他當了好多年的保姆。儘管有這些流言蜚語，誰也說不上來他的妻子到底長得什麼模樣。

吳曼娜在醫院的護校裡上學的時候就和孔林是好朋友。他親切隨和，不像其他教員那樣架子大。這使得吳曼娜更尊敬他。現在他們同在內科工作，她逐漸依戀上了這個個子高高、文文靜靜、待人和氣的男同志。不管誰同他說話，他總是會耐心地聽著，尊重說話人的意見。他只有三十歲，顯得老成持重，不像其他年輕軍官們那樣毛楞。他鼻子上的眼鏡也給他添了幾分洋氣和學者的派頭。醫院裡上上下下的人都喜歡他，叫他老學究，或者書呆子。每年都評選他爲醫院裡的先進模範。

吳曼娜告訴了孔林董邁同她解除婚約的消息，他說，「忘掉他，好好生活。你會找到更好的人。」

她感激他能說這些體貼的話。她肯定，他不會像別人那樣，拿她的痛苦去背後嚼舌頭。

夏日裡的一天，她到他宿舍去送一本《軍事醫學研究》雜誌，還有治療他關節炎的藥。孔林的宿舍住著另外兩個醫生，那天房間裡只有他一人。靠牆立著的一個木頭書架高過他的床頭，引起了吳曼娜注意。書架上的書大約有兩百多本，許多書她從來沒有見過。有《青春之歌》、《水泥》、《國際共運史》、《戰爭與和平》、《鐵道游擊隊》、《白夜》、《列寧號：世界上第一艘核動力破冰船》等等。最底層的書架上放著幾本俄語醫學教科書，它們最令她驚奇——她還從來沒有遇到過能看懂用外語寫的書的人。

相比之下，孔林的兩個室友什麼書也沒有，好像根本不識字。其中一個人的床頭桌上，擺著一個黃銅炮彈殼，一尺多高，直徑有八九寸。炮彈旁邊是一個用幾隻海螺黏成的檯燈。兩個室友的床上都鋪著花被子、花枕頭，而孔林的床上卻是素白草綠，標準的部隊鋪蓋。他的蚊帳已經發黃，邊角已經摸得脫線。吳曼娜想起護士們中的議論：孔林花錢手很緊，在食堂裡從來不買貴的飯菜。她不知道是真是假，但是她注意到，孔林吃飯不像有的男同志那樣幾口嘩啦下去，而是坐在那裡細嚼慢嚥，像女人在做針線活兒。

出乎她的意外，孔林彎下腰，從室友陳明的床下拉出一個洗臉盆，說：「吃點水果吧。」臉盆裡大約有二十來個棕黃的蘋果梨。這是他們三個醫生昨天一起買的。

「怎麼還把我當客呀。」她說。

「不是跟你客氣，是你有口福。你如果明天來，就都消滅了。」他挑了一個大個兒的梨，用腳把洗臉盆又推回床下。臉盆在洋灰地上磨出的聲音好刺耳。「我馬上就回來。」他說完，到外面去洗梨。

她從他的床頭拿起一本書，是史達林寫的《列寧主義問題》。在扉頁裡側，她發現一片木刻的書籤。書籤的最下邊有幾個外國字碼：EX-LIBRIS。字的上方，鏤空雕刻出一幅畫面：茅屋一間，籬笆環繞。屋旁的兩棵大樹枝葉繁茂。遠山之外，飛鳥起舞，落山的太陽灑下最後的餘暉。吳曼娜看出了神，被書籤上寧靜淡泊的風景迷住了。

孔林進來了，她指著那幾個外文字母問：「這是什麼意思？」

「這是拉丁文，就是『本人收藏』。」他把洗好的梨遞給她。她注意到他的手骨節突出，手指靈活細長。她心裡想，他應該去外科拿手術刀，當個內科大夫屈才了。

「看看你的書行嗎？」她問。

「行，行，你隨便看。」

她咬了一口梨，又甜又脆，讓她想起了許多年前吃過的一個香蕉。她開始翻閱書架上的書，發現每本書的扉頁都夾著同樣的書籤，有的大部頭書的頁邊上還印有孔林的藏書章。他對書愛護得多仔細啊！她非常想在這多待一會兒，多看看孔林的書，但是她還要給另一個醫生送東西，只得離去。

從那以後，她開始向孔林借書看。醫院有一個小小的圖書館，除了政治和醫學書籍之外，根本沒有什麼書可看。僅有的幾本小說和戲劇，也都上交給了紅衛兵小將。兩個月前，紅衛兵在市政府前面把收繳來的書一把火燒個精光。不知爲什麼，孔林的藏書卻平安無事。好像沒人告發他，醫院裡的造反派也沒有露出要沒收他的書的意思。吳曼娜很快發現，有幾個醫院裡的幹部也背著人從孔林那裡借書看。有時候要借一本小說，她得等先借去的人把書還回來。

她對書的興趣並不大，從來沒有一本書從頭讀到尾。但是她很想知道孔林和他的朋友們都在看些什麼書，彷彿他們是一個令人嚮往的神祕小集團。

醫院裡有家照相館，只有一個跛腳老頭在經營。十月一號國慶節那天，吳曼娜在照相館前碰上了孔林。他請她幫忙，把他宿舍書架上的書都包上書皮。他解釋說，「把書名露在外面會惹出事情來。誰都看得見。我已經包了一半了。」

「我去幫你包。你應該早就告訴我。」她說。

晚上，她來到孔林的宿舍，他的兩個室友陳明和田進也都在。倆人趴在棋盤上，在下軍棋。桌子上有一個裝來蘇水的塑膠筒，裡面盛著乾啤酒。陳明和田進邊下棋，邊從筒裡倒啤酒喝。陳明是針灸師，田進是外科醫助。兩個人都是醫院培訓的醫生。孔林拿出一大卷牛皮紙，一把剪刀和一團膠布。他和吳曼娜開始包書皮，兩個室友卻在棋盤上激戰，殺聲陣陣。

「臭棋，」陳明喊，「我的上校幹掉了你的連長。」吳曼娜隔著老遠就能聞到他嘴裡的臭氣。

「別介，別介，」田進求饒，「就讓我悔這一步棋，成不？剛才我的地雷炸了你的元帥，不也讓你悔了一步。」

「給我吧！你個雞巴豆秧子。」陳明探過身去掰他的拳頭。田進手裡攥著自己的連長。瘦得像麻稈一樣的田進一邊躲，一邊說：「你嘴放乾淨點！」

「比你娘的腚[2]乾淨。」

「別不要臉，這兒有女同志。」

「從現在起，不許悔棋。」

「中。」

孔林和吳曼娜一聲不響地幹活。書架上的書都攤到床上。他們把書一本一本地放到桌子上，包上書皮，又擺回書架。有三四次，倆人都去拿剪刀，她碰到了他的手。她想衝他笑笑，又感覺自己的臉紅了，忙低著頭。有兩個大呼小叫的室友在場，她平時的大方勁兒不知到哪去了。如果沒有這兩個人，她興許會同他談點什麼，這是她最盼望的事情。

兩個小時後，所有的書都包裹在牛皮紙裡。吳曼娜看到，書擺放在書架上，都是同樣的面孔，分不出彼此。

2 腚：指臀部，山東俗語。

「好傢伙，你咋能分出來哪本是哪本呢？」孔林給她打開一瓶格瓦斯汽水，她邊喝邊問。

「沒問題，我閉眼睛也能摸出來。」他的微笑很羞澀，臉上泛起兩片紅暈。她感到他在躲避她的目光。

書皮包上還不夠，他又把一塊白布釘在書架上，像掛起了簾子。這下，他的小圖書館算是永遠封閉了。她不禁好奇他平時怎麼同兩位室友相處，他們倆的性格同他可是相差太遠。他一定是脾氣特別好。

兩天以後，醫院政治部命令所有醫護人員上交任何包含資產階級思想和情調的書，特別是那些外國作者寫的書。孔林告訴吳曼娜，他找出來那些有兩本相同版本的書，上交了幾本。她驚訝醫院領導並沒有讓他交出所有的小說。看起來，他早就聽到了風聲，不然不會匆忙找她去包書皮，不會在交書的命令下達之前關閉自己的小圖書館。他幹什麼要冒風險藏這些書呢？單憑這一條就可以批判鬥爭他。誰都知道孔林有許多外國小說，爲什麼領導不沒收呢？她不敢問孔林，也不再從他那裡借書了。

# 3

一九六六年冬天，醫院開始了野營拉練。不知道什麼原因，瀋陽軍區的一位負責首長在十月份發布命令，要求所有部隊都要在沒有現代交通工具的情況下，能夠拉出去進行作戰訓練。四個輪子的汽車不但在實戰條件下不可靠，而且容易培養出老爺兵。軍區的命令說，「我們要發揚長征精神，恢復騾馬化的光榮傳統。」

一個月了，醫院裡三分之一的醫護人員在鄉間步行拉練，走了一千二百多里地，晚上就在村莊裡和小鎮上宿營。他們沿途還要進行戰場救護、搶救傷病員的訓練。孔林和吳曼娜都參加了拉練，孔林還被任命爲一支醫療小分隊的隊長，指揮二十八個隊員。這是他平生第一次當領導，工作起來格外認眞。

開始幾天，部隊鬥志旺盛，並不覺得累。這是因爲道路平坦，大家還有幾分新鮮勁兒。進入山區，大雪遮蓋了道路，行軍變得越來越艱難。隊伍中，許多男女隊員開始一瘸一拐，招來路上老百姓的目光。他們看著這支隊伍，好奇中夾雜著興奮。有時候，部隊進入一個村鎮，在路邊看熱鬧的民眾熱情地爲這些快要掉隊的軍人鼓掌加油。但是，那掌聲聽起來卻比挨罵還難受。他們紛紛垂著頭，喪著臉。因爲男女平等，女護士要和男同志走一樣的路。但她們不用扛槍，只揹些不太重的裝備。

有一天，沒有風，拉練的隊伍穿過一片森林，向北面一個村莊行進。他們已經走了一整天，只在吃午飯的時候休息了一會兒。到傍晚七點鐘，已經走了將近九十里路。大家又累又餓，還要走十六里才能到達目的地。突然，上級傳來了命令，要他們必須在一個小時之內進村。命令說，「要在戰鬥打響之前趕到。」隊伍立刻開始急行軍，全速前進。

吳曼娜抬著一副擔架，已經走了六個小時，腳上打的泡鑽心地疼。擔架上的「傷員」是半扇豬肉，足足有一百多斤。現在她完全走不動了。孔林摘下她肩上的醫藥箱，把箱子的背帶橫勒在自己脖子上。兩個戰士，一邊一個，架著她就走，連跑帶顛地跟著隊伍。

他們的大頭皮鞋踢起團團雪粉，時常能聽到指揮員威嚴的喊聲：「跟上！」，「不要摘帽子！」夜空中，北斗星不停地搖晃，彷彿地球翻了個頭。成群的烏鴉從樹上驚起，四散飛去，撒下一串串聒噪，像餓鬼在叫。茶缸水壺掉在冰上，濺起清脆的聲響。突然，一個高個戰士倒下了，他身上背著的五十多斤重的報話機砸在一棵橫在地上的枯樹幹上。負責通訊聯絡的田進嚇壞了，一邊扶起倒下的戰士，一邊從牙縫裡罵：「王八蛋，要是機器摔壞了，你他媽的回老家去啃一輩子地瓜。」

一路上，吳曼娜對架著她的戰士哼哼，「放開我……哦，太累了。讓我死在這兒吧，就在雪地裡……」兩個戰士不理她，拖著她往前走。上級的命令不讓任何人掉隊。

五十六分鐘以後，部隊進了村。這個村莊有八十戶人家，孔林的小分隊住進三戶老鄉家——兩戶大的房子住著醫生和戰士，一戶小的房子給了七名女護士。

昏黃的月色中，生產隊部的兩座煙筒裡竄出炊煙和火星。炊事班在緊張地燒水做飯，灶下燃著秫秸和灌木。兩個炊事員在案板上飛快地剁白菜，另外一個在熬湯、蒸饅頭。他們同時在烙餅，用兩塊厚豬肉皮，隔一會兒就在行軍鍋裡抹抹，直到掛上薄薄的豬油。院子裡，騾馬的飲溫水，嚼草料，通身上下閃著一層汗珠。司務長出去尋找馬廄了，還沒有回來。

孔林把大家安置好後，帶著一個通訊員到「伙房」打飯。他看到護士們一個人也沒有來吃飯，猜想她們一定是累壞了。他讓長著娃娃臉的通訊員把饅頭、白菜豬肉湯給男同志帶回去，自己從炊事班那裡借個鋁盆，盛上湯，抓上一袋燒餅，向住著女兵的農舍走去。

起風了，盆裡熱湯的白氣被吹成絲絲縷縷，在孔林的胸前繚繞。哨兵在村裡巡邏，晃動著手電筒和衝鋒槍。時而傳來被他們激起的犬吠聲。南邊，松濤陣陣，此起彼伏。松樹頂上，寒星有如銅鈕扣閃閃耀耀。一進屋，孔林發現吳曼娜和牛海燕正把腳泡在一個大木盆裡。一位滿臉皺紋的老大娘給其他的護士在鐵桶裡燒水。「為什麼不去打飯呢？」他問大家。

「我們還在汗裡泡著呢。」護士小許回答。

「我可累死了。」吳曼娜說。她的雙腳在溫水裡互相磨蹭，發出吱吱的聲音。

「不管怎麼樣，你們得吃飯。」孔林說，「不然明天走得動嗎？」他把湯和燒餅放在一個釘著銅片裝飾的櫃櫥上。「好吧，吃了飯，好好睡一覺。明天要走長路。」

「孔大夫，我，我實在走不了了。」吳曼娜指指自己的腳，聲音帶著哭腔。

「我也不能走了。」大眼睛的牛海燕插進來說，「我腳上也打了泡。」

「我看看。」他說。

老大娘把油燈湊得近了些。孔林蹲下去，察看搭在木盆邊上的兩雙腳。牛海燕的腳上有三個小泡，一個在右腳大拇指上，另外兩個在左腳跟。吳曼娜的兩隻腳掌布滿了水泡，像密密麻麻的小氣球，亮亮的。他用手指尖輕輕按了按最大的一個泡四邊的紅肉，吳曼娜疼得叫起來。

「必須馬上把這些泡挑了，」他對周圍的護士說，「你們誰會幹？」

「不會。」她們一齊搖頭。

孔林歎了口氣。護士們驚訝地看著他捲起了袖子。他對吳曼娜說，「曼娜，拔兩根頭髮，要長的。」

「好吧。」她說。

他轉向老大娘。「大娘，您有針嗎？」

「有，有。」她走出屋，喊在廂房裡的兒媳婦。「蓉啊，捎兩根針過來。」

「給。」吳曼娜遞給孔林幾根頭髮，每根都有一尺長。他揀出一根，把其餘的放在膝蓋上。
一個三十多歲的婦女進來，手裡拿著一個大葫蘆瓢，裡面裝著碎布頭，白、藍、黑線團，還有一個小小的絲綢針墊。她說，「娘，俺把針都拿來了。您要多長短的？」
「短的就行。」孔林接過話茬。
他捏著一根一寸來長的針，認上一根頭髮，然後對吳曼娜說，「別怕，不會太疼。」
她點點頭。孔林用酒精棉球擦乾淨手，又擦擦針和頭髮。用鑷子夾著另一個棉球，在吳曼娜右腳跟那個最大的水泡上抹了點酒精。他先用指尖輕輕戳了戳水泡的表皮，撫弄了幾秒鐘，然後用針穿過水泡。「啊！」她叫了一聲，緊閉雙眼。她的腳跟立刻粘滿了從水泡裡流出來的溫熱的液體。
孔林剪斷針上的頭髮，留下一段穿在水泡裡。「別把頭髮拔出來，這樣兩邊口是開的，水兒能流出來。」他對圍觀的護士們說。
「天老爺子，咂咂，」老大娘說，「啥人能想出這麼個法兒整治個水泡？」她搖晃著滿是皺紋的臉，白眉毛不住跳動。
孔林一個一個挑破了吳曼娜右腳掌上的水泡，其他護士七手八腳地侍弄好了她的左腳掌和牛海燕腳上的水泡。老大娘爬上火炕，把七頂被汗水濕透的皮帽子的裡子翻出來，擺到靠近灶台的一端烤乾。
孔林收拾完了吳曼娜右腳掌上最後一個水泡，在盆裡洗洗手，對牛海燕說：「你沒事，明天就能下地走路了。曼娜的腳我不敢說，可能得幾天的功夫才能癒合。」

牛海燕聽了，臉上掠過一道陰影。其他的護士嘰嘰喳喳，這個說謝謝孔大夫教她們挑泡，那個感激他幫她們打來了晚飯。「好了，好了。先吃飯，好好休息，」他說。「別忘了明天一早把飯盆給炊事班送去。」

「忘不了。」一個護士說。

「孔大夫，你就跟我們一塊吃吧。」護士小沈說。

「是啊，就在這兒吃吧。」幾個聲音一起說。

「嗯，我吃過了。」

這當然不是眞的。他突然感到喉頭發緊，胸口暖融融的。他沒有想到她們會邀請他，擔心自己眞的留下來和護士們吃晚飯，會引起閒言碎語，上級領導也會批評他不注意影響。他強迫自己說：「咱們明天見。大娘，明兒見。」他掀起用黃麻袋片做的厚門簾子，走了出去。

到了屋外，他聽見老大娘說：「閨女啊，你們可眞有福啊。這人可有多好。大娘就是腳上沒起泡。」屋裡響起一陣笑聲。

一個護士唱起一段歌劇：

洪湖水呀，浪呀麼浪打浪啊。

洪湖岸邊是呀麼是家鄉啊。

清早，船兒，去呀去撒網，
晚上回來魚滿艙，啊……

孔林在雪地裡轉過身，久久凝望著那間低矮的農舍。那裡的窗戶透出昏黃的油燈光。他要是能和那些女護士一道吃頓飯，該有多美啊！為了這一餐，讓他再走六十里路的急行軍也值得。他懷疑，自己到她們哪兒去，是為了送飯，還是出於其他下意識的原因。突然，他的眼前展開了一幅奇怪的畫面：他看見自己坐在一條長餐桌的上首吃飯，兩旁坐著七個女護士和那位老大娘。不，那個老大娘變成了他的妻子淑玉，她正忙活著，給大家從一個籃子裡往外拿新出籠屜的饅頭。他們一起吃著飯，女人們嘰嘰喳喳地談笑著。她們都喜歡當他的老婆，住同一座房，吃同一鍋飯。他記得在舊社會，有錢的男人都有三妻四妾。這些地主資本家真有福氣，能享受那麼多女人！呼嘯的寒風把他的思緒帶回到雪地裡。他搖搖頭，眼前的畫面消失了。「你真叫人噁心，」他自語。他有點厭惡自己，居然羨慕那些反動派的豔福。他們是社會的寄生蟲，應該讓他們永世不得翻身。但是，吳曼娜的腳在他手裡的感覺好像已經進入肌膚，在他的手心、手指裡逗留擴展。他轉身向男同志的農舍走去，腳步已經沒有了來時那樣堅實。

吳曼娜第二天還是不能走路。孔林安排她坐上一輛裝炊具和糧食的馬車，為部隊打前站。他把牛海燕和他自己的羊皮大衣都交給她，用來裹住她的腿，這樣他們也可以身上輕快些。她坐了兩天馬車，然後部隊在一個公社鄉鎮上休整了一個星期。她的腳也就完全好了。

隊伍重新上路以後，他仍然幫她揹著醫藥箱，一直到拉練結束。每當她表示感謝，他總是說：「沒什麼，我應該做的。」

# 4

部隊回到木基市以後，吳曼娜對孔林的感激逐漸變成了一種強烈的好奇。上班的時候，她經常有事沒事到他辦公室去，同他說上一兩句話。到了晚上，熄燈號已經吹過，她會睜著眼睛，琢磨這個怪人。她的腦海裡浮起一個又一個的問題：他愛他妻子嗎？她長得什麼模樣？她真的比他大八歲？他爲什麼總是那麼文靜，那麼菩薩心腸？他跟別人紅過臉嗎？他好像是團棉花，沒有脾氣。

傻丫頭，老琢磨他幹什麼？他人是不錯，但是結過婚了。別做夢了，他才不會等著你嫁給他呢。

如果他不愛他妻子，想離開她，該怎麼辦？眞要那樣，你會跟他嗎？少胡思亂想，快睡覺吧。

你會嫁給他嗎？

她不知罵過自己多少遍，還是忍不住想到他。每天夜裡，她都被同樣的問題折磨到半夜。有時候，她感覺他的手仍然握著她的右腳，在輕輕撫摩著。他的手指多敏感，多輕柔啊！她情不自禁，雙腳在被子底下摩挲開了，甚至還會按摩被孔林撫摸過的腳掌。她內心的溫情快要溢出來了。

牛海燕告訴她，孔林和妻子生過一個女孩。她聽了非常難過——她把問題想得太簡單了，孔林要擺脫家庭沒那麼容易。她不斷提醒自己：你現在明白了吧，還是離他遠一點。這樣下去要惹出禍來的。甭管你對他的感情會有什麼結果，人家還是會罵你不要臉，破壞別人家庭。第三者插足可是和犯罪差不多啊。

她無數次強迫自己要理智，但是只要遇到孔林，她的眼睛就會去尋找他的臉。她覺得自己越陷越深，不能自拔。

六月的一個傍晚，吳曼娜到醫院的動物實驗室去看剛產下來的一窩小豚鼠。從實驗室回宿舍的路上，她看見一男一女正沿著食堂西邊的白楊樹林子散步。從遠處看不清楚，那個男的背影有幾分像是孔林。白天下了一天的小雨。暮色中，空氣溫和濕潤，飄散著樹木的清香味。一排排的白楊樹像顏色深暗的籬笆牆，那兩個人身上的白襯衫格外醒目。他們正向西蹓躂過去。

吳曼娜急切要弄清楚他們是誰。樹林裡有一條小路，可以從成排的小楊樹中斜插過去。她沒有猶豫，抄小路走進楊樹林，要搶在前面看看這對男女的眞實面目。她走在小路上，心口咚咚直跳。楊樹葉子上的雨水滴滴答答淋在她頭上，像是下起了小雨。天空暗藍，星斗卻刺眼地明亮。

前面閃出一條黑影，停在路中間不動了。吳曼娜看清楚是條狗，不知道是伙房炊事員養的那條，還是外面溜進來到伙房偷東西吃的野種。這狗眼珠盯著她，放射著綠光。她打了個寒顫，想起幾個星期前，一個男孩就在這裡讓瘋狗咬了。她明白，要是轉身逃跑，狗就會追上來咬她。她站著不敢動，看到地上有根樹棍，抄起來，對著狗亂比劃一通。狗看了她一會兒，嗅著地皮，跑開了。

吳曼娜走到樹林深處，聽到一個女聲說：「他就這麼把書弄丟了？我不相信。」她聽出這是馬萍萍的聲音，管理醫院圖書館的姑娘。

「下次我得收他的押金。」孔林開著玩笑說。

倆人都笑起來。吳曼娜躲在幾棵小楊樹後面，盯著他們。孔林看上去挺開心。他們倆站在一盞路燈下，說著什麼，吳曼娜聽不清楚。他們前面是一個雨水積成的小池塘，在月色下粼粼閃光，傳出陣陣蛙叫聲。馬萍萍彎下腰，揀起一塊石頭，甩進池塘。石片打起幾個水漂，蕩出小小的漣漪。

「我打了三個！」她笑起來像一串銀鈴。甩進池塘的石頭壓滅了蛙鳴。幾秒鐘後，一隻青蛙試探著叫起來。

「打水漂，你可贏不過我。」孔林說著，也甩了一塊。

「五個！」女的說。

他們轉過身，滿地尋找扁平的石塊，可是都不滿意。比賽接著開始，由於石頭太厚，沒人能打過三個漂。但是，兩個人好像都高興得很。

吳曼娜不敢待得太久，小路上常有人來，她怕別人撞見。那條該死的狗興許還會出現。她扛著樹棍，匆匆往回走，好像亂箭穿心。她突然嘴裡焦得冒煙，乾嚥著吐沫。回到宿舍，她的解放膠鞋和褲腳被雨水打得精濕。

那天夜晚，她說什麼也睡不著，眼前晃動的都是她在楊樹林裡看到的情景。孔林和馬萍萍眞有什麼關係嗎？他們是在處對象嗎？很可能是，不然怎麼會在一塊玩打水漂，高興得像孩子一樣？不，不可能。馬萍萍至少比孔林要小十歲。再說，她只是個戰士，按規定不許談朋友。她可不會在乎什麼規定不規定的，會嗎？不，她不會在乎的，要不然怎麼敢去勾引有婦之夫？孔林眞的會看上她？多半不會。她臉上疙疙瘩瘩，醜得像個窩瓜，牙齒撒氣漏風。雖說這樣，孔林好像同她很談得來。他和別人在一起，從來沒有那麼輕鬆自然。在她的腦海裡，吳曼娜又看見他站在池塘邊，插著腰，看著那個女人在打水漂。

吳曼娜越想心裡就越亂。最讓她放心不下的是：馬萍萍的父親是駐遼寧省第三十九軍的副軍長。憑這樣的靠山，有的男人眼裡，豬也能變成仙女。孔林是這樣的人嗎？

想到這，吳曼娜悲從中來——她想起了死去的父母。他們要是活到現在，不也是高幹了。姑姑告訴過她：她父親在出車禍前，已經是一家大報紙的著名記者。有幾個三十一歲的年輕人會這麼有出息？她的母親是學法語的大學畢業生。有這麼高的學歷，她在工作中一定進步很快。

令吳曼娜煩惱的還有一件事情：馬萍萍文學名著讀得多，又管著一個圖書館。聽說，她經常在宿舍裡給室友說古論今講故事，她們還得去買山楂糕和飲料給她上供，要不她會賣關子，不往下講。這可能就是孔林看上她的原因。在這點上，他們倆人挺相配，都是書呆子。他們肯定還會在一塊聊書。

吳曼娜該怎麼辦？就眼睜睜看著這個丫頭把他搶走？不，絕對不行。她要開始行動。

# 5

孔林對吳曼娜很照顧，特別是後來知道她是在青島的一所孤兒院裡長大的，對她就更關心。在醫院工作頭兩年的時候，每年休假，她都待在宿舍裡，沒有地方去。她沒有兄弟姐妹，也沒有親朋好友，只有一個遠房姑姑，還從不來往。孔林常常勸她重新回到排球隊，或者參加醫院的文藝宣傳隊，她總是說年紀大了，不合適了。她反而會半開玩笑地說，要是知道哪有尼姑庵還收徒弟，就要剃頭當姑子去。眼下，哪還有什麼青燈古佛。紅衛兵破四舊，在全國各地砸寺廟、封修道院，和尚尼姑都被還俗了。有的遣返回鄉，有的發配到偏遠地區，讓他們向勞動人民學習重新做人。

這些日子，孔林一直躲閃著吳曼娜拋過來的眼風。他還沒弄清楚自己是不是眞看上她了。去年夏天董邁拋棄了吳曼娜之後，她變了許多。她容貌中的青春鮮靈消失了，笑起來眼角出現了細密的皺紋，臉上沒了血色，皮膚開始鬆弛。他爲她難過。女人的姿色消退得多快啊，經不起一點兒折騰。他願意多關心關心她。可是，當她蘊含深意的微笑和風情流動的眼波投過來，像是要把他拽過去，又讓他渾身不自在。

到了一九六七年夏天，他結婚已經快四年，女兒也有十個月大了。他在街上，只要遇到手拉手的夫妻，就忍不住要多看幾眼，心底渴望自己什麼時候也能這樣。他結了婚，卻過著鰥夫一樣的日子。難道他就不能享受家庭生活的溫暖嗎？如果當初他不同意讓父母給他找媳婦，如果妻子長得漂亮，沒有裹小腳，或者如果他們倆人再年長十幾歲，城裡人就不會笑話她的小腳——他也會有正常的家庭生活。

但是，他並不很痛苦。雖然覺得老婆是別人的好，羨慕那些有福氣的丈夫們，這種感覺不過轉瞬即逝。他挑不出淑玉什麼毛病，家裡老娘重病纏身，她殷勤伺候，直到婆婆去世。現在，她又伺候癱在床上的公爹，還得照顧他們的女兒。孔林總的來說滿足在醫院的工作。他因爲有醫學院的文憑，工資掙得不少，比醫院裡大多數醫生拿得多。他的生活簡單平靜，直到有一天吳曼娜改變了這一切。

她在他辦公室的桌上留了一個信封。裡面有一張京劇票和一張字條，上面有她圓圓的字體：「這是『甲午風雲』的戲票，八點鐘開演。我希望你能去看戲。」他過去看過同名的電影，知道故事情節，想著要不要把戲票退給她。又一想，還是決定去看戲。反正那天晚上也沒有什麼事，又是長春市一個著名京劇團的名角演出，位子也不錯，靠近舞台。

醫院的劇場在大院裡的東南頭。孔林找到第五排，吃驚地發現吳曼娜也坐在裡面，緊靠著自己的座位。他猶豫一下，向她走過去。他剛坐下，前後左右的人紛紛往這邊看。觀眾席裡，有的搖扇子，有的嗑瓜子。孩子們揮舞著彈弓、木槍、木劍，在舞台前和過道裡追打著。他們清一色戴著軍帽，胸前別著毛主席像章。有幾個孩子腰裡紮著武裝帶。擴音器裡，一個男人要大家掐滅煙頭，說煙霧會遮住幻燈機在舞台右邊牆上投射出的台詞字幕。幾個傳染病科的護士在人群裡尋找她們的病人。按規定傳染病人是不能到這樣的公共場所裡來的。

孔林的心裡七上八下，他不明白吳曼娜爲什麼膽子這麼大。瞧她的樣子，好像並不介意別人投來的目光，甚至主動向他伸出手掌，露出幾顆糖果。他緊張得像作賊，還是拿了一顆，剝開糖紙，放進嘴裡。是塊橘子汁糖，酸酸的。她微笑著，看上去甜蜜蜜的。他心裡嘀咕：城裡的姑娘，啥都不怕。

幕布後面走出一個女報幕員，用動聽的嗓音介紹了幾句故事發生的歷史背景。大幕拉開了，兩個演員身穿金色的清朝官服，頭戴黑邊頂戴花翎官帽，腳蹬白底朝天靴，側著身子，邁著台步登場。鑼鼓敲過，台上開唱了，說的是日本人打進了高麗國。

那個小生唱道：

邊關飛馬報軍情，
從海上，殺來了，五千鬼子兵。
賊倭寇，踞船上，守候十天整，
幾天前，出急兵，
殺向那平壤城。

台上另一個演員，聽著唱詞兒裡的戰報，嘴裡不住哼哼哈哈地吆喝著。

孔林聽不懂他們唱什麼，不時轉過頭去讀牆上的字幕。很快，他就和別人一樣沉浸在劇情中。舞台上，滿清北洋大臣李鴻章手裡揮舞著一根長長的單筒望遠鏡，正在視察北洋水師的艦隊。閱兵之後，一群赤裸上身，盤著辮子的水師炮手，正在準備同日本海軍決一死戰。主炮塔周圍的前甲板上擺放著高大的銅殼炮彈。舞台背景是一塊豆青色的海景幕布，畫著起伏的波浪。

台上的北洋水師正在黃海海面同日本軍艦打得難解難分，一隻手伸過來，搭在孔林的左手腕上。他扭動幾下身子，並沒有抽出手。他左右看看，周圍的人都被舞台上悲壯的高潮吸引住了。鼓點如疾風暴雨，號角高亢嘹亮，鑼鈸敲得人心慌慌，劈啪的槍炮效果震得耳膜生疼。他用眼角瞟瞟吳曼娜，她斜睇著眼，正看著他。

她的指尖輕輕地撓過他的掌心，撫摸著手上的紋路，好像在讀他的財線和生命線。他摸了摸她的手，溫暖、光滑，沒有一點老繭在上面。同淑玉的手掌多麼不同啊！她掐掐他的拇指肚，他握住了她的小指頭，揉搓把玩。她用指甲在他手腕上劃劃，癢得他反手捉住了她的手，兩人的手指交織在一起。兩隻糾纏的手休息了一會兒，又翻上來，彼此撫弄摩挲了很長時間。孔林的心快要從嘴裡跳出來了。

他根本沒心思看台上的海戰。雖然整個北洋水師的艦隊全軍覆沒，觀眾為中國水兵的英勇大聲鼓掌叫好。整整最後一幕，孔林和吳曼娜的手都勾在一起。當幕布落下，燈光亮起來，觀眾仍然不斷高喊：「打倒日本帝國主義！」孔林凝視著吳曼娜，她的眼睛流光溢彩，一對黑眼珠強烈得像兩隻鳥眼。她濕潤的嘴唇翹起來，掛著如夢的微笑，好像喝醉了酒。他有些頭暈，站起來匆匆離去，恐怕別人看見他火辣辣的臉。

夜裡，他在床上的新蚊帳裡翻過來掉過去睡不著，回想著吳曼娜剛才的每一個動作。他並不喜歡這種大庭廣眾下的傳情，但是他堅信她是個正派姑娘，一點也不輕浮，不像醫院裡有幾個不知廉恥的女人，只要男領導許願提級提幹，或是入黨，就會脫下褲子。這難道就是人們所說的婚外情嗎？他問自己，可並不知道答案。自己身上有什麼值得人家姑娘看上呢？她當然知道我結過婚，爲啥還在劇場裡整這個呢？她太不在乎了。往後她就會追我了吧？我該怎麼辦呢？

問題一個接一個地湧出來，他哪個也回答不了。他在床上折騰著，屋子那邊躺著的陳明惹火了，「孔林，消停點行不？你這樣人家咋睡覺啊。我明天一早還要趕火車呢。」

「對不起。」孔林側過身，一動不敢動。

窗外，哨兵不知對什麼人喊：「誰？口令？」

「雙旗。」一個男人的聲音喊出回令。

屋頂上的兩隻蟋蟀唧唧我我，啾啾低鳴。月光斜照入室，在水泥地上畫出慘白的菱形。孔林緊閉雙眼，無聲地數著數，想幫助入睡。

他直到半夜才進入一種半睡半醒的狀態。他看見自己和一位女同志在辦公室裡工作，都穿著白大褂，戴著白帽子。那個女人的臉看不清楚，身材很像吳曼娜。他們正在準備給一個心臟病人開刀。過了一會兒，他又站在黑板前面，用粉筆在上邊寫字、寫數碼，向一些醫生護士介紹手術方案。而後，他進入夢鄉深處，看見一所寬大的房子，裡面有一個書房，橡木書架上擺滿了硬皮書，牆上有幾幅鑲在鏡框裡的繪畫。房子的後面是一處玻璃搭建的門廊，面對一塊橢圓形的綠茵草地。這是一個星期六的傍晚，幾個朋友同事到這裡來聊京劇和電影。那個看不清臉的女人在給大家倒茶和飲料，拿出五香瓜子、虎皮豆、炒花生和香菸，招待每個客人。他仍然看不清楚她的面孔，但是很明顯，他和她是這家的男女主人。有幾位客人待到很晚，打起撲克。書房裡居然還出現了兩個小孩兒，孔林正耐心地教他們認字。他看起來是要把孩子送到北京或者上海去念大學。

第二天早晨醒來的時候，他的頭疼得像是昨晚大醉了一場，舌頭牙齒乾乾的，像長了層毛。夢裡的情景令他有點迷惑不解。他從來對生養小孩兒不感興趣，爲什麼會夢見又有了兩個孩子，還關心他們的教育？還有，撲克牌已經被禁止，現在根本找不到撲克，他們怎麼還會玩牌呢？最離奇的是，他從來沒想過要當外科醫生，爲什麼在夢裡他和那個女人準備要給病人作手術？許多年前，他最隱祕的夢想是要當個將軍。高中畢業準備參軍的時候，那位老學究模樣的語文教師在他送給孔林的筆記本上寫下這樣的臨別贈言——「願你他日歸來，統領千軍萬馬！」他後來運氣不好，進了醫學院。有抱負的年輕人都不願意當醫生，因爲醫生很難升成高幹。

中午他在內科碰到吳曼娜。他有點不好意思，強裝出沒事兒的樣子同她打招呼。他們談了兩句那個患晚期食道癌病人的情況，好像昨天晚上他們之間什麼也沒發生過。他很得意自己能自然大方地同一個女同志談話，絲毫沒有平時的羞怯。窗外，陽光在柏籬上閃動。四隻白兔子躲在一塊巨大的標語牌後面吃草。一雙藍色的鶇鳥落在一隻小兔子身旁。它的腦袋啄啄點點，拍打著翅膀。

「星期天下午我們一塊散步好嗎？」她問。她把手放在窗沿上，期待地望著他，臉上又浮現出了昨晚上甜蜜的微笑。

「行啊，咱們在哪見面？」他簡直不能相信自己的回答。

「小賣鋪前邊咋樣？」她的眼睛放著光。

「幾點？」

「兩點？」

「行，我兩點準到。」

「我得走了。劉大夫還等著這些化驗結果呢。」她揮了揮手裡的一疊紙條。「回頭見。」

「再見。」

他目送她遠去，第一次注意到她的苗條背影和修長結實的雙腿。她回過頭，衝他又微笑了一下，然後加快腳步向病房走去。他自言自語，管他呢，婚外情就婚外情吧。

# 6

星期天下午，他們在醫院小賣鋪前會合，然後在大院裡散步。開頭，孔林生怕在路上遇見什麼人。當他們同醫院裡的熟人擦肩而過的時候，他恨不得找個地縫鑽進去。他腦後長眼，知道人們會轉過身，看著他和吳曼娜。但她的神態自若感染了他，不一會兒，他的呼吸也順暢了些。

他們談論著在中央裡揪出來的頭號走資本主義道路的當權派——劉少奇、鄧小平、還有其他幾個在北京被紅衛兵鬥爭的大官們。誰能想到毛主席身邊會埋藏這麼多「定時炸彈」？他們也談到了四處聽來的大城市裡武鬥的消息。吳曼娜告訴他，長春市裡對立的兩派革命造反組織在武鬥中用上了坦克車和架在火車頭上的火箭炮。她還聽說四平市的火車站在武鬥中炸成了平地。

他們慢慢蹓躂著，沿著食堂後面蘿蔔和茄子地中間的小徑走過去。他們開始談到醫院裡最近發生的事情。自從去年文化大革命開始以後，醫院裡的醫生護士就分成了兩派。他們爭吵辯論，都批判對方搞修正主義，篡改黨中央的路線，閹割毛澤東思想的靈魂。孔林和吳曼娜比別人都慢一拍，到現在還沒有決定參加那一派。她倒是傾向「紅醫聯」。

「哪派也別人，」他說。

她愣住了，問：「為啥？」

「他們那些人有誰懂得什麼是毛澤東思想？不都是想當個頭頭兒。咱們幹啥要湊這個熱鬧。」

「那你不想參加文化大革命？」

「整天跟人幹仗就算革命啦？」

她被這番推心置腹的話感動了，答應不和「紅醫聯」摻和在一起。孔林也被自己剛才說的話嚇了一跳。要在別的場合，他斷不敢出這樣的主意，讓造反派知道還得了。面對曼娜，這些話順口就流出來了。

回宿舍的路上，她好像有點靦腆，說：「有件事我自己整不明白，能問你嗎？」

「客氣啥，只要我能答上來，儘管問。」

「啥叫天使？」

他驚訝她會問這個。「嗯，我也不敢肯定。我尋思，天使就是上帝派的人，完成上帝的使命。這是基督教琢磨出來的，迷信騙人的玩藝兒。」

「你知道天使長啥模樣嗎？」

「我看過一張畫，天使像個胖小子，身上長著三對翅膀，白白壯壯的。」

「噢。」

「你問這幹啥？」

她抬眼看了他一會兒，回答說：「從前有個老頭說我長得像天使。」

「眞的？爲什麼？」

「我哪知道啊。我八歲那年，學校裡的幾個女孩子在一個文化館裡表演舞蹈，來看的都是抗美援朝的英雄。我們都打扮得像小鴨子，戴著白帽子，腰裡紮撒著羽毛。我跳完舞，就下台去廁所。劇場有個旁門，在過道裡我差點撞上一對老夫婦。他倆老得快散架了。那個瘦小的老頭在門口攔住我，在我身上畫了個十字，說：『孩子，你像個天使。』我也知道他沒壞心，可不知道爲啥，我這心口咚咚直跳。馬上過來幾個警察，把老倆口拖著就走。那兩個老人還一邊喊：『要信基督，信主啊！』我怕再碰見警察，廁所也沒去，跑回舞台去換衣服。打那以後，我就老想知道啥是天使。我查了些字典，都沒有。我也不敢問旁人，你是頭一個。現在我明白那個老頭是什麼意思了。可是我打小就不胖啊。他爲啥要這麼說？」最後一句她好像在對自己說。

「你當時看上去一定特別天眞幸福。」

「不，我小時候從來就沒有幸福過。我羨慕那些有爹有媽的孩子。我還恨他們中有些人。哎，孔林，這天使的事你可不能告訴別人，行不？」

「我不會。」

他仔細看看她。她目光中透出的純眞讓他相信這個天使的故事是眞實的。

第二個星期天，他們又見面，一道散步。接下來的星期天也是如此。一個月裡，他們一周要見兩三次，都是天黑以前一起散步。孔林漸漸變得離不開吳曼娜了。有一次，她陪一個病人到另外一所部隊醫院看病，不能按原定計劃見面。那天晚上，他在辦公室裡煩亂地來回踱步，足足走了兩個鐘頭。這是他第一次害相思病。

八月過後，他和吳曼娜已經不需要刻意安排約會了。在食堂吃飯，他倆坐一張桌子；到水房打開水，他倆各提一只暖壺一起去；開會和政治學習，倆人挨著坐。他們在一起打乒乓和羽毛球。只要不颳風下雨，晚上就在院子裡一道散步聊天，偶爾還有爭論。孔林有時候也懷疑他們是不是太親密了，像是要結婚的一對男女，其實他們之間並沒有親暱的舉動。那天在劇場看戲後，他們連手都沒有碰過。孔林時時提醒自己：你是結過婚的人。

他和吳曼娜都沒有參加造反派組織，但是政治活動還是要參加的。孔林甚至還在大會小會上講用自己學習毛主席的「老三篇」——《為人民服務》、《紀念白求恩》和《愚公移山》——的體會。他的講用受到熱烈歡迎，還有人借他的學習筆記。孔林和吳曼娜都是黨員，家庭出身清白，醫院的造反派也沒有批判他們動機不純，包藏禍心。

但是流言還是傳開了，人們說他倆有不正當的男女關係。醫院領導也驚動了，不過他們找不到孔林和吳曼娜違反任何規定的證據。他倆從不一起到醫院大院外面去，也不像情人那樣拉拉扯扯，眉來眼去。但是毫無疑問，他們已經超出了單純的同志關係，因為沒有任何兩個男女同志會像他倆那樣總泡在一起。哪怕是已經確定了戀愛關係的對象也不是一天到晚都要見面。可是，孔林和吳曼娜已經是棒打不開了。

蘇然是醫院政治部的副主任。他也喜歡看書，經常同孔林一塊聊小說，兩個人交情不錯。醫院的張政委要蘇然來處理這件事情。

一個冬天的下午，蘇然把孔林召到辦公室，對他說：「活計，我知道你是包辦婚姻，你也許不愛你老婆。不過，我可要事先警告你，你和吳曼娜的關係，不管是正當還是不正常，對你的將來都沒啥好處。你是在往渾水窩子裡淌啊，明白嗎？」

孔林沒吱聲。他也想過這個問題，但是不知道自己是否有勇氣同吳曼娜分手。她事實上是自己交的第一個女朋友啊！從來沒有女人同他這麼貼心過。他認爲，吳曼娜和他雖然不是肉體上的情人，已經在靈魂上融爲一體了。這些天來，他簡直控制不住自己，總想要和她在一起。

蘇然用手指梳了梳頭髮，望著孔林。他的三角眼下面皺出兩條彎紋。他笑著說：「孔林，說話呀。我可是把你當朋友才說這些話的。談談你的想法。」

孔林勉強地說：「我會保持正常的同志關係。我和吳曼娜只是革命同志。」

「你得保證：除非你同愛人離婚，娶了吳曼娜，否則你們倆不能有任何不正當關係。」

他話裡的「不正當」是指「性關係」。

孔林沉默了一會兒，抬起頭，喃喃地說：「我保證。」

「你也知道，孔林，我這也是公事公辦。你要是違反了紀律，我也救不了你。你現在也保證了，我得報告我的上級，你和吳曼娜之間沒啥事兒。你可不能說話不算，要不我也得跟著栽進去了。」

「我懂。」他的心都涼了，後悔三個月前不該答應吳曼娜的約會。現在越陷越深，怎麼可能抽身退出來，不傷她的心？你是有家室的人，不應該同年輕的女同志糾纏不清。

蘇然扔給他一枝「牡丹」菸捲，說兩個星期以後歸還他借的那本《鋼鐵是怎樣煉成的》。現在這個鬧鬧哄哄的日子，他根本沒辦法靜下心看完一本小說。「我整不明白，爲啥這些老毛子總把小說寫得這麼長？」他說，「他們可能有的是時間。我老得跳著看，整這麼多的描寫，大段大段的，節奏太慢。」事實上，去年透風聲給孔林，讓他立刻藏起書，免得被紅衛兵沒收的人，就是眼前這個小個子男人。

第二天傍晚，孔林和吳曼娜在醫院操場上散步的時候，他告訴了她同蘇然的談話。她沉著臉，垂下眼睛。兩個人中間隔著一個鞍馬，她把胳膊肘放在上面。附近立著一對雙槓、一個平衡木，還有兩個跳遠用的沙坑。

短暫的沉默。她抬起頭，煩惱地問，「你對我到底是哈感情？」

他沒聽明白她的問題，說：「你是什麼意思？」

「我是你什麼人？我們有一天會結合嗎？」她直直地看著他的眼睛。

他聽了很冷靜。「如果我夠條件，我會要你嫁給我。我確實想過這事。」

她聽了他的話，淚水嘩嘩地淌，哭成了淚人。她的右手插著腰，好像胃疼得站不住。

他窘得發慌，忙四下張望。暮色中，只有幾個孩子在玩「捉特務」的遊戲。醫院的南邊，有幾根高大的煙囪懶洋洋地吐著煙。幸好沒有熟人看見。

他掏出一塊手帕遞給她，嘟囔著，「曼娜，別難過。我喜歡你，可咱倆沒那個緣分。別恨我。」

「你又沒有錯。噢，老天爺幹嘛總跟我過不去？我都二十八了。」

孔林歎了口氣，沒有說話，心想，我如果娶了她，是修來的福氣。

幾天以後，吳曼娜也被召到蘇副主任的辦公室，作出了同孔林一樣的保證。

到了年底，孔林第一次沒有評上先進模範。有些群眾對他的資產階級生活方式不滿意。據一位同事揭發，有天在澡堂子洗澡，大家都脫光了泡在水裡，這時候高音喇叭裡播放國歌，孔林居然沒有像別人那樣立正站好。一個科室領導說，孔林的頭髮留得太長，還從中間分開，活像電影裡的小資產階級知識分子。爲什麼他就不能像普通群眾那樣把頭髮剪短？他憑什麼那麼特殊？就他有大學文憑？醫院裡的另外三個大學畢業生爲什麼不像他那樣在乎頭髮長短？有一個還剃了光頭呢。

孔林一天也沒敢耽擱，讓同宿舍的陳明給他理了個平頭。吳曼娜看著他的腦袋，心裡直堵得慌。他的臉看上去呆板平淡，用她的話講，「不男不女的」。他反而說沒關係，現在是冬天，他可以整天戴著皮帽子。

在政治學習會上，孔林感覺到大家都盼著他發言，想聽聽他最隱祕的活思想。好像他生來就有污點，應該時刻進行自我批評。他心裡不痛快，幾個月都陰沉著臉。

# 7

一年多來，吳曼娜一門心思想知道淑玉長什麼模樣，孔林就是不給她這個機會。每當她纏著孔林要看他妻子的照片，他總說沒有。吳曼娜知道他肯定有。有一次她在孔林和另一位醫生合用的辦公室裡幫忙擦窗玻璃，趁沒人的時候，把他的所有抽屜都翻了一遍，但是沒有發現淑玉的照片。同宿舍的女護士常問起孔林的愛人是什麼樣，她一點都答不上來，不免尷尬。她們每次都勸她多長個心眼，小心孔林腳踏兩條船。

在醫院舉行的一九六八年秋季運動會上，吳曼娜贏得了乒乓球的第三名。她拿到了一塊香皂和一條白毛巾的獎品。那天下午在孔林宿舍，爲了讓她更高興，他說她想要啥他都可以給她。

「我唯一的願望就是看看淑玉高貴的面孔。」她說著，眼珠轉著，露出興奮的光。

屋裡只有他們倆人。他翻開一本《辭林》字典，從仿羊皮封面的夾層裡取出一張照片，遞給她。這是一張四寸長，三寸寬的黑白照片，看起來剛照不久。

吳曼娜看了一眼，噗哧笑了出來。淑玉和孔華都在照片上。小女孩穿著花格背帶褲，在地上半蹲半站，像一條用後腿立起來的小狗。她的雙手伸向母親坐著的板凳。淑玉離照相機更近一些，看得更清楚。她顯得憔悴，額頭布滿波浪一樣的皺紋。她扁平的嘴向兩邊撇，好像要哭的樣子。右眼半睜，眼角匯集了一簇細密的魚尾紋。更讓人吃驚的是，她穿戴得像個老太太：一件大襟褂子像黑色的鐵筒包裹住她的削肩，顯得上身更短。她的腿又細又瘦，小腿上裹著綁腿。一對小腳穿在黑尖鞋裡，呈八字形，像兩隻趴在地上的小老鼠。淑玉的左邊有一隻兇狠狠的鵝在搧呼著翅膀，背景上是幾口水缸，茅草屋頂的土坯房和半棵遮住屋頂的榆樹。

「天吶，你看她這雙小腳！」吳曼娜大聲說，沒有察覺孔林站了起來。「她看著倒像你媽。」她笑彎了腰。

他的目光在眼鏡片後面一閃一閃的。他掀起軍帽，緊閉著嘴唇，走出了房間。

「嗨，孔林，回來。我也沒有惡意，咋說惱就惱了。」

她追了出來，他卻頭也不回地向醫院大院的後門走去。院牆外面是一片人民公社的果園，剛栽了四年，現在已經果實纍纍。一排排的蘋果梨樹起伏蜿蜒，綠滿了山坡。孔林跨著大步，急急出了醫院大門，消失在果林深處。

這是吳曼娜第一次看到他發火的樣子，隔天再見到他時，他的臉色很平靜。她再一次道歉，他只說了句沒關係。

看到了照片，她心中的石頭落了地。她現在堅信：孔林和他老婆根本不相配，不會有眞正的愛情。他早晚會甩了淑玉。她心底燃起了希望，總有一天會和孔林結婚。

宿舍裡的姑娘們問個不休：她還沒有看見過孔林愛人的照片？吳曼娜一個字也沒有漏，仍然藉口說對那個鄉下女人一無所知。一個月後，她實在忍不住內心的興奮，告訴了好朋友牛海燕照片的事情。

她們倆都上夜班，從晚間七點到凌晨三點鐘。夜裡，病房裡的病人都睡了。兩個護士除了給個別病人發發藥、量量體溫，基本上無事可做，只有聊天打發時間。牛海燕人長得漂亮，有點嗑嗑呼呼，說話挺衝。她臉上笑瞇瞇的，露出潔白整齊的牙齒。總有幾個小伙子圍著她轉。她出生在哈爾濱，在木基市長大。她爺爺是個很有錢的資本家，抗美援朝的時候捐獻過一架米格十五飛機給志願軍，爲此牛海燕並沒有因爲家庭出身不好受到什麼影響。獻飛機使得牛家的油坊和製革廠破了產，卻掙來了一個紅色資本家的名號。在歷次政治運動中，牛家的子孫們奇蹟般的沒有受到衝擊，牛老爺子的孫女牛海燕甚至還能參加解放軍。在她身上有股子天不怕地不怕的野勁兒，令吳曼娜羨慕不已。這可能是她身上流著當年闖關東的先人們的血液。在吳曼娜眼裡，牛海燕很像是一隻油光水滑的山豹子。

「我要是你啊，就去跟孔林睡一覺。」有天晚上，牛海燕一邊織著一條毛線圍巾，一邊對她說。

「你這丫頭瘋了，滿嘴胡扯啥。」吳曼娜罵道。消毒用的不鏽鋼鍋已經在電爐上煮了半個鐘頭，她正在用鑷子把煮過的針頭和針管取出來。

牛海燕一圈一圈地織著淡黃色的毛線。她沒有抬頭，說：「我沒瘋。你得想辦法發展鞏固你們倆的關係，對不？」

「我怕那樣會把他嚇跑了。」

倆人都笑了，吳曼娜打了個噴嚏。值班室裡越來越潮濕，桌子旁邊垃圾筒的蓋子上已經生出了一層細細的水珠。牛海燕把毛線活放在腿上，說：「大姐，你聽我說。你只要和他睡過一次，他就不敢甩了你。他要是眞愛你，眞的有良心，你走到哪，他都會跟到哪。他要草雞[3]了，也不值得你去愛，對不？」

「竟說些孩子話。愛情哪有那麼浪漫。」

「拉倒吧，你懂啥叫愛情？」

「行了，行了。你啥都懂。」

「我當然懂了。」

「告訴大姐，你有過多少男人？」吳曼娜朝她擠擠眼。她早就懷疑牛海燕已經不是處女。大家都說，牛海燕和醫院的丘副院長睡過覺。這肯定是眞的，不然醫院早就讓她復員了。她不像吳曼娜，從來沒有進過護士學校。

「一千個。」牛海燕開玩笑地說。「男人越多越好，你說對嗎？」

「也許是吧。」吳曼娜隨口說。

她們又笑成一團。牛海燕把辮子甩到背後，辮梢上繫著的橘黃色線繩一閃又不見

---

3 草雞：東北土話，表沒本事、差勁、糟糕之意。

了。她的腳尖敲著紅木地板。

吳曼娜從來沒有動過和孔林睡覺的念頭。被醫院開除的恐懼使得她連朝這方面想都不敢。她連個家都沒有，萬一被醫院開除，去哪呢？再說，如果她被迫復員，發配到偏遠地區，他會不會還愛她？她心裡沒底。即使他還想要她，他萬一也被強迫復員回到原籍農村，倆人分開兩地，再堅強的愛情也會變的。但是，牛海燕出的主意又使她看到了另外一種可能性。吳曼娜已經快二十九歲了。難道她要當一輩子老處女？一旦她和孔林做過愛，他可能就會想辦法同妻子離婚。不管是好是歹，她總不能坐在這裡乾等，這種不明不白的關係等到啥時候算個頭？最近，醫院裡的人已經開始把她當作孔林的未婚妻看待，年輕的軍官都避免同她多說幾句話。她心裡有說不出的煩惱，決心改變這種處境。

她決定開始行動。第二天夜裡，她們給病人發完藥之後，她對牛海燕說：「我能不能請你幫個忙？」

她鄭重的語氣嚇了她的朋友一跳。「你客氣啥，有事兒儘管說。」牛海燕說。

「你知道城裡有啥清靜的地方？」

「啥叫清靜地方？」牛海燕閃動著大眼睛。

「就是你能……」

「哦，懂了。你想尋個地方和他快活一下？」

吳曼娜點點頭，紅了臉。

「你不還是聽我的了。你咋這麼快就變了？你這個姑娘不正經，是吧？你想引誘一個好同志，一個革命軍人，對不？」

「少囉嗦。別東問西問的。」

「吳曼娜同志，你明白你要幹的事情嗎？我看你是昏了頭了，對不？」她拇指豎起來，用食指點著吳曼娜，像握著把手槍。

「好妹子，幫姐這個忙吧。」

牛海燕噗哧一聲笑了，說：「好吧，我給你找個地方。」

由於每一個城鎮的旅館和招待所都要求住宿的客人出示單位介紹信，杜絕了未婚男女偷情的可能性。吳曼娜只能找牛海燕幫忙。海燕好像誰都認識，門路多得很。她的兩個姐姐也住在木基市，所以能這麼痛快地答應吳曼娜。

到了星期四吃午飯的時候，牛海燕坐在吳曼娜的身旁，煞有介事地衝她點了點頭。等到別人吃完離開了飯桌，她遞給吳曼娜一把銅鑰匙和一張寫著地址的紙條，說：「這個星期天我姐姐要去她婆婆家，你可以用她的房子。」

「謝謝。」吳曼娜輕聲說。

牛海燕擠擠眼睛，「記住回來告訴我滋味怎麼樣，好嗎？」

「你啥意思？」

「你知道我啥意思。」牛海燕又擠了擠眼睛。

「死丫頭，好像你有啥不知道似的。」

牛海燕吃吃笑著，拍拍她的肩膀，然後一本正經地說：「每個男人都不一樣。」

決心走出這一步以後，吳曼娜感到了一種從未有過的興奮。她的眼裡開始出現一種憧憬的神情，常常會情不自禁地獨自微笑。到了夜晚，她會感到自己躺在孔林的懷抱裡。她的乳房發脹，嘴唇發乾，要用舌頭去舔。她心裡奇怪，短短幾天功夫，自己會變成了一個肉欲豐盛的女人。儘管有點擔心夜裡睡著後會踢開被子，讓同宿舍的室友看到自己赤裸的大腿，但她還是開始喜歡只穿著乳罩褲衩睡覺。一想到將要和孔林一起度過銷魂的時光，她的四肢發熱，內心充滿喜悅。

第二天黃昏他們一起散步的時候，她告訴了他星期天的安排，甚至提出要買瓶李子酒和兩斤醺腸帶去。她只顧痛快地說著，沒有注意到他眼裡驚愕的表情。

「林，這可是個難得的機會，」她說，「咱們倆還從來沒有單獨在一起過。」

他皺了皺眉頭，邊走邊踢著路邊的石子，沒有說話。

夕陽被醫院的圍牆遮住一半，像從中間切開的大蛋糕。幾個穿著藍白條病號服的住院病人在操場上和一群孩子踢著足球。風吹著枯葉，發出沙沙的響聲。清冷的空氣中，蝙蝠竄來竄去，咕咕叫著。

看到他對自己的安排不熱心，吳曼娜來火了。「我只是想咱倆能單獨待上一會兒，好好談談心。沒別的意思。」

他仍然沉默著。他的臉雖然有點紅，表情卻相當冷漠。她失去了最後一點耐心，提高了嗓門，「你尋思我走這一步容易啊？我是冒著失去一切的風險，你明白嗎？」

「的確是在冒險，」他沉思著說，「而且冒得太大了。咱們不應該這麼做。」

「為啥不能——」

「咱倆都跟蘇然保證過要遵守醫院的紀律，這樣做不是會連累他嗎？我是結了婚的人，萬一讓別人知道了，不把咱們整成罪犯才怪。你說呢？」

「我豁出去了。」

「曼娜，你可要冷靜，不能一失足成千古恨。」

她沒有回話。

他接著說：「另外，你還不知道牛海燕那張嘴，沒她不傳的話。她現在不告訴別人，你能擔保她結婚後管住自己的嘴？她肯定會先告訴她愛人，然後整個醫院就都知道了。你知道，沒有不透風的牆。咱們今天整這事兒，別人早晚會知道。」

「她起過誓，絕不會說出去。」

「你敢給她打保票？」

「這個，我倒不敢，」她搖搖頭。她感覺胸口憋悶，淚水湧入眼眶，強忍著才沒有流出來。「那，這玩藝咋辦呢？」她揮了揮手裡的鑰匙。鑰匙在餘暉中閃爍了一下。

「星期天之前還給牛海燕。千萬要讓她知道，咱們根本就沒去那個地方。」

他的話讓她無地自容，默默地埋怨自己讓感情衝昏頭腦。但是，她心底很快升起一片疑雲：他爲啥不願意和她單獨進城待一天？難道他還有另外的女人？這不可能。馬萍萍一年前就復員了。孔林對待這個假小子一樣的丫頭就像是個小妹妹。他們不過是兩個書呆子罷了。這些日子他和誰比較接近？只有她吳曼娜一個人。不，他可能一直有別的女人。不會吧，她天天同他在一塊，如果有還能看不見？那爲啥他對她一點欲念都沒有呢？

吳曼娜害怕他從今以後把她看成是一個不正派的女人。牛海燕那死丫頭的話能聽嗎？她後悔死了。

醫院大樓房頂的瓦塊上覆蓋了一層青苔，他們走過這裡，像是繞過了一個綠色的大土堆。樓裡亮起了兩盞燈。七點鐘醫院裡要傳達最新的中央文件，號召所有革命造反派組織要文鬥不要武鬥。孔林要去會上聽傳達，吳曼娜也要準備去上夜班了。

牛海燕很驚訝吳曼娜會把鑰匙還給她。吳曼娜解釋說，他們答應過蘇然不會違反紀律，不能說話不算話。

牛海燕哼了一聲說：「我倒不知道孔林原來這麼夠哥們兒。的確是個好同志。怪不得有人叫他『模範和尚』。」

「我不是說了，他膽子賊小。」

「他別是不愛你吧？興許幹那事兒不行？」

「拉倒吧，人家和老婆孩子都弄出來了，孩子還挺健康，哪都沒毛病。」

牛海燕輕聲歎了口氣，攥起雙手，說：「實話說吧，曼娜，我覺著他還沒有愛你到肯冒風險的地步。你眞的知道他的心嗎？」

她沒有回答。她還是不明白爲什麼孔林不願意同她上床。她感覺他解釋的理由中肯定還有話沒說出來。有多少男人爲了他們心愛的女人不惜犯規犯法，受到處罰也不後悔。孔林爲什麼不能像他們那樣呢？他眞的愛她嗎？爲什麼冷冰冰得像塊木頭？他所以拒絕是不是不願意同她攪得太深？

她慢慢覺得牛海燕的話有道理。

## 8

孔林表面平靜，內心卻被吳曼娜的膽大行爲攪得緊張不安。那天夜裡，他躺在床上，腦子裡像過電影一樣回想著下午他們散步時的情景。他覺得讓她把鑰匙還給牛海燕完全正確。如果順著她的意思，後果會不堪設想。自從對蘇然作出保證之後，他一直在設法冷卻對吳曼娜的感情。他時刻提醒自己：對她不能投入太深的感情。他仍然不能確定他們倆的關係是否會正常地發展，直到結婚，因爲他首先得同妻子離婚才行。他不想匆忙行事。

窗外，雨滴從房檐上落下來，濺出叮叮咚咚的響聲。孔林緊閉雙眼，還是睡不著。他的耳邊好像有個聲音在說，你眞的不想同吳曼娜發生關係？

他吃了一驚，連忙回答，現在不想。根本就不能考慮性關係，那會把我們倆毀了。

你眞的不想同她睡覺？那個聲音又來了。

不，眞的不想。我喜歡她、依戀她，但是這和性行爲沒有關係。我們的愛情不是建立在肉體上。

眞的？你對她就不動一點邪念？

我能控制自己的欲望。在這個節骨眼上，我只能把她當成同志看待。

這話鬼才信。你咋不另外找一個同志每天散步聊天呢？你和她已經建立了一種特殊的關係，對嗎？

就算是吧。這種關係不是性關係。我們彼此相愛，這就夠了。

你說什麼？你太理智了。

我是個軍醫。我的職業要求我必須有理智。

你拒絕了人家的好意，難道就不怕傷了她的心？

我不知道。如果傷了她也是沒辦法的事。我不是有意要傷害她。她會原諒我，對吧？她難道看不出來，我說不能幹這事，不也是爲了她好？

那個聲音消失了。睡意很快寵罩了他。他的思緒飄到了一個遙遠的地方，景色很像是他從小生長的鄉下。他作了一個異乎尋常的夢，一個後來讓他幾個星期都感到困擾不安的夢。在一個晴朗的夏日，他走進了一片望不到邊的麥田。太陽不太熱，和煦的風撲在臉上暖洋洋的。他扛著一根魚竿，輕鬆地吹著口哨。麥田深處升起一個甜膩的呼喚：「林，林啊，到這兒來。」他轉過身，扒拉開麥穗，地上躺著一個年輕婦女。她的頭上蒙著一塊紅色的紗布，乳房裸露著，像一對又白又圓的小甜瓜。在她裸體的周圍，尖尖飽滿的麥穗在微風中輕快地颯颯抖動。他扔下魚竿，大步向她走去。密密麻麻的麥穗麥稈搖曳著，蹭著他的腰，釋放出醉人的甜香。走近的時候，他發現了一小塊乾淨的空地，鋪著狗尾巴草和稻草，她渾身上下一絲不掛地躺在上面，兩條腿向外撇開，正揮手叫他過去。她頭上的紅紗巾消失了，面孔卻被宛如黑瀑的長髮遮住。她的腰身豐滿，四肢粉白細嫩，他看了差點昏過去。她的陰毛濃黑茂密，柔軟的毛髮上閃動著幾滴露珠。他大口喘著氣，扒下上衣褲衩，摔在地上。

他們在草上翻滾。他壓在她身上，渾身扭動著。她的手撫摸揉搓著他的脊背、胸膛和大腿。她突然抱緊他，使勁貼住胸口，肚皮在他身下有節奏地上下抽動，好像在伴隨著什麼音樂搖擺。她像頭牲口那樣呻吟吼叫，這快樂陶醉的聲音給他注入了巨大的能量。他感覺周身的血液都在腰下匯集洶湧。一群野鴨驚起，狂聲亂叫。刺耳的鴨叫使他的雙臂哆嗦了一下。他死死抱住她，好像在海洋中抓住救生圈的溺水者。

他在她身上抽動了很長時間，直到精疲力竭，翻下來躺在她身旁。她的屁股在微微顫動，像發麵團一樣不大功夫就漲大了好幾倍，他的手在上面揉搓撫弄著。過了一會兒，她翻轉過來，撐著胳臂肘抬起身，鎖住了他的脖子，哼哼著說：「再來，再來，我還要嘛。」

他伸手去找埋在草中的衣服，手背打到了鐵床頭上。孔林一下子驚醒了，渾身汗水淋淋。他定了定神，知道自己剛剛作了一個春夢。他頭一次作這樣的夢，深深地感到羞恥。那個女人是誰？她的長髮及腰，身體勻稱，散發著像剛從土裡刨出來的花生一樣的氣味。她的左胳膊上有塊像鈕扣一樣大小的胎記。他努力回想所有認識的女同志，沒一個人吻合她的特徵。要是能看清她的臉就好了。

宿舍裡一片黑暗，對面的陳明鼾聲如雷。孔林無聲地坐起來，打開枕頭套，取出一條內褲，換下身上那條前面濕了一片的褲衩。他多年來常聽別人說起作春夢的故事，不知道那是一種什麼樣的經歷。結婚前，他甚至懷疑過自己的性能力。因爲別的年輕人好像沒有姑娘就活不下去，他卻從來沒有感受到喜歡過任何一個女人。女兒出生後，他終於安心了：自己是個正常的男人。可是，春夢是啥滋味？爲什麼他從來沒有做過呢？自己是不是有什麼毛病啊？每當聽見身邊的同志們吹噓自己的男人雄風和各種離奇的春夢，這些問題就會浮現在他腦海裡。現在他終於也做了一次春夢，夢境帶給他的是美妙的興奮和激動。夢中的感官刺激是貨眞價實的。他暗暗希望麥田中的婦女是他認識的女同志。

早上五點半起床號響了。他翻身下床，匆匆穿好衣服，把被子疊成豆腐塊，枕頭放在被子上。這時候，他發現白床單上有一塊黃色的痕跡。現在來不及洗掉了，要馬上出早操。他隨手抓起一本新出版的《解放軍畫報》蓋在黃印上。然後和陳明一道，衝進了冰冷刺骨的曙光裡。

他感覺今天的三公里長跑特別累，出了一身汗，一路上喘得像個風箱。他的頭也有些暈。

孔林回到宿舍，田進已經起床了。他昨天夜裡值班，早晨不用出操。見到孔林進屋，田進一臉的壞笑，「嗨，孔林，昨晚上夢見誰了？」他眨巴著細長的眼睛，短粗的鼻子在空氣中抽動著，好像聞到了什麼香味。

孔林的脖子根都紅了。他連忙跑到床前，掀起床單，把它搓成一團，丟進盛著水的臉盆裡。

「哎呀，有啥不好意思的，這是正常現象。」田進說完，嘿嘿笑起來。

陳明也發話了，「當然是正常現象。我每個禮拜都做這樣的夢。精滿自洩嘛。」他轉向孔林說，「你也不用慌著洗床單，好像上面沾著病菌啥的。我床上的那些花點子多了，你看我啥時洗過？」

「我也不洗那玩藝兒。」田進說。

孔林巴不得這兩個傢伙能讓他清靜會兒。田進皮笑肉不笑地接著說：「活計，我能猜出來你昨晚夢見了誰。」

「你妹。」孔林火了。

「哦，那還不好辦。我要是有個像吳曼娜那樣的妹妹，巴不得讓你騎她，就像騎匹小馬那樣，騎多久都行。不過，只能在夢裡騎。」

他的兩個室友爆發出一陣大笑。孔林一句話也沒說，從床頭櫃裡拿出一條肥皂，端起臉盆出了屋。夜裡的夢仍然困擾著他。現實生活當中，他絕對想像不出自己能夠和一個陌生女子躺在麥子地裡，像畜生那樣交媾。他感到有點噁心。

# 9

孔林的桌子上放著一張撕破了的電報紙。這是他大哥孔仁打來的電報，上面寫著：「父亡速歸。」

想到父親在土坷垃裡辛苦了一輩子，日子卻一天比一天窮，孔林淚水盈眶，不住用手指揉著眼角。可是他不能回家奔喪。他向部隊領導申請提前探家，沒有被批准。一九六九年的春天，醫院進入了戰備狀態。這一年冬天，中蘇軍隊在烏蘇里江心的珍寶島上發生了武裝衝突。雖說現在是春天，江上的冰層已經鬆軟——蘇聯軍隊的坦克和裝甲車無法過江，解放軍的戰備狀態要到五月份才能結束。

孔仁的家離鵝莊三十多里路，孔林給他寄去兩百塊錢，囑咐給爹辦個體面的喪事。老人臨死前把老家的房子都留給了孔林，感謝淑玉這些年來殷勤伺候兩位公婆，給他們養老送終。

孔林一連幾個月心情惡劣。他沉默寡言，有空就躲在宿舍裡看書。晚上和吳曼娜一起散步，也是一副心事重重的樣子。她關心地問，是不是因爲不能回家給父親發喪才心情不好。他說可能吧。實際上，他的腦子裡亂七八糟的。現在雙親已故，他對妻子的需要也不一樣了，她只管照料女兒就行了。他打心眼裡覺得對不起淑玉，自從結婚就沒讓她過上一天好日子。但是他不愛她，不願意和這麼個老婆過一輩子。他嚮往建立在愛情上的婚姻，渴望有一個相貌上帶得出去、不會讓他覺得丟臉的妻子。（吳曼娜是他心目中一個合適的選擇）但是，負疚心理夾雜著多年來對淑玉的感激，又使他矛盾重重，行動的勇氣一點一滴地滲乾了。

與此同時，吳曼娜開始話裡有話地提醒他，該是認眞考慮離婚的時候了。每次感覺到她要拾起這個話題，他都把它扯到別的上去。

六月初的一天夜裡，木基市武裝部的一位負責幹部心臟病發作死了。他約莫四十來歲，長得人高馬大。天黑的時候他覺著心口疼，吃了幾片藥也不管事兒。他跟妻子說要到醫院去看醫生。天要下雨，他拿了手電筒和雨傘出了門。還沒走到醫院，眼前一黑就倒下了。他掉進路旁的溝裡，掙扎著但爬不出來。第二天清早人們發現他的時候，他已經死了，嘴唇咬得稀爛，臉上沾滿泥水和雜草。他撇下了妻子和三個年幼的孩子。吳曼娜過去見過死者，心裡受到很大的震撼。

隔天傍晚他們沿著醫院操場的跑道散步，她長歎一聲，對孔林說：「人活著不就那麼回事兒。今天還歡蹦亂跳，明天就蹬了腿。每天都憋屈自己，掙命想活得像個人樣，有啥意思？」

「說這些喪氣話幹啥。大家要都這麼想，就不用活了。」

她站住了，靠在一棵披滿板片的樺樹上，右手不停地前後撫弄著左手腕，目光黯淡下來，注視著他。她哽咽著開了口，「林，我受不了了。我快憋死了。你到底打算怎麼辦？」

「你在說啥啊？」他滿臉疑惑。

「咱們不能再這樣下去了。我算個啥，是你的未婚妻還是小老婆？你必須要拿出行動來，結束這種情況。」

「我能幹啥呢？」

「跟淑玉離婚。」她緊緊盯著他的眼睛，撇著嘴唇。

他把頭扭開，目光看著別處。「這事不能急。你讓我琢磨出一個穩妥的法子。不容易啊。」

「怎麼到你這兒就複雜了？你就告訴她你要離婚，看她能咋樣。」

「不，你不懂……」

「不懂啥？」

「我不能對待她像雙破靴子，穿完了就扔。我總得說出一個正當的理由，要不別人罵我是陳世美，婚反倒離不成。」

「哪條理由比沒有愛情更站得住腳？」

「不，你不明白。」他呼吸急促起來。

「孔林你聽著。挑哪個，揀哪個，你現在就得決定。我不能再這樣傻等了。我是你什麼人？連姘頭都不是。」她哭出了聲，轉過身，拔腿就走。

「曼娜，你聽我說！等等。」

「我聽夠了。」

「你得講理啊！」

「我講理講夠了。你要還是老樣子，啥也不做，咱倆就算到此爲止。」她大聲說完，快步離去，手捂著嘴。她的頭向前傾，踉踉蹌蹌，身子因爲抽泣聳動著，頭髮上粘著一片樺樹皮。她越過一小堆乾草，穿到冬青樹籬後面。

他望著她的背影拐過實驗室樓的拐角，終於消失了，心裡木木的沒什麼感覺。他的頭頂有幾隻小咬[4]在飛。一對花喜鵲在一棵高大的榆樹上嘰嘰喳喳，擺動著尾巴。遠處的天際，幾架噴氣戰鬥機斜著翅膀，無聲地鑽進高空，像閃亮的燕子。

從這天起，他們倆之間別上了勁，誰也不理誰。孔林已經習慣了獨自一個人，也沒有去找吳曼娜賠不是。他現在想要的就是這種平靜的心態。可是，每當他看見她，又忍不住要把視線轉到她臉上。她也知道他在看她，故意扭過臉去。她比以前更愛笑，特別是有其他男同志在場，笑得就更響，身子挺得更直。她穿上顏色鮮豔的花裙子和新皮鞋，也像其他女護士一樣，擦上了最貴的那種雪花膏——百合霜。到了晚上，她經常和別人一起在醫院公共浴池前面的空場上打羽毛球，彷彿突然間又成了年輕姑娘，充滿了青春和活力。

4 小咬：蚊蚋類昆蟲，體型比蚊子更小。

孔林從來沒有想過她會這麼不饒人。他內心很痛苦，胸口像灌滿了鉛，喘不上來氣。

他感到茫然，懷疑她過去是不是眞的愛他。同事之間常會有人探問他和吳曼娜出了什麼事，他就回答：「我不應該讓她這樣等著。我是結了婚的人，她得有機會去選擇別人。」

「那你倆算吹了？」

「我想是吧。」

孔林外表沉得住氣，心裡卻焦悶不堪。他捧起書，腦子裡就開小差。他晚上也睡不好覺，唉聲歎氣，想過去的事情，想他認識的所有女人。這些女人中有比吳曼娜更漂亮、更溫柔的，但是他好像對誰也沒興趣。他眼前晃動著她們的身影，把她們一個一個比過來比過去。最後，這些女人的面孔漸漸凝固成吳曼娜的臉。他太對不起她了。她就這麼等啊等啊，等來的是啥呢？是他們愛情的重新開始，還是結束？他覺得自己像鑽進了一個圓圈，箍在裡面轉不出來，總是回到原來的地方，找不到新的起點。愛情也幫不上忙啊。想到要尋找眞正的愛情，他全身都感到消沉疲憊不堪，彷彿已經心死成灰。他多麼渴望從來就沒有認識吳曼娜，渴望能夠縮回到原來刻板規律的生活，渴望恢復過去心靜如水、自我滿足的心境。

白天他拚命工作，甚至攬下了辦公室裡沒人願意幹的重新整理所有病歷的苦差事。他只想要把自己折騰得精疲力盡，晚上睡覺好不胡思亂想。只要他手裡有活兒幹，他就感覺到能把握自己，生命充實。他不需要女人。

# 10

國慶節到了，醫院全體會餐。身材矮胖的張政委腆著大肚子，在食堂對全體幹部戰士發表了餐前講話。他首先感謝早上在廚房幫廚的護士們，然後簡單回顧了建國以來共和國走過的光輝歷史，以及這個節日對黨和人民的偉大意義，最後闡述了黨指揮槍，人民軍隊忠於黨的原則。他講完了，一揮手，宣布：「現在開飯。」

他走到食堂的一個角落，那裡爲醫院領導同志專門開了一桌，酒菜不限量，管夠。人們舉起酒杯先祝一圈酒，然後拿起筷子開吃。偌大的食堂立刻響起笑聲、嗡嗡的談話聲，夾雜著飯碗、菜盤子、湯勺、酒杯碰撞的聲音。每一桌都上了八道菜，熱菜是：紅燒扁魚、糖醋排骨、筍乾肉片、木耳炒雞蛋。每桌上還擺了兩瓶紅酒、一罐白酒和一大盆生啤酒。

孔林和吳曼娜沒有坐在一起，但是他能看得見她的桌子，聽得到她的聲音。同桌的男同志都嚼得有滋有味，孔林卻吃不下去，雖然他也像大家一樣沒吃中午飯，留著肚子等晚上這頓酒席。現在菜剛上來他已經飽了。他轉過頭，看到吳曼娜把右胳膊放在身後寬大的窗檯上，左手握著個軍綠色的搪瓷缸子。

「這酒夠勁。」她響亮地對坐在身邊的孔林室友田進說了句，然後咯咯笑起來。她把胳膊從窗檯上拿下來，手指按了按鼻子。

孔林聽了她的話，臉上的肌肉抽搐了幾下。同桌的一位中年女醫生好心地對他說：「嚐個丸子，做得不錯。」

孔林心不在焉地伸出筷子，挾起了一個丸子放到嘴裡。丸子裡的豬肉餡他覺得像豆腐一樣沒味。生啤酒他嚐著也和白開水差不多，他勉強用自己的藍邊白瓷碗喝了幾口。他和別人不同，對大魚大肉沒胃口，只吃爽口的糖醋涼拌蘿蔔絲，時時打著小嗝。

另外一張桌子上的景象卻不同，吳曼娜笑得很快活，臉上紅得像塗了胭脂。她舉起搪瓷缸同別人碰杯，一仰脖把酒喝光。

「你可是海量啊！」田進尖著嗓子奉承她，然後用勺子伸到啤酒盆裡給她舀了滿滿一缸子啤酒。

「行了，」她快活地喊著，「你倒出個尖兒，想灌死我啊？」她又笑開了。

「怕啥？」田進說。啤酒沫子從缸子裡溢出來。

孔林頭頂上的電風扇呼呼地吹出冷風，他還是出了一身汗。他再也吃不下去了，趕緊吃乾淨了碗裡的米飯，站起來，對大家說他忘記了關辦公室的燈，去去就回來，然後向門口走去。走過吳曼娜坐的桌子，不知什麼原因，他停下來說：「曼娜，少喝點，酒喝多了沒好處。」

「我喝你的啦？」她說完，故意傻笑著。她又舉起磕得斑斑點點的綠搪瓷缸，灌下了一大口啤酒。同桌的人楞了，停下手裡的筷子看著她。

孔林一言不發走了出去，手裡緊緊攥著軍帽。他後悔得要死，幹嘛非要表現出對她的關心！耳旁又響起了一個聲音：你太傻了，吃了虧不長記性。爲啥不讓她喝死？管她幹啥？讓酒精把她的五臟六腑燒爛！活該。

醫院的四方型大院裡靜悄悄的不見人影。只有大門口的哨兵握著戳在身邊上了刺刀的步槍，一動不動。孔林直接走向營房後面的果園。蘋果梨已經摘完了，但東一棵西一棵的樹上還剩下幾個。兩匹棗紅色和一匹雜色的小馬在山坡上吃草。果林深處，一個年輕人咿咿呀呀地唱著革命樣板戲《智取威虎山》的選段——「幾天來，摸敵情，收穫不小……」，一群野鵝伸長了脖子，淒厲地叫著，呈V字形掠過了山尖，拍打著翅膀向南飛去，在空中留下一串劃破空氣的細微的哨音。

孔林揀了塊大石頭坐下，燃起一枝菸。醫院的房舍就在他的腳下，落日中可以看到門診大樓的幾扇窗戶微微閃光。從他坐著的山坡望下去，整座醫院就像是一個大工廠，四周是一圈沿著院牆栽下的茂密的白楊樹。東面，幾所紅頂瓦舍在白色霧氣中時隱時現。從城裡那邊隱約地傳來嗡嗡的車輛交通聲。孔林歎著氣，心裡很不是滋味。他在想剛才發生的事情。她爲什麼要故意讓他丟人現眼？她就那麼恨他？她不應該把他的好心當成驢肝肺。唉，女人的心變幻不定啊。當著那麼多人讓他下不來台簡直是不能忍受的羞辱。

你呀，這是自找，他想。你有老婆有女兒，就不應該整這號事兒。你自找苦吃，丟人也是活該。你咋就不能撇開這個女人？非得讓她把你揪心扯肺糟蹋夠了才舒服？你他媽的眞是個賤種，人家越躲著，你就越上趕著追。這齣瘋狂的鬧劇該收場了！你必須把她從心裡剜出去，不然她會像個蛀蟲，把你的五臟六腑全吃光。

他抽著菸，想著心事，吳曼娜從一棵蘋果梨樹後面出現了，直騰騰地向他走過來。她粗粗地噴著酒氣，臉紅得嚇人。他忙站起來，心裡打鼓，不知道該怎麼招呼她。

還沒等他反應過來，她已經衝上來，死死地一把抱住他。她抽噎得渾身發抖，把臉深深地埋在他懷裡。

「我眞是受不了啦！」她呻吟著。「我受不了啦。我剛才那樣對你不是有意的。」

「別，別哭。」

「我是個壞女人，壞透了。」她嗚咽著說。她的兩條胳膊緊緊地箍著他的腰，因爲用力太大而微微顫抖。她的頭髮散發著薑和大蔥的辛辣味，一聞就知道她上午在伙房幫過廚。

「曼娜，沒有關係的。」他說，「你看我根本沒往心裡去，早就忘了。」他突然記起來，他們已經違反了醫院禁止未婚男女一起到大院外面約會的紀律。他急忙看看四周，恐怕被別人看見。

她仰起臉，眼中突然閃閃發光。她又低下頭，發瘋似地咯咯笑起來。「你知道嗎，我是個老處女，一個三十歲的黃花閨女。」

「不要這樣講話。」

「老姑娘不是都脾氣古怪嗎。」

「你喝的太多了。」

「哪兒喝多了，總共就兩茶缸。」

「那已經過量了，你根本喝不了那麼多。」

「我問你，你就不想知道我是不是個處女？從來沒有讓男人碰過？」

「曼娜，你胡說八道什麼。你應該——」

「來呀，想不想糟蹋個老姑娘？想不想把我給糟蹋了？」她鬆開他，放聲大笑，笑聲變成劇烈的咳嗽，又變成嗚嗚的抽泣。

「咱們回去吧。」他雙手架起她。

「你有種就把我糟蹋了吧。」她哭著說。

「不要這樣，不要——」

「你還是個男人不是？你那膽子比兔子還小。來吧，就在這兒把我幹了。」

「好了，好了，都是我的錯。我是個廢物。咱們回去吧。」

他不顧她的掙扎和哭鬧，兩手架起她的胳膊，把她拖下了山坡。她一路哭喊著，「幹了我，就在這兒幹了我。我想給你生個兒子。」

他不敢從前門把她帶回女兵宿舍，就架著她穿過整齊的白楊樹來到宿舍的後門。

他們剛出樹林，就撞上幾個剛下班正往食堂走的護士。還沒等這些姑娘打招呼，孔林忙說，「曼娜喝醉了。」然後急忙地拉著她走過去。護士們回過頭，看著跌跌撞撞走遠了的這對男女。

足有一個星期，吳曼娜成爲醫院裡上下談論的話題。她創下了一個記錄：她是醫生護士當中第一個在節日會餐上喝醉酒的女同志。人們說，喝起酒來男人都不是她的對手。

這次吳曼娜節日醉酒事件給了孔林很大的震動。他開始認眞考慮離婚的事情，決定明年夏天同淑玉提出來。

# 11

淑玉戴著草帽，扛著把小耙子，要到自留地裡去幹活。她告訴孔林天黑以前就回來。他們家的那塊方方正正的三畝自留地在村子西頭一里多遠的地方。她在地裡種上了南瓜、芋頭、玉米和黃米。地很肥，收穫的東西她和孔華吃不了，剩下的就託弟弟本生拿到吳家鎮和附近的六星人民公社的鎮上去賣。淑玉因爲家累重，還要照顧孩子，基本上不到生產隊的地裡幹活。孔林每月捎回來的錢還算夠用。

孔林在房檐下給坐在他腿上的孔華讀著一本故事書。他女兒手裡拿著一片厚厚的大蔥葉子，夾在嘴裡當哨子吹，吹出來的聲音像羊在咩咩叫。房前有一口深井，沿著井口砌著一圈半人多高的護牆，防止孩子和家禽掉進井裡。因爲淑玉是小腳，不能像別人那樣用扁擔到公社的水井去挑水吃，四年前孔林請人在院子裡打了這口井。井邊到院門連著一條磚鋪的小道兒。豬圈旁，一隻白母雞輪流用兩腳刨著土，咯咯地召喚一群雞崽跑過來，最小的小雞拖著一隻斷腿，一瘸一拐的。天氣暖和又沒有風，空氣中的乾糞味兒直嗆鼻子。

孔林沒有留神女兒張開了嘴，乾裂的嘴唇啣住了他背心的前襟，用力抻著。他低頭疑惑地看著她。她說，「爹，我餓。」她骯髒的小手摩挲著他的左胸口。

他忍不住笑了。她不明白他笑什麼，仰著臉看著他，眼睛一眨不眨。他說，「華，男人可不像你媽那樣會餵奶給你吃。瞧，我沒有奶子。」他撩起背心，讓她看自己扁平的胸膛。他右邊乳頭下有一顆葡萄乾大小的黑痣。她看楞了，黑眼睛睜得大大的。

「想吃餅乾嗎？」他問。

「想。」

他放下故事書，把她抱起來，騎在自己脖子上。父女倆到村裡供銷社商店去買餅乾和汽水。

吃晚飯的時候，孔林對妻子講了孔華想嘬他奶頭的故事。淑玉笑了說，「這傻丫頭。」

「她快四歲了，」他說，「該斷奶了，是吧？」

「吃娘奶的孩子身子骨結實。」她拿過他的碗，又盛滿了南瓜粥。「多喝點。」她說。

「我不在家的時候華常提起我嗎？」

「怎麼不提。有時候她說，『我想爹。』她通共也沒和你一塊兒待過多少日子。這就是血脈兒。」

他轉向女兒。「你真的想爹？」

「嗯。」

「告訴爹，你哪兒想啊？」

女孩把兩隻手放在肚子上說，「這兒想。」

他大聲笑著，一會兒眼淚就湧了上來。他把女兒抱起來放在腿上，爲了讓她夠到粥碗，把碗向她這邊挪了挪。沒等她繼續吃下去，他使勁在女兒臉上親了一口，又拿塊草紙給她擦擦鼻涕。

雖然淑玉和孔林不在一個屋子裡睡覺，他還是喜歡在自己家，特別是和女兒一道玩耍，更讓他覺得有個家的好處。他愛吃自家做的飯菜，可口又新鮮。淑玉熬的雜糧粥軟呼呼、熱騰騰，含在嘴裡噴香。他能一頓飯喝三大碗還不飽。淑玉總是要他在粥裡撒點紅糖，自己的碗裡卻什麼也不放。他吃了韭菜或大蔥炒雞蛋，幾個小時後打的嗝都是韭菜或蔥味兒。清蒸豇豆拌上香油和蒜泥，讓他吃得舒服自在，因爲他用不著像在醫院裡那樣，擔心滿嘴都是蒜味。最要緊的是，他在家裡全身都能放鬆。鄉下沒有起床號，他也不用每天早上五點半爬起來去出操。他們家的黑公雞一清早打鳴兒會把孔林吵醒，然後他又接著睡去。早晨能睡個懶覺對他來說是最美的事了。他已經回家四天了，心裡巴不得能待上一個月。

那天晚上，他的小舅子本生來了，想跟孔林借點錢。本生二十多歲，剛成了親，也是瘦得細胳膊細腿。他花了一千八百元辦喜事，揹了一屁股饑荒。他坐在炕沿，一肚子心事掛在臉上，不停地抽著菸。他的眼窩深陷，眼珠子緊張地眨巴著，嘴唇上的兩撇小鬍子像一隻小燕子張開的翅膀。每隔一會兒他就打出一個響嗝。

兩個男人說著話，淑玉在一旁用麻線衲著鞋底。她沒有說話，不時地瞪她弟弟一眼。

「啥事你這麼急著用錢？」孔林問本生。他的女兒趴在他背上，兩隻胳膊摟著爸爸的脖子。

「前兒個趕集遇到點麻煩，讓人家罰了。」本生的鼻孔冒出兩股煙。

「出了啥事兒？」

「倒楣唄。」

「事兒大不大？」

「哎呀，大哥，你總問這些幹啥？你要是有錢，就幫我兩個兒。」

看他有點急赤白臉，孔林放下孔華，站起來走到裡屋去拿錢。「你呀，活該。」他聽到妻子對她弟弟說。

他手裡拿著五十塊錢回到屋裡，遞給小舅子。「我只能借給你五十。」

「多謝，多謝。」本生接過錢，也沒看一眼，順手揣在褲兜裡。「趕明兒還給淑玉，中不中？」

「行啊。」孔林又一想，說，「咱們這麼辦，錢你收著，不用還了。秋後你得閒，就幫你姐把這房頂上的草換換。」

「就這麼地。換草的事我包了。」

「記著要用新鮮的麥秸。」

「這還用說。」

本生的鴨舌帽歪戴在頭上，嘴裡吹著「小二黑結婚」的口哨，走了出去。孔林對這樣的安排很滿意。這些日子他一直琢磨著怎麼把房上的草換換。雖然他小舅子做事並不那麼牢靠，孔林相信他肯定會把這件事做好。本生剛當上生產隊的會計，弄點新鮮麥秸很容易。

等到本生走遠了，孔林問淑玉他因爲什麼被罰款。她搖搖頭笑了，說，「他那是自己作的。」

「咋整的？」

「他把豬崽的腚眼子縫死了。」

「我還是沒明白。到底出了啥事？」

她把麻線繞在錐子把兒上，用力扯緊針腳。她開始說起事情的經過。「上個禮拜本生去吳家鎮上趕集，賣一窩豬崽。臨走的時候，他用麻線把四隻豬崽的腚眼子縫死了。他是想多壓沉賣個好價錢唄。到了集上，大夥都想買這四個胖傢伙。那豬崽縫上腚眼拉不出來，肚子都要爆了，咋能不肥呢。本生眼瞅著就拿到錢了，那個買主尋思，『這四個畜生咋不埋汰[5]呢？』別的豬崽屎拉了一身。他湊近一瞅，看見豬崽的腚門漲得老大。他就喊，『這狗日的豬敢情都沒腚眼子。』」

孔林哈哈大笑，躺到了炕上。孔華立刻騎到他肚子上，嘴裡吆喝，手上像揮著馬鞭

5 埋汰：骯髒。

子。「得兒，得兒，駕，駕！」

「哦，吁——吁。」他叫道。

女兒騎著他，直到他用手托著她的腰，把她舉起來。她的腳在空中亂踢，笑成一團。

他坐起來，問妻子，「後來呢？」

「人家抓住他，拉著去見集上的幹部。公家把他的豬崽沒收了，還罰了九十塊錢。他得當場交錢，要不就扣人。也算他有福，二驢也在集上賣雞和魚，借了錢給他，說好這幾天還。二驢正蓋房呢，五間大瓦房。人家也等著錢買椽子和電線啥的。」

「他可眞能做啊。」孔林說。他們都笑起來，淑玉舔著嘴唇。

這是這個家庭少見的時刻。他們夫妻間很少講話，家裡雞鴨的響動比人聲都多。連孔華也經常啞麼聲兒的。

第二天晌午，孔林在灶屋拉風箱，看見豆稈裡有一張塗寫過的紙片。他仔細看了看，上面用鉛筆歪七扭八地描著數字和圓形。有一個方塊、一個盒子、大小不等的瓶子、一個圓圈、一個罈子和一把刀。這是幹啥用的呢？他想。

淑玉正在院子裡洗衣服，手裡的棒捶敲打著石板上的濕衣服，發出有節奏的劈啪聲。孔華在一個鐵皮水桶邊上玩，一隻身上濺滿泥點的鵝把嘴伸進桶裡喝水。孔華每過一會兒就撩著桶裡的水，沖鵝喊：「去，去。」鵝並不怕她，走開幾步，又轉回來。

吃過晚飯，孔林拿出紙片，問妻子是什麼東西。她噘著嘴唇，小聲說，「單子。」

「啥的單子？」

「東西。」

「啥東西？」

「柴米油鹽啥的。」

她開始給他解釋——小瓶子是醋，大瓶子是醬油，罈子代表炒菜油，那顆星兒是鹽，方塊是肥皀，圓圈是鹼末，那條袋子表示玉米麵，刀子代表豬肉，盒子是火柴，燈泡則是電。

孔林看到在罈子旁邊寫著「五十」，意識到她花了五毛錢買油，每個月還不到半斤。在刀子下面有個「一」，可能是買了一塊錢的豬肉，大概有一斤。他很驚訝，因爲回家以來每天都有肉或魚吃。他問，「淑玉，我捎給你的錢夠嗎？」

「夠。」

「想要我多給你點兒？」

「不用。」

她站起來，搖搖擺擺地走向後山牆支架上的一個柞木箱子。她打開一個桃形瓷罐上的蓋子，從裡面取出一疊鈔票，又走了回來。

「你在城裡一準兒缺錢用。」

「你哪兒來的這些錢。」

「攢的。」

「攢了多少？」

「去年有一百，爹死的時候花了不少。」

「你現在有多少？」

「三十。」

「你都收著吧。淑玉，這是你的錢。」

「你不用？」

「收著，這是你的錢。」

孔林的胸口一熱，呼吸急促起來。他挪到炕沿，穿上皮鞋。鞋幫已經有些磨損，鞋底上粘著乾泥，沉甸甸的。他急忙繫上鞋帶出了門，在漸漸濃重的暮色中孤零零地散著步。

隔天下午，孔林說第二天早上想去給爹娘上墳。淑玉聽了就忙活開了。她顛著雙小腳到供銷社買了兩斤五花肉，又到二驢家的魚塘裡挑了一條鯉魚。做晚飯來不及烙餅，她就煮了十根玉米棒子。但是到了晚上吃飯的時候，她把一小盤紅燒肉端上桌，擱在孔林的飯碗旁。孔林把肉盤推到飯桌中央，淑玉卻一筷子也沒動。孔華大口嚼著肉，香得直叭唧嘴，直嚷，「我愛吃肥肉。」母親瞪著她，孔林卻笑笑，又挾起幾塊肉放到她碗裡。

第二天早晨，孔林很晚才起來。灶屋鍋蓋上放著一只竹籃子。他揭開蓋子，看見裡面有四碗菜：乾炸鯉魚、紅燒肉、番茄炒雞蛋和蒸芋頭。芋頭皮已經剝掉，上面撒了白糖。這最後一樣是他母親生前最喜歡吃的。水缸旁邊的案板上擺著一包線香和一紮紙錢。淑玉帶孔華去打豬草了。孔林摸摸籃子，飯菜還是溫熱的。

他三口兩口呼嚕下兩碗小米粥，出門去上墳。爹娘的墳地在鵝莊南頭松樹崗子邊上，離他家有十分鐘的路。最近這些年，人民公社禁止墳頭占耕地，規定人死了要火葬。當初他爹過世，孔林的大哥孔仁擺下酒席宴請村幹部，上了十二道菜，才得到允許把爹葬在山坡上娘的墳旁邊。

太陽明晃晃地照在頭頂。孔林走進落葉松林子，已經有些氣喘吁吁。蒼耳草籽上的勾刺掛著他的褲腿，鞋幫上粘了一圈黑泥。渴血的蚊子嗡嗡亂叫，幾隻白胸脯的燕子四下裡飛竄，東啄一口，西叼一下，吞食著蚊子。他父母的墓地收拾得齊齊整整，墳上培了新土。墳墓的後面生著滿坡的雜草，苦艾黃中泛綠，燈心草顏色微紅，在太陽下閃爍著暗光。

很明顯，有人最近清理過這地方。每個墳頭上都擺著一大把野百合花，仍然閃著露水，小黃花朵卻早已枯萎。孔林知道這一定是淑玉採來放在墳上的。他哥哥孔仁成天離不開酒瓶，喝得醉醺醺的，根本想不到這些事情。一塊墓碑上刻著他父親的名字——「孔明志之墓」。另一塊墓碑只寫著「孔妻之墓」。他母親一輩子都沒有自己的名字。孔林掀開竹籃子，把四碗菜擺放在墳前。他燃起香，一根一根地插在供品前面，然後開始在墳周圍撒下紙錢。紙錢每張都有巴掌大小，中間穿了一個方孔。他喃喃地念叨著，

「爹，娘，紙錢兒是給你們花的。菜都是淑玉做的，你二老趁熱吃了。安息吧。」

東邊響起一聲槍響，驚起一對鶺鳥，咕嚕咕嚕叫著，向南邊的水灣飛去。一隻狗叫起來，有人正在草甸子裡打野雞和松雞。

孔林沒有像村裡人那樣燒掉紙錢。他腦子裡在想別的事情，忘記了怎麼往陰間送錢。他在想吳曼娜。臨探家前，他向她保證一回到家就開始同淑玉離婚。現在他已經在家裡待了七天，還有三天就要返回部隊，但是離婚的事卻一個字也沒提。幾次話到了嘴邊，都嚥了回去。不知爲什麼，他覺得離婚的想法太不體面，說不出口。如果孔林說他因爲不愛自己的妻子要同她打離婚，全鵝莊的人會以爲他發了神經。他必須要在她身上找出確鑿的缺點，可是他又找不出來。這裡的人們不笑話她的小腳，他在村子裡也沒有覺得她丟人，上不了檯面。

從父母的墳上回來後，他思考了一整天自己的處境。他心裡明白，如果村裡有人問他淑玉咋樣，他會承認她是個好妻子。他如果在家和她過長久些，可能也會愛上她，他們的婚姻會很美滿。就像舊社會有許多包辦婚姻的男女，直到進了洞房才見第一面，照樣是一輩子的恩愛夫妻。但是，他和淑玉又怎麼能夠長期守在一起，加深彼此的了解呢？除非他離開部隊待在家裡，那是不可想像的。他的事業在城裡。

最理想的辦法就是有兩個老婆：曼娜在城市，淑玉在農村。但是重婚是非法的，根本不能考慮。他停止了這些不切實際的幻想。不知道什麼原因，他還是忍不住想像著，假如他不認識吳曼娜，他的生活會是什麼樣子。要是他能預料到這一步有多好。要是他現在能夠從這團亂麻中脫身出來該有多好啊。

離家兩天前的夜裡，他的妻子夾著個枕頭，進了他的屋子。他已經睡下了，驚訝地坐起來。他看見淑玉低著頭，臉扭曲著走了過來。她坐在炕上，歎了口氣。「你能讓俺今晚睡在這兒嗎？」她怯生生地問。

他不知道該說什麼才好。他從來沒有想到她會這麼大膽。

「俺不是不要臉的女人，」她說。「打生了華以後，你就不讓俺沾你的炕。俺也不抱屈。這些日子，俺尋思著給你添個兒子。華說話就大了，能幫俺把手。你就不想要個兒子？」

他沉默了一會兒，開了口。「不，我不需要兒子。有華一個就夠了。我哥家有三個小子，讓他們傳宗接代吧。再說，這也是封建思想。」

「你不想想咱的歲數?等咱們都老了，動不了了，不能下地幹活了，咱得有個兒子養老啊。你一年到頭不在家，這家裡缺個男人。」

「咱們還沒老，再說華也能給咱養老。不用操這份心。」

「丫頭總歸靠不住，出了門子就是人家的人了。」

他沒有再說什麼。他暗暗吃驚腦子裡竟然閃過了這樣的念頭：如果眼前坐著的是曼娜，他會擁抱她、親她、叫她「心肝寶貝兒」。但是他不知道應該拿淑玉怎麼辦。很久很久以前在黑暗中，他曾經親吻過她。現在和她有任何親密的舉動都是那麼不自然。

她站起來，走了出去，肩膀塌得更低了。他發出一聲長歎。門旁邊，一團驅趕蚊蟲的艾蒿仍在燃著，屋子裡充滿了苦澀的乾草味兒。

從妻子的話裡，他意識到自己不在家時，她一定感覺非常冷清。他沒有想到過她也有自己的想法、自己的感情。更讓他不安的是，她從來沒有懷疑過他們會白頭到老。多麼簡單的女人啊！

他想到這些，心裡很難過，第一次離婚的企圖也就此化成了泡影。

# 12

他爲啥不想見我？吳曼娜反覆問自己。

她急於想知道淑玉對孔林提出離婚會有什麼反應。他已經從鄉下回來一個星期了，總是推拖說晚上太忙，不能和她一道散步。她感覺到事情有些不妙，就和牛海燕在一起犯嘀咕。牛海燕給她出主意，讓她不要含糊，直截了當找孔林提出來，必要時就下最後通牒。牛海燕對她說，「井沒壓力不噴油。你得壓他。」

星期二吃過晚飯，吳曼娜到孔林的辦公室去找他。屋裡只開了一盞檯燈，暗得像個電影院。她驚訝地發現他根本就不忙，而是舒舒服服地仰在椅子上，腳呲蹬著桌子，張著嘴在打瞌睡，腿上放著一本厚厚的書。她咳嗽了一聲，他驚醒了，忙把書放回桌子上。他站起來走到門口，把所有的燈都打開，這樣從樓道裡經過的人就不會懷疑他們在辦公室幹什麼見不得人的事。

他看起來很疲憊，不停地打著哈欠。吳曼娜的火一下子就竄上來了，繃起了臉。她看清楚那本書是蘇聯元帥朱可夫的二戰回憶錄《回憶與思考》。她指了指書說，「我當忙什麼呢，敢情是在研究戰略戰術，日後想當軍區司令員啊。多有抱負。」

他愁苦著臉，手腳不知道怎麼放。「別諷刺打擊好不好。」

兩個人坐下以後，她劈頭就問，「這幾天你幹啥老躲著我？」

「我——我，咳，你要我怎麼說呢？」他直視著她的眼睛，「打回來以後我是一直躲著你，因爲我不知道怎麼開口。我認眞想了幾天，想明白了。」

吳曼娜沒想到他的語調居然這麼平靜，以爲他一定是想出了什麼離婚的好辦法。但是接下來，她越聽越不是味兒。他開始解釋他如何沒有跟淑玉提出離婚，如何不能拋棄女兒。她才那麼小，整天摟著他的脖子喊爸爸。他如何幾次想跟妻子談離婚的事，又如何沒有勇氣說出口。他如何找不出一條正當的理由來使當地的法院信服，允許他們離婚。還有，鄉下人看待離婚如何同城裡人不一樣。最後說到他多麼爲曼娜感到難過，她應該找一個比他更好的男人，等等。一句話，他算是沒出息到家，啥事也幹不成。至少現在他是一籌莫展。

等他說完了，她問，「那你說咱們該怎麼辦，還照老樣子下去？」她的聲音乾巴巴的，沒有一絲感情。

他說，「我想咱倆最好還是分手。你愛我，我也愛你，可是有啥用？到頭來還是到不了一塊兒。長痛不如短痛吧。現在就分手我們還是好朋友。」他揉著胸口，好像犯了心絞疼。

他的話讓她十分憤怒，眼淚止不住地流下來。她尖叫著，「那我成了個啥？你兩片嘴皮子一碰，說得到輕巧。你多理智啊！咱倆就這樣拉倒了，你讓我到哪兒去再找一個？你眼瞎了，看不見整個醫院都把我當成你的第二個老婆？看不見這兒的所有男人全躲著我，好像我已經結了婚？你就這樣蹬了我，讓我的臉往哪兒擱？」

「你冷靜點，咱們再想……」

「我已經想夠了！你就會想、想、想！」她站起來，雙手捂住耳朵，衝向門口。綠色的門在她身後重重地摔上。

她的話讓他難受，卻又摻雜著一絲喜悅。他懷疑自己剛才的話是不是太絕情了。他從來沒有想過吳曼娜會跟定了自己。現在很清楚：他們只有繼續待在一起，除非她就此不找男人，願意當一輩子老處女。這樣既不合適，也不正常。天底下哪兒有不結婚的呢？連傻子癱子也得找個伴兒啊。生兒育女是人的神聖職責嘛。

如果吳曼娜能夠轉到另外一所醫院工作，那兒的人不知道他倆的事，還會把她當作未婚婦女看待。但是，這也不現實。現在護士實在是太多了。這些年，部隊已經轉業了幾千名護士，將來還會有更多的人轉業。地方上的老百姓經常把從部隊上轉業下來的女軍人看成是生活作風有問題的女人。許多男人還給這些女軍人起了外號——「二手軍用品」。

一個星期以後，孔林找到吳曼娜承認了錯誤，說自己的想法過於簡單，而且在處理他們關係的問題上只爲自己打算。雖然對吳曼娜和他的家庭兩邊都留戀，他還是向她保證要同淑玉離婚。但是，他需要時間，不能莽撞地行事。她只好同意再耐心等下去。

第二年夏天孔林又要回鄉下探家。臨走前他讓吳曼娜放心，這次一定要跟淑玉提出離婚的事。爲了表示他的決心，他給她看了一封醫院政治部開的建議離婚的介紹信。這是蘇然偷偷給他寫的。孔林讓她一定要爲介紹信的事保密。

他不在的這段日子裡，吳曼娜滿懷希望，逢人便點頭微笑。同事們問她有什麼喜事，她搖搖頭，開玩笑地說，「笑也犯法嗎？」到了晚上她睡不著，在心裡籌劃著和孔林的婚禮。他們一共要花多少錢？一台眞空管收音機的價錢是不是一百二十元？床單要什麼花色的？什麼樣的梳粧檯和大衣櫃經濟又實惠？她應該給孔林買一輛自行車，飛鴿牌的。現在男人時興穿皮鞋、皮夾克，也應該給他置一身。有餘錢的話，他們還要有個掛鐘。她喜歡那種有個小雞在錶盤上不停地點頭啄米的牌子。他希望醫院能夠分配給他們倆一套三屋的單元，這樣就可以把鐘掛在客廳裡。她渴望有一天能夠作母親，有個小家，幾個孩子。

有天下午，她在醫院的百貨店裡看上了一塊緞子被面。被面上繡滿了龍鳳呈祥的圖案，或是龍吐火球，或是鳳戲明珠。每條被面的左上角都繡著「良宵難忘」幾個金字，閃閃發光。吳曼娜實在是太喜歡了，花了四十塊錢買了兩條。雖然用去了半個多月的工資，她一點也不後悔。一個女售貨員問她，「誰要結婚啊？」

她趕忙回答：「哈爾濱的一個朋友。」她的臉飛紅，逃跑一樣地出了商店，腋下夾著用玻璃紙包好的被面。

一連幾天，只要她一人在宿舍裡，就從箱子裡拿出兩條大紅被面，鋪在床上，端詳著龍飛鳳舞的繡圖。她夜裡常做夢。大多數的夢境豐饒華麗——岸上長滿了茂盛的植物，水裡游著彩色的魚——有向日葵、西瓜、荷花、銀鯧魚和巨大的比目魚。她把這些都看成是孔林這趟回家能順利離婚的好兆頭。她也常常笑自己孩子氣，可是沒辦法，就是管不住自己。她內心流淌著希望，眼神陶醉而朦朧。

孔林從鄉下回來後，一臉的沮喪。他告訴她，這一次他確實同妻子談到了離婚，但是事情就僵在了那裡。倒不是淑玉不同意，而是她的弟弟本生知道了大吵大鬧，威脅說，如果孔林休了他姐，他就要和姐夫白刀子進去，紅刀子出來。本生還發動了全村的人圍攻他，散佈謠言說孔林在城裡有個小老婆，犯了重婚罪。孔林非常憤怒，找到大隊黨支部書記，拿出了醫院開的離婚介紹信。他的小舅子則威脅說要到木基市來，找部隊領導當面評評理，爲啥要鼓勵他們的幹部喜新厭舊，拋棄結髮妻子。

這下把孔林嚇壞了。要是本生鬧到醫院來，蘇然偷開介紹信的事情就會敗露，肯定會引起一場軒然大波。爲了安撫小舅子，孔林只好暫時不離婚。

吳曼娜傷心得說不出話來，對孔林的敘述半信半疑。孔林從來沒有對她撒過謊，她也不認爲他有說謊的毛病。但是她感覺到他的話裡有眞相，也有誇大。可能他是有意打退堂鼓，放棄對她的保證。出乎她的意料，孔林提出了一個她從來沒有想過的問題，來進一步證明他目前不能急於離婚。

「大家都知道今年年底有一次幹部提級，」他說。「要是本生來了大鬧一場，你我誰都甭想提工資的事情。他根本用不著來，寫封信給領導，咱們就全完了。對不？」

她沒有回答，臉上一點一點地沒了血色。自從張政委在會上宣布：年底以前絕大多數醫生護士都能夠長一級，這些日子醫院裡的人談的全是提級的事情。這次機會對每個人來說都很寶貴。醫院裡所有人的幹部級別和工資近十年來根本沒有調整過。孔林現在指出可能出現的損失，讓吳曼娜相信了他的決定是正確的。她也同意在這個節骨眼上不能去招惹本生。孔林再一次保證他會想出離婚的辦法。

一九七〇年的十二月，孔林和吳曼娜都提了級，每個月的工資多了九塊錢。醫院裡上上下下皆大歡喜，只有他倆知道：他們付出了比別人更大的代價。

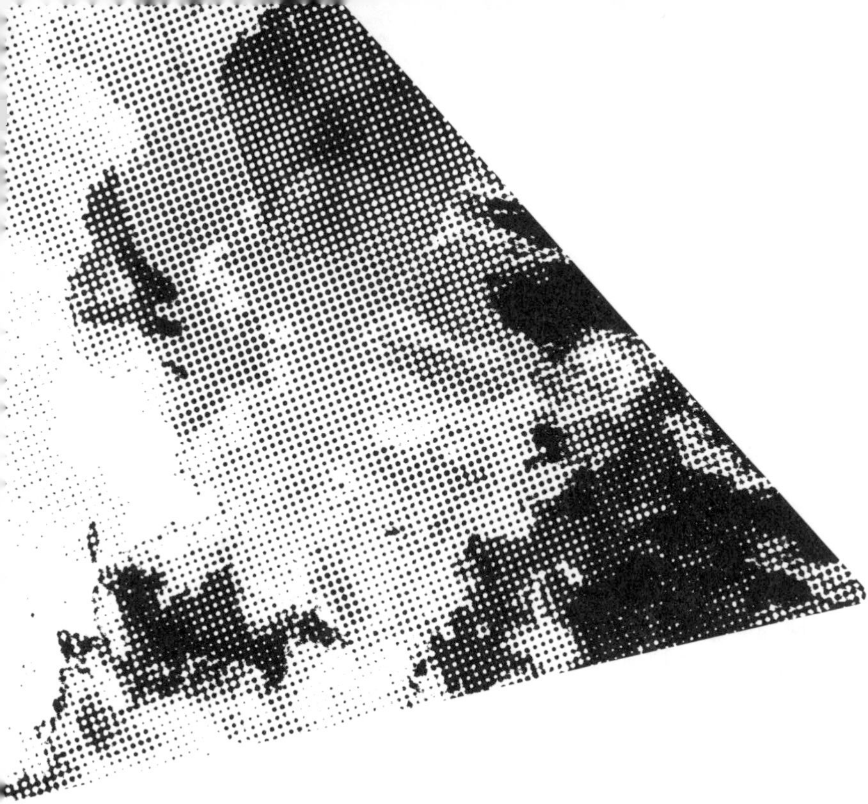

# 第二部

# 1

一九七二年的春天，孔林收到了表弟孟梁的來信。孟梁在吳家縣長大，念的中學也是孔林的母校。他現在住在鶴崗市，那是離木基市大約一百公里的一個煤炭重鎮。他們平時很少通信，所以孔林接到他的信很是驚喜。

孟梁的妻子兩年前去世了，留給他三個孩子。他要孔林在醫院裡幫他找個女朋友，他喜歡醫生或是護士。妻子死後他悲傷了很長一段時間，現在他已經擺脫了過去的陰影，準備重新開始生活。再說，他一個男人照顧仨孩子，家裡沒有女人不行。他已經在鶴崗市尋了幾個月的對象，但是沒有合適的。要不女方嫌他家拖累太大，要不他覺得她們太俗氣。他是個念過書的人。

孟梁的信給解決孔林和吳曼娜之間的困境帶來了一線希望。頭一年夏天，孔林又回家提出了離婚。讓他吃驚的是淑玉竟然答應了。但是等他們到了吳家鎮的法院，她在法官面前止不住地淌眼淚，最後還是變了卦。法庭理所當然地拒絕了離婚的要求，孔林也讓法官好一頓羞辱。法官對他非常不客氣，甚至說他「不知羞恥」。他回到醫院，告訴了吳曼娜法院的裁定，她失望之餘懷疑他並沒有盡力。她要他保證無論如何要盡快離婚，但是他拒絕定下期限，說他能做的只是來年再努力。

他感到疲憊不堪，又回到以前那種懶散灰暗的心情，沒事兒就捧著本小說或雜誌。

他近視眼的度數加深了，換了一副厚眼鏡片，顯得更文靜了。相反，吳曼娜卻變得脾氣越來越壞，經常同人鬧彆扭。她當護士長，科裡來了幾個新護士，給她支使得團團轉。她甚至讓人家去幹護理員幹的活兒，像給病人餵飯、換床單、擦地板、洗便盆等等。有哪個幹部的妻子多看她一眼，她就會瞪著人家，拉開架式好像要吵架。當她和孔林晚上一起散步，如果他遇到熟人同事停下來說兩句話，她會走到一旁，從遠處看著他們，彷彿她根本就不認識人家。大家背後都叫她「典型老處女」。孔林意識到她身上的變化，又不知道怎麼才能幫她改正，只有等到夏天開始，回家趕緊把婚離了。至於是否能離成，他心裡實在沒底。

現在，他從表弟的信中看到了吳曼娜能夠找到男朋友的一條途徑。孔林從來沒有想到過，其他城市裡的地方老百姓可能不會像這裡的醫院員工那樣，把吳曼娜看成是他的未婚妻。她爲什麼不能到別處、到地方上找個對象呢？她總不能守在這裡死等著他啊。天知道他什麼時候才能拿到離婚證。他心裡明白，離婚的事情會很容易地拖上個五六年，也許永遠也離不成。

你能眞的放她走嗎？一想到這，他的胸口像被人用尖利的指甲撓了一把。他現在對吳曼娜早已經沒有了開始時的浪漫激情，但還是很依戀她，模模糊糊地希望著有一天他們可能會結婚。她是他的女人，他唯一戀愛過的女人。他能就這樣把她放棄？如果她和表弟結婚，將來有一天在街上碰上他們，他心裡會怎麼想呢？他會不會恨自己撮合了他們？如果他失去了吳曼娜，他到哪兒會再找到一個像她那樣好的女人？

這些問題折磨了他好幾天。他終於決定要把表弟介紹給吳曼娜，相信這對她是個好機會。她應該找一個比他更能關心她、愛護她的男同志。這對他是個痛苦的決定，也是個必要的決定。如果他們之間這種不死不活的關係沒完沒了地拖下去，兩個人的事業都會受到影響，甚至會被毀掉。在許多人的眼裡，他倆已經像是做了苟且勾當的一對男女。他們不能在這種惡毒的陰影中生活一輩子。他必須要快刀斬亂麻。

他和吳曼娜在病房後面散步的時候，對她說，「我不是誠心要招你不痛快，我想出了一個好辦法幫你找個對象。」

她的臉立刻拉長了。「又扯這事兒，我不愛聽。我知道你不稀罕我了。」

「別一說就攛兒了，我不是和你開玩笑。」

「好像你以前都是拿我打哈哈。」

「哎呀，你知道我對你的感情，但是咱倆結不了婚。」

「那有啥，我能等。」

「咱們都不知道要等多久啊。」

「我不在乎。」

「你咋就不能聽我說一句話呢？」

她站下了，看著他的臉。幾隻小咬繞著他們飛。厚厚的楊樹葉子像被最後一抹夕陽塗得油亮，在微風中閃光，嘩嘩地抖動著。一隻狗汪汪叫著，在狗窩的鐵網後面蹦跳，想要出來。一群小孩子看著這可憐的畜生在白費勁兒。

孔林接著說，「我的一位表弟最近來信了，他要我幫他在咱們醫院裡找個女朋友。我不是說你就應該跟他，我只是剛意識到你其實可以在外地找個對象，那兒不會有人知道咱倆的事。那男的也不見得非要在軍隊裡當幹部。」他停下來喘口氣。

她撅起嘴唇，說，「這事兒我想過幾百遍了，沒那麼簡單。」

「你也想過？」他很吃驚，酸溜溜地想，敢情你早就琢磨過怎麼甩了我。

「我就是嫁到外地，不轉業咋能和他一起過？要是我留在部隊，夫妻就得分居兩地。我可不想這樣。」

「你就不會把那男的辦到木基來？」

「那樣也許行，但咱倆咋辦？你就能眼瞅著我嫁給別的男人？咱倆整天在醫院磕頭碰腦地，你就能那麼舒坦？咱倆的事誰能擔保不會傳到那男的耳朵裡？那樣日子還咋過？唉，天老爺子，我想起這些就頭疼。沒啥指望了。」

他從來沒有認眞地想過她的處境會這麼複雜、這麼難，聽了她的話不禁吃了一驚。他沉默了好長一陣，開口說，「你不應該有這麼多的顧慮，不要考慮我的感情。不論做啥，只要對你有好處就行。」

「我又能做啥呢？」

「開始到外地找個對象。」

「到哪兒找啊？」

「哪兒都行。我在鶴崗的表弟孟梁就是現成的。你現在趕快就開始找。要一步一步地來，別瞻前顧後的。沒有邁不過去的坎兒。」

「那好吧，說說你表弟是個啥情況。」她抬起頭，一絲淘氣的微笑掛上了翹起的嘴角。

他開始介紹孟梁：三十八歲，中學教師，身高一米七八，身體健康，有文化，爲人老實可靠。老婆死了，撇下三個孩子。

孔林從褲兜裡掏出孟梁的信，遞給她說，「你看看這封信，好好考慮考慮。也別忙著決定。你如果想見見他，我樂意幫忙。」他指指信封，加了句，「他字兒寫得挺漂亮，是吧？」

「還行，好像挺有學問。」

「你仔細考慮考慮吧。想好了就告訴我一聲。行不？」

「好吧。」

一個星期以後，吳曼娜告訴他，她並不介意孟梁拖著三個兒女，反正她也喜歡孩子。她想見見對方本人。孔林很願意幫忙，但是警告她不要抱希望太高，免得見了面失望。

他沒有耽擱，立即給孟梁寫信，把吳曼娜大大誇獎了一番——說這位女同志待人誠懇，心腸好，從來沒有結過婚，家庭關係也非常單純。還有，她作風正派，工作努力，生活樸素。總之，她是百裡挑一。

兩個星期後孟梁寫來了回信。信上說，鶴崗的學校六月份放假，他要到木基市來參加一個木刻培訓班，到時候會很高興同吳曼娜同志見面。他熱烈地感謝孔林這個介紹人，說他太激動了，千言萬語也表達不盡他的感激之情。

孔林計劃六月份讓他倆見個面。

# 2

孟梁如約來到了木基市。醫院傳達室給孔林打了電話，告訴他：他有個表弟到大門口。孔林不緊不慢地蹓躂著出來見他。兩個人見了面長時間地握手。他向哨兵打了個招呼，帶著孟梁進了醫院。

「路上還好吧？」孔林問表弟。

「還行。就是火車上人太擠了，找不到座位。」

「城裡有地方住嗎？」

「有，我住在美術學院。」

兩人一邊走，一邊不住地打量對方。孟梁的笑容讓孔林想起了二十五年前他們一起在松花江上游泳時的情景。他表弟水性極好，能夠一動不動地躺在水面上，像在打瞌睡。孔林不敢到深處游，只能在水淺的地方狗刨幾下。日子快得就像是一場夢——二十五年一眨眼就過去了。現在看看他這位表弟，已經是一副中年人的模樣。

「大哥，你們這地方賊好啊！」孟梁讚歎說。「哪兒哪兒都這麼乾淨，這麼整齊。」

孔林笑了，覺得他的話很有趣。是啊，比黑黝黝的煤礦強多了。

他帶著表弟回到宿舍，驚訝地發現田進和他的未婚妻在屋裡，正在一個煤油爐上煎明太魚。現在已經快下午三點了。他知道吳曼娜最近上夜班，早晨睡覺，現在已經起來了，於是帶著孟梁直接去見她。他有點可憐剛下火車、滿臉疲憊的表弟，但是他又找不到一塊地方能讓孟梁在見吳曼娜之前洗把臉，休息一會兒。另外一個不方便的地方在於：如果他們倆在醫院裡見面，孔林必須陪在旁邊，要不人們看見吳曼娜和一個陌生男人在一起，會生出各種聯想。

他們在女宿舍的臥室裡找到了吳曼娜，但是她的一位室友還在睡覺。三個人只能走出來，想找一個能簡單交談幾句的地方。他們走到醫院的百貨店前面的時候，孔林在一個遮著帆布太陽傘的小吃攤上買了三瓶汽水。

他們在門診樓前面找到了一個沒有人坐的石桌。桌子面是花崗岩的，上方罩著一個綠葉成蔭的葡萄架。他們坐下喝著「虎泉」牌汽水。空氣中充溢著醫院裡慣有的樟腦水刺鼻的味道。在葡萄架下斑駁的日影中，黃蜂在嗡嗡亂飛，一隻肥大的幼蟲抓住自己吐出的一條晶亮的絲線，掙扎著往上爬著。身穿白大褂的醫生們走過去，寬大的衣袋裡裝著折疊的報紙或聽診器。兩個護士推著一個裝在輪子上、活像一枚魚雷的氧氣瓶走過來。她們吃吃笑著，相互逗著樂，不時瞟吳曼娜兩眼。

孟梁心神不安地對他們說，他不得不放棄學習木刻，兩天之後必須趕回家去，他的女兒得了腦膜炎，剛剛在醫院裡脫離了危險。他晚上得往家裡打電話，問問孩子的情況。吳曼娜意識到，他大老遠跑來就是爲了見她。

她懷疑他並不像信上說的那樣有一米七八高。他瘦得渾身沒四兩肉，看上去比他的年齡要老。他的外表給人一種奇怪的感覺。他額上的頭髮幾乎退到頭頂上，腦門像燈泡一樣亮。但是他有一對濃眉，幾乎要插入到深陷的眼窩裡。鷹勾鼻子，大嘴凸出，下嘴唇有些地包天地包著上嘴唇。他一說話頭就向右歪，好像脖子疼。

「這葡萄是啥品種？」孟梁站起來，伸手從頭頂上的藤葉裡揪下一個葡萄。

「不知道。」孔林漠然地回答。

吳曼娜很吃驚，爲什麼孔林一下子變得這麼不高興。他好像多一句話都懶得和表弟說。剛才兩個人到她的宿舍去，他不是挺開心的嗎？她對興致很高的客人說，「我也不知道。」

孟梁把葡萄丟進嘴裡嚼著。「呸、呸，一點都不好，酸到了牙。」他連皮帶核把葡萄吐在地上。「我家院子裡種了不少葡萄。」

「眞的？」她問，「好吃嗎？」

「那還用說，不光甜，還老大的個兒。」

她看見孔林微微皺了皺眉頭，但還是繼續問下去，「都是啥品種的？」

「主要是玫瑰香和羊奶子。今年我們那疙[1]葡萄收老了，葡萄架子都快壓塌了，我又用木竿子把它支起來。主要是春天的時候在葡萄根兒底下埋了幾隻死動物。我的天爺，葡萄都長瘋了。」

1 那疙：北方俗語，即「那裡」。

「你都埋了些啥動物？」

「幾隻死雞死鴨，還有一條瘋狗，我們鄰居家的。那狗咬了一個女學生，叫警察打死了。」他轉向孔林，「大哥，我想問你一個醫學問題。吃了用瘋狗肉當肥料的葡萄不會得病吧？」

「這我不知道。」孔林生硬地說。他又覺得自己有些過分，加了一句，「這叫啥問題？按常識講是不會得病的。」

吳曼娜倒是對孟梁關於葡萄的談話很感興趣。很顯然，他是一個顧家的男人。人家大小也算個知識分子，還自己養雞養鴨。也許她應該多了解了解他。

因爲醫院裡實在不是個談話的地方，孔林建議表弟和吳曼娜明天到城裡找個公園好好談談。他們選中了在勝利公園見面。也許松花江邊上更合適，但那裡人太多，他們怕擠丟了。

勝利公園在木基市的南邊，建於一九四六年，當初是爲了紀念在東北同日軍作戰犧牲了的蘇聯紅軍士兵。進了公園大門就能看到一座雕像：一個全副武裝的蘇軍士兵，背後是直刺藍天的方尖碑。士兵的鋼盔、轉盤衝鋒槍的槍管和彈倉都被紅衛兵在文化大革命一開始的時候砸掉了。雕像正在修復，周圍立著腳手架[2]。在雕像座基前灰色的水泥

---

2 腳手架：鷹架。

地上寫著一條標語：「打倒蘇修沙文主義！」標語已經被清洗過，黑色的字跡仍然清晰可辨。

吳曼娜到這兒正好是十點鐘。公園深處，勝利湖周圍的垂柳把湖水染成綠色。兩個大學生模樣的年輕人划著一條小船，笑聲在水面上傳得老遠。船頭上有紅漆寫的「毛主席萬——」。湖水已經把「歲」字沖洗掉了。幾對白鴨子和野鵝沿著湖岸浮水。吳曼娜靠在一座石橋的護欄上，探出身去望著水中的鯉魚，它們多數都有一尺多長。她上身穿著黃色的府綢襯衫，配上部隊發的草綠色裙子，顯得年輕，巒有曲線。一棵大柳樹遮住了三分之一的橋面，吳曼娜躲在樹蔭裡。她剛走了一段長路，有點出汗。一陣不知從哪兒刮來的涼風把幾張糖紙刮到空中，一個褐色的塑膠袋飄到櫻桃樹上，在開放的花朵中搖動。她想起了和初戀情人董邁在這裡約會的情景。那是八年前的事情了，時間過得眞快。公園也變得快認不出了。現在這裡成了嘈雜擁擠的動物園，幾百頭動物關在鐵籠子和水泥砌成的深坑裡。湖對岸的樹後面矗立著幾幢新樓房。

她記起了董邁曾經在這座橋上用爆花花餵野鴨子。她的胸口有點發緊。他現在在哪兒？她想著。這個沒良心的。他眞的愛他那個表妹嗎？他現在做什麼工作？還在上海嗎？他還常想起我嗎？

身後響起一個男人的聲音，打斷了她的回憶。「嘿，吳曼娜同志。」孟梁出現了，胳膊下夾著一個牛皮紙信封，正衝她招手。

她也招招手，但是沒有走過去。

他走上橋來，微笑著和她握了手。「你女兒沒事兒吧？」吳曼娜問。

「好多了，昨天下午出院了。我大姨子守著她呢。大夫說不會落下什麼毛病。」

「那就好。她是你最大的孩子？」

「不是，最小的。她上邊還有倆哥哥，一個十一，一個九歲。這個閨女七歲。」

他們轉身向公園裡面走去。快下橋的時候，孟梁咳嗽一聲，向水裡吐出一口痰。馬上就有一條兩尺多長的紅鯉魚衝過來，噘嘴吸了進去。吳曼娜心裡比較著：孔林絕不會這麼做。他們左手拐彎，沿著湖邊散步。

孟梁說，孔林已經告訴了他許多關於吳曼娜的情況，護士長的工作肯定挺不簡單的。然後他馬上開始談起了自己。他是哈爾濱師範學院一九六五年的畢業生，學的是美術專業。他強調一九六五年畢業具有特殊的意義，就是說他的學業並沒有受到文化大革命的衝擊。不幸的是，他的愛人兩年前去世。人們過去叫他們倆口子「一對鴛鴦鳥兒」。的確，他們的日子過得恩恩愛愛，和和氣氣，從來沒有吵過嘴、紅過臉。他的孩子們既規矩又懂事，兩個兒子還是學校裡的三好學生。他自己呢，雖然已經人到中年，但是身體健康。冬天偶爾感冒，主要是因爲鶴崗的空氣不好，煤塵太多。他每月工資七十二元，從來不揹饑荒，家裡的日子挺寬裕。

吳曼娜眞怕他會問起自己的工資級別。要是那樣的話，她會扭頭就走，兩人就此拉倒——她最討厭這種俗氣的實惠態度。還好，他總算懂事沒張這個口，又開始談起他在學校裡教書的事兒。

他們走到湖的對岸，左邊的楊樹林子後面露出了木基市少年宮的圓屋頂。一圈山楂樹籬子圍起了一塊停車場和裡面的一排小轎車——有華沙、伏爾加和紅旗牌。風送來孩子們由風琴伴奏著的歌聲。

吳曼娜和孟梁坐在一張湖邊的長椅上。長椅的綠漆經過風吹日曬翹起了皮，椅背上的木條靠上去坑坑窪窪地硌脊樑。在他們左邊的地上放著一只木頭彈藥箱，裡面種著雪蓮花。孟梁把大信封放在腿上，從裡邊抽出幾張小幅的插圖。「這些是我的作品。你看了可別笑話。」他說著把畫遞給她。她注意到他的手指短而粗糙。

她翻看著這些插圖，都是描寫越南人民打擊美國侵略者的故事。其中有一幅畫著兩個美國軍人，當兵的是黑人，當官的是白人，他們的身體都被陷阱中埋下的竹尖樁刺穿，口中大叫著「救命」。吳曼娜強打精神地看著，她來看的是人，又不是看他的畫兒。她把插圖遞還給他，平淡地說了句，「畫得不錯。」

「這是給一本小兒書創作的。你還喜歡嗎？」

「嗯。這本小兒書啥時候能印出來？」

他蹙起了眉頭，低聲說，「本來應該今年就能出來，但是出版社想等等看。」

「那又爲啥？」

「現在這一類的書太多了。人家告訴我，咱們現在和美國又好了，出這樣的書就不合適了。」

「那他們出些啥書呢？」

「眼下都是批判孔老二的。」

「你不會畫點兒人家喜歡的？」

「現在要想摸出上邊的意思太難了。你覺著把握住了運動的動向，開始創作了，等你畫完，風向又變了。」

「也夠難爲你了。」她眞的覺得他怪不容易的。

他把插圖放回信封裡。「也沒什麼，我只當是練練筆吧。有誰知道我畫得多苦啊。」

「我能理解。」

兩人一時都沒有別的話說。吳曼娜望著湖對岸的風景，突然覺得東南方的那座山氣勢壯闊雄偉。陽光從雲層裡射出來，照在嶙峋的山樑上，整個山峰好像披上一層金光。她對孟梁說，「多美啊，你看那座山！」

「是很美。」他附和著說。

前面是木基市火車站，列車噴著黑煙轟轟隆隆駛過。再向遠處，連綿的峰巒平地而起，高聳挺拔，滿山的溝壑蒙著藍黝黝的顏色。半山腰的雲霧中透出奇形怪狀的岩石。一條泛著灰白的小路沿著陡坡蜿蜒著向上升去，消失在雲層深處。在一塊懸崖的中間，幾隻飛鳥好像翅膀一動不動地停在空中。山路邊上鼓起一個土包，從土包下堆著的黃色新土看出來那是個防空洞。黃土從洞口沿山坡漫下來，形成一個巨大的三角形。西邊的山樑上覆蓋著一片松樹林，太陽在上面灑下幾縷彩色的光條。突然，從一道嶺上升起一團塵霧，鳥群陡然斜飛起來，鑽進雲天裡。幾秒鐘過後一聲爆炸才傳過來。很顯然，那裡有個採石場。

「我從來沒想到過這山有這麼壯觀。」吳曼娜對他說。

「嗯，挺好看的。」

「我們在醫院裡看不到這樣的景色。」

「興許是污染的粉塵太厚了，再不就是叫高樓擋住了。」

「不是，不光是這些。你根本就忘了這兒還有座山，這麼雄偉。成天的不是這事兒就是那事兒，哪兒有這份閒心思。」

她在沉思著，沒有注意到他伸直了脖子，開始大聲背誦：「『江山如此多嬌，引無數英雄競折腰。』」這是毛主席的詩詞〈沁園春．雪〉當中的句子。

吳曼娜噗哧笑了起來。他轉過身看著她，一臉的茫然。「有啥好笑的？」他問。

「沒啥。」她掏出麻紗手絹，擦著臉上的汗。

兩個男孩子跑過去，每人手裡的鐵鉤上推著一個自行車軲轆上的鋼圈兒。吳曼娜的耳朵受不了那金屬的磨擦聲。

她站起來說，她得走了，因爲上夜班之前還要睡幾個小時。他也站起來，倆人沿著原路回去。

剛走上石橋，她看見一輛公共汽車停在公園門口的汽車站。她拔腳就跑，穿過人群要趕著上車，也沒顧上說願意不願意再見他。他也跟著跑了兩步，停下來跳上一條石椅，看著她的背影。公共汽車屁股上哧哧地噴著黑煙開出了站，他遠遠地招了招手。他的半截身子高出周圍攢動的人頭，脖子伸得老長。吳曼娜趕快用手堵住嘴才沒有笑出聲來。

她告訴了孔林他表弟給她看插圖和背誦毛主席詩詞的事。他搖搖頭說，「眞是個書呆子。不過，人倒是蠻實誠。你說呢？」

「我也不知道。這人是挺怪的。」

「你也不必現在就表態。想想他有啥優點。你要想著再見一面就告訴我。」

「還見？給一千塊錢我也不見。」

一個星期後孔林收到了表弟寄來的一封信和一個裝著乾蘑菇的包裹。孟梁在信上說，他對吳曼娜很有興趣，覺得這位女同志「成熟而不做作」。他希望下次見面的時候能夠有進一步的發展。孔林自己不做飯，就把蘑菇給了陳明。陳明剛被提拔成醫院人事科的科長。他經常給孔林紮針灸治療關節炎，還給他剪頭髮。

孔林把孟梁的來信給吳曼娜看了，說，「你瞧，人家挺有誠意的。你應該給他寫封回信。」

「那我說啥啊？」

「你對他的看法兒唄。」

「林，和他在一塊兒，我覺得自己像個傻子一樣。他倒眞是個人物。」

「這又是爲啥呢？」

「我一點都不稀罕他。我也是昏了頭，當初幹嘛要到公園去見他？」

「那可眞是對不起了。」他心中一陣歡喜，然後又有點不好意思。他把臉轉向別處。

她還在繼續說著，「要說愛情，誰能拗過自己的心呢？你把鳥關在籠子裡牠們還不見得能配上對兒，更不要說人了。往後別在我跟前提找對象的事兒。」

「好吧。」他舒了口氣。「那你的意思是我比他強嘍？」他半開玩笑地問。

「我哪輩子造了孽，會這麼愛你。」她說著，左邊的嘴角出現了兩三道皺紋，流露出一縷悲傷。

吳曼娜拖到下個星期才給孟梁寫了回信，說她最近身體不好，不能再隱瞞自己有嚴重的風濕性心臟病的事實。這個惡作劇看來把男方嚇住了。從那以後，孔林再也沒有聽到過表弟的消息。

## 3

轉眼到了一九七三年的夏天。孔林和淑玉又一次來到法院要求離婚。去吳家鎮的前一天，他向妻子保證：離了婚之後會繼續養活她和女兒，她於是答應了他的要求。他說，他打離婚主要是想在城裡有個家。

他們在法院裡等了將近一個小時法官才出來。他長得五大三粗，胖得都沒了脖子。他從前在公安局當幹部，最近才被提拔當了法官。法官在一張猩紅色的皮椅上坐下，舔舔前突的門牙，睜一隻眼閉一隻眼，瞅著這對夫妻，好像在瞄著一枝槍。他那張寬大、油嘟嘟的臉讓孔林想起了鵝莊西邊馬神廟裡的一尊泥塑的土神。法官左手摳著鼻孔，右手向孔林一指，命令道：「來吧，說說你們的情況。」

孔林有點結巴地開始了，「尊敬的法官同志，我——我今天到這兒來是請求您同意我和我愛人離婚。我們已經分居了六年，早就不存在愛情了。根據婚姻法，每個公民可以自主地選擇妻子或丈……」

「對不起，同志，」法官打斷了他。「我得提醒你：法律並沒有說每個結了婚的人都可以離婚。接著說吧。」

孔林慌了神兒，半天說不出話來，臉上一陣發燒。然後他小心地說，「這我明白，法官同志。但是我愛人已經同意離婚了。我們把啥都安排好了，離婚後我會繼續給她和孩子寄錢。請您相信我，我不是不負責的人。」

他說話的時候，淑玉用一張揉皺的紙捂住嘴。她的眼睛閉著，好像頭疼得厲害。

孔林說完，法官轉向淑玉。「劉淑玉同志，我有幾個問題要問你。你得保證要慎重考慮之後再回答我。」

「行啊。」她點點頭。

「你知道你愛人要求離婚的眞實原因嗎？」

「不知道。」

「有沒有第三者介入？」

「那是啥？」

坐在法官身後做記錄的年輕書記員不禁搖了搖頭，眨巴著一雙圓眼睛。法官接著說，「我的意思是，他是不是搞上了別的女人？」

「俺尋思著，在部隊上準有不少女的圍著他轉。您也看得出，俺那口子模樣不醜。」

書記員偷著笑了，法官卻一臉的嚴肅。「你現在回答：你知道他和別的女人有關係嗎？」

「俺也說不準。他說他想在城裡有個家。」

「和別的女人組成個家庭？」

「估摸是。」

「我現在問你最後一個問題：你對他還有感情嗎？」
「噢，咋沒有，有哇。」她呻吟著，猛烈地抽泣起來，彷彿這最後的問題觸動了她的傷心處。
「你還愛他？」
「嗯。」她點點頭，擦著眼淚，什麼話再也說不出來。
法官又轉向孔林。「孔林同志，你得向本庭坦白你在城裡有沒有情婦。」
「法官同志，我沒有情婦。」他的聲音發抖，意識到法官想把吳曼娜也拖進來。
「就算你沒有情婦，也肯定有不正當的男女關係。」
「我從來沒有作風問題。」
「那你想和誰在木基組成家庭？和個男的？」
「不是，和一個朋友。」
「她叫啥名字？」
「法官同志，這和今天的事情有關係嗎？」
「誰說沒有？當然有。我們得先調查清楚你和她的真實關係，然後才能決定怎麼處理你的離婚申請。」
「她和這事兒不沾邊。我們是純粹的同志關係。」
「那你怕啥？幹嘛不願意說她的姓名和工作單位？你是不是覺得太丟人，要不就是想隱瞞啥事兒？」

「我……我……」汗珠子從孔林臉上滾下來。

一隻黃蜂落在桌子上，振著翅膀。法官把一本黃色的小冊子捲成筒，猛地拍了過去，但是沒有打著。黃蜂嗡的一聲飛了，像射出的一顆子彈。他耐心地待待著作丈夫的回答。孔林仍然沉默著，不知道一旦說出吳曼娜的名字會有什麼後果。他瞟了一眼法官。對方厚厚的眼皮半閉著，好像就要睡過去。孔林不知吉凶，只好不做聲。

等了大約有半袋煙的功夫，法官咳嗽幾聲，發話了。「好吧，如果你眞的沒做虧心事，也不用怕鬼叫門。你既然不願意說出那個女的名字、年齡、工作單位和婚姻狀況，這個案子也沒法進行下去了。先回家去，等你想好了，願意說了，再來。在那之前你得像對待革命同志和朋友那樣對待你愛人。我們會調查的。」說完，他嘿嘿笑起來，一隻眼睛斜睢著。

孔林知道爭吵也沒有用。他怯怯地說了句，「那好，我們再來。」

他迷迷瞪瞪地站起來，轉身向門口走去，淑玉跟在後面。他的右腿因爲坐久了有點麻，走起來一瘸一瘸的。

孔林和淑玉在法庭裡面的時候，本生糾集了十幾個鵝莊的男人等在外面，手裡揮舞著鐵鍬、枷棍、鋤頭和扁擔。他們揚言，如果法官同意孔林離婚，就要大鬧一場。街上圍了一大群人，都以爲這些憤怒的農民會把那位沒良心的丈夫臭揍一頓。沒有人願意錯過這麼好看的熱鬧。法官給縣武裝部打了電話，馬上來了一個排的民兵在法院外邊維持秩序。

「聽說那男的是個當官的，那也不能沒了王法啊。」一個中年婦女對別人說。

「皇上還不能隨便休妻呢。」一個沒了牙的老太太跟著說。

「男人都他媽的一樣，畜生。」

一個戴著雙光眼鏡的老頭反駁說，「女的也不能隨便離婚啊。要是誰願意離就離了，天下不就亂了？聖人說，家和萬事興嘛。」

「眞是個沒心肝的驢犢子。」

「他憑啥欺負老婆啊？」

「部隊上應該把他送回來，讓那小子也去土坷垃裡刨食吃。」

「聽說他還是個大夫。」

「怪不得他沒長人心吶。當大夫的有幾個好的？」

叫人失望的是，法官駁回了孔林的離婚申請，一場好戲看不成了。當人們看見這對夫妻走出了法庭，紛紛交頭接耳——這倆口子確實不相配。那個男的看起來斯斯文文的，不像個打老婆的二流子。那女的瘦得像隻沒肉的雞，煮熟了摘巴摘巴還不夠裝一盤兒。倆人相差得太遠，免不了會有個磕碰。可是，這也夠不上離婚的份兒啊。誰家的馬勺不碰鍋沿兒，誰家的男人老婆不吵不鬧？俗話說，不是寃家不聚頭，不打罵不成好夫妻嘛。要是連架都懶得吵了，也就快散夥了。總之，倆人之間的差別更應該有助於穩定夫妻感情。

孔林看到人群中這麼多雙眼睛瞪著他，臉都白了。他和淑玉腳不點地地往汽車站走。直到回家，他沒有說一句話。

他們離開之後，民兵也撤了。人群卻足足用了半個鐘頭才完全散去，留下一地的冰棍紙、冰棍棍兒、瓶子蓋兒、黃瓜尾巴和瓜子皮。

那天晚上，孔林把自己關在屋子裡，抽著菸想心事，不時夾雜著歎息。多玄吶，他從法院裡出來的時候幸好沒有受傷，只有兩個婦女朝他揮拳頭，「呸呸」地往地上吐唾沫。如果他的離婚官司打贏了，肯定會被打得爬著回來。他今年也許根本就不應該辦離婚的事兒。他的小舅子早就琢磨好了怎麼對付他。他呢，自己往人家槍口上撞。

第二天吃過午飯，淑玉給他拿來了縣裡的報紙《鄉村建設》。這是一份手刻油印的對開小報。「剛送來的。」她說著遞給了他。

「你從哪兒整的？」他沒有接過來。

「本生給的。他說公社禮堂前邊堆了一摞。」

她把報紙放在矮腿的桌子上。孔華在炕上睡午覺，厚嘴唇噗噗地呼著氣。淑玉打開一條毛巾被給孩子蓋上，到灶屋洗碗去了。

孔林拿起報紙讀起來，他發現有一篇豆腐塊文章講的是他離婚的事情——

縣法院昨天下午駁回了一件離婚的案子。要求離婚的男方孔林身為木基市解放軍的醫生，行致十八級。孔某以缺乏愛情為由要和他的愛人劉淑玉離婚。可是劉淑玉卻堅信還對他充滿深厚的感情。幾百個同情女方的群眾聚集在縣法院門外，對孔某的變心進行了嚴肅的批評。群眾要求司法機關要保護婦女。昨天主審的法官周建平同志是個經驗非常豐富的司法幹部。他嚴肅批評了孔某的行為，耐心勸告他不要忘記自己是個革命軍人和貧下中農的後代。周建平同志語重心長地說，「你可不要忘本吶，可不要去學剝削階級那一套。我們要對你擊一猛掌，大喝一聲懸崖勒馬。否則後悔莫及。」群眾看到劉淑玉同志和她愛人沒有離成婚都放了心，紛紛向他們鼓掌致意。

孔林讀完了羞憤交加。他懷疑這又是他小舅子搞的鬼。文章的作者沒有署真名，自稱「衛德」。肯定又是本生的哥們兒。孔林記得很清楚：他和淑玉出來的時候根本沒有人鼓掌。看起來，寫這篇文章是要羞辱他，不敢再去離婚。

本生這個狗雜種！孔林發誓不再理他。

第二天下午，院子裡響起一個沙啞的喊聲：「有人在家嗎？」

淑玉走了出去。院子裡的男人個子高高的，左邊臉上有一道深長的傷疤。她眼睛裡放出光來，高興地說，「他大伯，你咋來了？快進屋去。」

他把肩上扛的一捆甜高粱稈兒撂在院裡的一個鋸木架上，每根甜稈兒都有一寸粗、兩尺多長。「自家地裡砍的，給華吃吧。」他說。

「你咋還大老遠地揹來。」淑玉說。看見這麼些甜秫秸她還是很高興。

「林子在家？」

「在。」

來的人是孔林的大哥孔仁。他穿著一件帶銅鈕扣的藍掛子，腳上是一雙鞋尖上包了膠皮的懶漢鞋。他聽說了孔林上法院的事兒，想來幫著淑玉勸勸自己的兄弟。淑玉在孔家受了那麼多的苦，他已經把她當親妹子看待。還有一件事，他在幾個月前給孔林寫信，讓他想著給自己的孩子捎點驅蛔蟲的塔糖。幾個月了，他的三個兒子臉兒都黃黃的，最小的兒子最近更是每天下午都鬧肚子疼。後來在這孩子拉的屎裡挑出一根粗麵條似的蛔蟲。塔糖是一種做成寶塔形狀的糖塊，上面旋著一圈一圈的螺紋。鄉下的孩子可稀罕這玩藝了，都當好東西吃。

部隊的醫院有好幾種治蛔蟲的藥，但是藥房裡沒有塔糖。雖然醫院裡三令五申不許本院員工私自拿藥，但是許多醫生護士還是能從藥房裡各取所需。難怪醫院裡的三個藥劑師都成了大家的香餑餑，朋友一大群不說，每到過年過節，家裡不斷有送禮的。孔林不好意思讓藥劑師沒有處方就給自己抓藥。他本來想到城裡的商店買點塔糖，但是臨探家前他正忙著趕寫一篇關於醫務人員走「又紅又專」道路的文章，完全忘記了孔仁的囑託。他聽見大哥進了門，立刻想起了這件事。他該咋辦呢？他心裡著急，思索著開脫的藉口。

兄弟倆喝茶聊著天，淑玉忙著炒菜做飯。孔華幫著母親拉風箱。孔林聽到了妻子正在教訓女兒：「閨女，幹活的時候不興嘬甜稈兒。」

「俺沒嘬，不就是放在手邊上嘛。」孔華說。

「擱一邊去。」

「不，俺要放這疙。」

「給我！」

孔林衝屋外吼了一嗓子：「你管孩子那麼多幹啥？」灶屋裡立刻安靜了下來。

也許是從小沒在一起長大的緣故，孔林對這位哥哥並不親近。在他們的少年時代，孔林總是在學校裡上學。孔仁撈不著書念，不得不在地裡幹活。他因此連小學都沒上完，但是他對爹娘的這種安排從不抱怨。孔林很感激哥哥為他做的犧牲。孔仁臉上的傷疤是二十年前在一個建築工地受的傷。孔林看著哥哥的這張臉，心裡很不是滋味。孔仁因為破了相，只得給人家作了倒插門[3]的女婿。這也是為什麼照顧公婆的責任落在了淑玉的身上。孔仁才四十五歲，門牙已經掉了三顆，看上去倒像有六十歲。他的嘴唇因此有些塌陷。

「兄弟，你和淑玉上法院，應該和俺這當哥的商量一下呀。」孔仁說著，喝了一口

---

3 倒插門：入贅。

茶，把茶碗放在炕沿兒上。

「這是我的私事。」孔林的話很生硬。

「淑玉可是咱爹咱媽給你挑的，老人的意思你不往心裡擱？」

「就是他們的意思毀了我的生活。」

「這話咋能這麼說呢？」孔仁慢悠悠地抽著菸袋，銅鍋子裡的菸葉冒著紅光，滋滋地燒著。他從來不接孔林遞給他的菸捲，說那玩藝抽在嘴裡沒味兒。他看孔林不願意回答，又加了句，「做人得講良心。俺就看不出來淑玉有哪點配不上你。她爲咱家心都操碎了，咱待人家得……」

「我不是說了，這是我的私事。」

「啥叫私事？你要打離婚，全家都鬧得不安生。俺村裡的那些孩子罵你侄子，要多難聽有多難聽。什麼『你叔有倆老婆。』什麼『你叔是流氓。』你能說離婚光是你一人的事兒？」

孔林非常震驚。這些人多麼愚昧可笑啊！虧他們想得出來。我的婚姻同我的侄子們有什麼關係？他們爲啥要因爲我這個叔叔感到沒臉見人？

灶屋裡的風箱停了。他又聽到妻子對孔華說，「去喊你舅。」

他不明白爲啥淑玉要叫女兒去找本生。他正想著，用玻璃珠子串成的門簾開了，淑玉端著一盤子炸里脊肉走了進來。「吃飯了。」她說著衝孔仁笑笑。

孔林找出兩個酒盅。他哥哥好抿兩口，能喝酒在全公社都出了名。有一次社裡派他爲上邊下來的幹部陪酒，孔仁把副縣長給灌醉了。這位縣領導本來是要到村子裡來宣讀嘉獎令的，卻出溜到桌子底下起不來了。孔林知道家裡只有兩種白酒，還是問哥哥：「你喝點啥？」

「啥都行。我今天不太想喝。」

「喝兩口解解乏。」淑玉說。「走了那老遠的路，準累壞了。」

孔林打開一瓶「白焰」高粱酒，倒了一滿杯給哥哥，半杯給自己。淑玉這時候又在桌子上擺了三個菜：蔥頭攤雞蛋、炒芸豆和撒了鹽的炸花生米。

他們正吃著，孔華回來了，高喊著：「舅舅來了。」

看著小舅子走進來，孔林皺起了眉頭。本生的左手擎著一個草紙包。他衝孔仁呲牙笑了笑，像見了老熟人一樣親熱，「哎呀我說大哥啊，你可是來巧了。」他把手伸給孔仁。

他們握完了手，本生朝灶屋裡的姐姐喊：「淑玉，給我拿個盤子。」

本生好像跟孔仁很熟，孔林不禁感到奇怪。他心裡嘀咕，難道又是他把哥哥搬來的？

淑玉把一個空盤子放在桌子上。

「我的天哪，這是啥東西？」她看著弟弟打開紙包，叫了起來。

「大蟲子。」孔華說。

 

「你整的這是些啥怪蟲子？」孔仁指著盤子裡那些三寸來長的紅色動物問。

「這叫蝦。」本生驕傲地說。「沒聽說過蝦嗎？」

「聽說過，可沒見過。」孔仁說。

「實話說吧，我也是頭一回見著。」本生供認。「今兒早上我在縣城裡買的。看見人家賣蝦，我就尋思：『媽的，當個男人，活著不嚐鮮，死了才叫冤。』我就稱了二斤。這玩藝賊他娘的貴。七塊錢一斤！縣城的人說，這是打南邊運來的，是出口給人家外國人吃的東西。」

孔林對他們的無知感到吃驚。然後又一想，雖然吳家鎮靠著松花江，他以前確實沒見過有賣蝦的。他懷疑，難道松花江裡沒有蝦嗎？也許是。

孔林還在尋思著，他哥哥又問了，「這蝦還是活的？」

本生和孔林都覺著這話挺逗。孔林忍著笑，冒出一句：「是啊，活的。」

孔仁夾起一隻蝦。「活的死的俺都得嚐一口。華，你知道大伯除了桌子，長著四條腿兒的沒有不吃的。」他把蝦放進嘴裡嚼了起來。「哎呦，它咬著舌頭啦！」他用手捂住嘴，作著鬼臉。

「大伯，你嘴裡流血了嗎？」孔華認眞地問。「讓俺看看？」

孔林大笑起來。「華，他能不知道那是煮熟的？大伯是想逗你吶。」

「這麼吃法兒不對吧？」本生說。「你說呢，孔林？」

大家的目光都轉向了孔林。他笑得嘴還沒有合上，鼻子裡發出吭吭吃吃的聲音。他止住了笑，回答說，「你說準了。吃蝦得先把皮剝了，腿兒摘了，再把頭去了。就像這樣，用手吃。」他把一隻蝦的皮撕下來，去掉蝦背上黑色的泥線，然後放到嘴裡。「嗯，不錯，挺鮮。」

大家都學著他的樣子，放心地動手吃了起來。只有孔華不吃，她看著這些鮮紅的蟲子就害怕，碰都不敢碰。

孔林把一隻剝了皮的蝦放在女兒碗裡，孔華卻想用筷子扒拉出去。本生喝了一口酒說，「華，你可得嚐嚐，好吃啊。」

「俺不。」

「你吃過蠶蛹子沒？」

「吃過。」

「這蝦比蠶蛹子不知香多少。來，聽舅的話，吃一口。」

女孩子小心地在蝦尾巴上咬了一小口。「咋樣，舅沒騙你吧？」本生問。

孔華點點頭，接著吃起來。大人們在一旁笑著。「這丫頭就是聽她舅的。」淑玉說。

孔華吃完了一條蝦，本生又夾了一隻放到她碗裡。這回不管大人們怎麼勸，她死活不吃了。孔林把蝦搛出來，自己吃了。

孔仁回家還要走將近二十多里的夜路，八點鐘以前必須離開。本生要去給生產隊的領導彙報一年收成的結算，也不能久待。吃過飯，孔林拿出十塊錢放在孔仁手裡，說，「哥，我們醫院裡沒有塔糖，我啥也沒帶回來。拿這錢到供銷社去給侄子們買點兒吧。」

「你不用給錢，俺不過尋思著你能白拿些塔糖呢。」

「拿著吧。」

孔仁把錢放進上衣口袋裡。男人們茶也沒喝，都站了起來。孔仁伸著懶腰說，「哈哈，這回總算吃著蝦了。」淑玉讓他捎一小口袋芋頭回去，他嫌路上提著太沉，沒有要。淑玉也沒再堅持。

走出院子，本生往西去了，孔林送哥哥出村要朝東邊走。孔林有些感動，甚至很快活，想著自己多少年沒有這麼開心地笑過了。他心裡升起一股對哥哥的溫情。孔仁因為喝了酒，喘著粗氣，藍褂子搭在左胳膊上。但是，他的步子邁得又大又堅實。

「哥，」孔林說，「我能問你個事兒？」

「說吧。」孔仁停下腳步，扭過頭看著他。

「是不是本生請你來的？」

「哪兒呀，是我自己要來。俺和本生算是朋友吧，不過沒啥來往。說實話，他那人不咋樣。俺是看著他一直對淑玉和華不錯，才和他拉呱兒幾句。」

「我知道了。哥，回去慢點走。替我問候嫂子和孩子們一聲。」

「放心吧。林子，你也要當心自己的身子骨兒。你比去年瘦多了。」

孔仁爬上了村外的山崗，幾隻牛還在坡上吃草。孔林站在一棵榆樹底下，望著哥哥遠去的背影。他又想起了剛才那頓蝦。他記起來自己決心不再答理本生了，可是後來不知怎麼又忘了。現在他和本生又成了姐夫小舅子。他恨自己心腸太軟，硬是板不起臉來。他盼望著能夠和那個滿肚子鬼心眼子的傢伙一刀兩斷。

月亮像一把金色的鐮刀掛在天空。孔仁身上的白汗衫在山坡上晃動著，越來越小，不到一袋煙的功夫就融在夜色中。

# 4

孔林回到部隊後的一個星期，已經提升爲醫院政治部主任的蘇然約他談話。孔林擔心吳家縣法院已經向醫院黨委告了他的狀。這下他可真有麻煩了。

吃過午飯，蘇主任和孔林走出大院。在醫院的東南頭三百米開外是一所中學，兩人朝那裡走去。蘇然人長得個子小，身材單薄，可是一隻八字腳卻又寬又長。他穿著一隻黑布鞋，一隻腳上的拇指處頂開了個洞，已經被細針密線地補上了。這肯定是他妻子的手工。蘇然的妻子最近到部隊上隨軍，他們的兒子這樣就能在木基市上小學。

「離婚的事怎麼樣了？」他問孔林。

「法院沒批准。」

「爲啥？」

「嗨，我那個小舅子糾了些人在法院外面鬧騰。」

蘇然舔舔乾裂的下嘴唇說，「別往心裡去，早晚會離的。」

他們在沉默中繼續走著。孔林奇怪蘇然爲什麼沒有多問兩句他離婚的事情。看起來這位主任的心裡打著別的算盤。

他們在一棵槐樹蔭裡坐下來。不遠處學校灰色的樓房在強烈的太陽下閃著白光。教室的窗子開著，藍灰色的房頂上搭拉著幾面懶洋洋的旗子。在孔林的右邊，一群學生正在足球場的邊上拔草。孩子們都蹲在地上，幾個人戴著太陽帽，多數人都光著頭。從遠處看去，他們就像是一群吃草的羊，慢慢吞吞的看不出有什麼拔草的動作。「眞笨，」蘇主任說。「我整不明白他們幹啥要把草都拔乾淨了？秋天來了，風一吹好喝土啊。」

孔林微笑著遞給他一支菸。

蘇然點著菸吸了一口，問，「孔林，你知道省軍區的魏副政委不？」

「聽說過。」

「那可是個有學問的人，口才又好，算是博聞強記吧。」

「他咋的啦？」

「兩個月前和愛人離婚了，眼下正在找對象。」

孔林注意地看著他。蘇然接著說，「我想跟你說點事兒，你得保證不發脾氣。」

「好吧。」

「魏副政委要咱們醫院給他推薦一個合適的女同志。我猜他是想找一個護士或者大夫，因爲他需要一個能照顧他身體的愛人。他已經五十多歲了，咱們這兒的女孩子對他來說都太年輕。所以黨委準備考慮推薦吳曼娜。在醫院的老姑娘裡她是最漂亮的。」他停下來觀察孔林的臉，上面木木的沒什麼反應。他接著說，「但是我們還沒有做最後的決定。如果你強烈地反對，下次開會討論這事兒的時候我會替你說話。」

孔林長時間地沉默著。他的眼睛死死地盯著一隻落在一片嫩草葉上的紅蜻蜓。附近，一隊大螞蟻正忙著搬運一隻甲蟲的軀殼，往四五尺外的蟻山處挪動著。孔林揪下一根野蕎麥穗子，放在牙齒中間咬著。一片麻木的感覺在胸頭蔓延。

蘇然又開口了，「說話呀，孔林，談談你是怎麼想的。」

「曼娜知道了嗎？」

「知道了。你不在的時候我們找她談過。她說要考慮考慮。」

「她還沒給你個準話兒？」

「沒有。」

孔林把蕎麥穗吐在地上，說，「這也許對她是件好事。如果魏副政委同意娶她，我沒意見。」

蘇主任不相信似地看著他。過了一會兒，他說，「孔林哪，你可眞是個好人。沒幾個男人能像你這樣情願把自己的女人交出去。有的人不反了天才怪。」

孔林咳嗽兩聲，說，「我還沒說完呢。如果魏副政委眞的想要她，必須答應我兩個條件。」

「條件？」

「首先，他得把她的級別調上兩級；第二，他必須答應很快送她到大學裡深造。」

蘇然驚訝得瞪大了眼珠子，然後突然放聲笑起來。孔林愣愣地看著他，問，「有啥好笑的？你尋思我瘋了咋地？」

「傻兄弟，你太老實了。看得出來你是眞愛她。」蘇然用拇指和食指捻住鼻子，往草地上狠狠擤了兩下。他接著說，「你也不想想你算老幾呀？你忘了你既不是她的未婚夫，又不是她的新郎倌。再說，咱們誰能對魏副政委指手劃腳，讓他幹啥不幹啥？醫院黨委也沒這個資格啊。」

孔林擰起了兩道濃眉，沒有吱聲。蘇然仍然說個不停，「我勸你啊，趁早別扯什麼條件不條件的了。要是他眞的娶了她，還用你操心，他會想辦法提拔她的。我要問你的是——你眞的捨得嗎？」

孔林又沉默了半晌，好像自言自語地說，「我是個結了婚的人，有啥權利纏著人家不放。這個主意得她自己拿啊。」

「孔林，你心眼兒太善了。」

他們站起來，撣撣身上的土。孔林碰巧坐在一朵黃色的蘑菇上。他用手指摸摸後屁股上的濕印，掉過身子讓蘇然看看，問他，「印子大不大？」

「像個雞蛋。」

「該死，明顯嗎？」

「沒啥問題。要是這個印兒在前面，就能畫個小地圖出來，女孩子們就更喜歡你了。」

蘇然壞笑著。

「不知道曼娜能不能洗下去。」孔林嘟囔著。從去年開始，吳曼娜就開始像所有未婚妻一樣，把他的洗衣服活兒包了下來。

他們轉過身向營房走去。蘇主任要求孔林不要向吳曼娜透露今天的談話，因爲不想讓她覺得領導在干涉她的私人生活。孔林保證會不露聲色。

三天以後，吳曼娜和孔林談到了魏副政委。兩人都認爲這是一次難得的機會。那男的是省軍區的負責幹部，萬一他們的關係能夠順利發展，他肯定會把她調到哈爾濱去，那將對她的前途大有好處。沒準兒魏副政委還會讓她進培養醫生的培訓班，要不就是作爲工農兵學員被推薦上大學。

孔林心裡對即將失去吳曼娜非常難受。他對魏副政委只有憤怒：憑他有權有勢就能天下女人隨便挑嗎？作爲男人，自己不比那個老雜種笨到哪兒去，也許還更英俊幾分。爲什麼他就不能保住曼娜呢？魏副政委可能早就有了許多女人，可是他只有一個啊！還是俗話說得好：飽漢不知餓漢饑。孔林對吳曼娜也很不滿。在他看來，她已經迫不及待地要攀高枝兒了。他對自己說：你看她多愛官愛權呀？都等不及了要甩掉我。

同時，他又感到卸下負擔後的輕鬆。這個最新的發展意味著他用不著每年夏天都要想法子離婚，用不著去捅鄉下的那個馬蜂窩了。如果他明年還想要打離婚，天知道本生會再想出什麼把戲來對付他。如果這種狀況持續下去，本生早晚會找到醫院來跟他算帳。幾天前他已經告訴了吳曼娜：法官想知道她的情況。她還沒有想好是否讓他把自己的名字說出去。

孔林的好脾氣不見了，變得愛挖苦人了。他開始利用一切機會對吳曼娜冷嘲熱諷。有天晚上他們倆打完了乒乓球，孔林看見別人都走了，就對她說，「等你成了政委夫人，可別忘了我——一個無權無勢的小醫生每個星期都陪你打球。我會記著你這點好處。」

「你給我住嘴，少扯些沒味兒的！」她把話摔過來，怒視著他。

「開個玩笑嘛。」

「你尋思我讓人家相來相去，心裡還挺美是吧？我覺得我這是在賣我自己。」

「哎，別往心裡去。我是說——」

「我討厭你來這套！你可稱心了，總算能把我甩了。」

她的眼裡噴著怒火，把「紅雙喜」的球拍子揎進草綠色的套子裡，「唰」的一聲拉上拉鍊。她緊閉嘴唇，頭也不回地走了出去。

孔林愣在那裡說不出話來。他閉上眼睛，彷彿有點頭暈。他後悔說了那些話，但是並沒有跟著她出去。他用軍帽擦掉臉上的汗水，拿起脫下的襯衫和球拍子，關上燈，獨自走回了宿舍。

他後來向吳曼娜保證，再不拿這事兒開玩笑了。

# 5

魏副政委要到邊境線上去，恰好能在木基市停留一個晚上。他到邊境去是要同蘇聯方面談判一個小碉堡的主權歸屬問題。這個碉堡是日本關東軍在三十年代修建的，現在卻正好落在中蘇邊界線上，因此兩國都聲稱對它擁有主權。雙方的士兵巡邏到這個地方，經常會發生小規模的衝突。兩邊誰也不開槍，卻用石塊、木棒和鋼鞭和對方肉搏。蘇聯和中國都不想打第一槍，免得被指責違反停火協議。

魏副政委離開哈爾濱之前讓人通知了醫院——他希望能和吳曼娜同志在木基市部隊招待所見面，時間定在星期二的晚上。醫院領導馬上通知了吳曼娜，讓她盡快做好見首長的準備，因爲現在已經是星期一了。

第二天，醫院放了她一天假。在這樣的見面場合她只能穿軍裝，其實並沒有什麼好準備的。她到浴池裡泡了一個熱水澡，回到宿舍後想睡一會兒，就在床上躺了一下午。她有點緊張，好像要去參加醫院裡的醫生護士們每年都要考的國際共通史考試。但是，這種緊張中少了點什麼東西——她當年同董邁和孔林約會之前的那種心頭亂跳、胸口緊縮的感覺。不過，那已經是很久以前的事了。

想睡，可是怎麼也睡不著。她腦子裡總有個事兒：她不知道晚上公共汽車沒有了，怎麼去城裡的招待所。她可以走路過去，但那至少要一個鐘頭，走到那裡也會出一身汗。她不會騎自行車，又不敢開口讓領導給派輛車送她。她後悔沒有聽孔林的話。去年夏天他要教她學騎車子，可是她沒興趣。

吃過了晚飯，她穿上了一隻人造革涼鞋。這是除了軍裝外她唯一能夠選擇的裝扮。涼鞋的後跟能讓她顯得個子更高，而且增添了幾分優雅大方的風度。她記得小時候經常做夢，夢見自己穿著點綴得花花綠綠的衣裳，看起來像個蝴蝶公主。只要她說聲「飛」，就能飛到雲彩裡。她在心底裡仍然喜歡顏色鮮豔的衣服，但是明白在現在這個歲數上，已經穿不出去了。

她想著要不要先穿上軍便鞋走到招待所去。她可以把涼鞋放在軍挎包裡，同首長見面之前再換上。她在刷牙的時候，一輛裝了防霧燈的吉普車停在女宿舍的門口。醫院領導已經爲她準備好交通工具，但是他們沒有告訴她。

吳曼娜上了車。吉普車開出醫院前門，向著城裡駛去。他們要去的地方是在光榮街的西頭，解放前那裡是窯子集中的地區。部隊招待所在一座黑磚大樓裡，五十年前這裡是一所日本人開的妓院。那年月的人們既花中國錢，也花蘇聯的盧布。妓院裡的姑娘大多是朝鮮女人，卻裝成日本娘們兒。這兒的老闆不要盧布，中國的嫖客玩完了「日本花姑娘」要收雙倍的價錢。現在正是上下班時間，街上擠滿了自行車。一個壯得像頭牛的警察站在十字站口，一手擎個電喇叭吆喝著犯規的騎車人，一手揮舞著一根白色斑馬紋的短棒指揮著車輛。空氣中散發著烤羊肉和燉蘿蔔的味道。

吳曼娜在招待所門口剛下車，吉普車就開走了。她看見車子走遠了，又開始擔心一會兒怎麼回醫院的事兒。想那麼多幹啥，不就是走路嘛。她並不害怕漆黑的街道，但是穿著涼鞋走那麼老遠的路可夠受的。一個在門廳櫃檯後面値班的戰士告訴她：魏副政委正在二樓六號房間等著她。她謝過他，走向樓梯。她不知爲什麼異乎尋常地鎭靜。

一個勤務員開了門，把她引進客廳。這個小勤務員那張年輕稚氣的臉給她留下深刻印象。他的上嘴唇還沒有長出絨毛，頂多只有十六歲。他給她沏了一杯花茶，說，「魏副政委馬上就來。」然後悄悄退了出去。

她合起雙腿坐在沙發上。她看到雪白的牆上貼了一幅〈毛主席去安源〉的油畫。畫上是一個高個子、三十多歲的男人，穿著藍布長袍，手裡攥著把雨傘，在山路上走著去安源發動工人。她四下看看，注意到這個房間比一般的賓館客廳小了很多。她聽到動靜轉過頭，從門外走進來一個高大的男人。他微笑著走過來，點點打著招呼。

「你一定就是吳曼娜同志嘍。」他說著伸出手。

她站起來說，「是。」他們握了手，他的手掌柔軟得像包了一層絲絨。

他自我介紹說，「我是魏國洪。很高興你能來，快坐下。」

副政委的親切自然很快打消了她的拘束。他坐下之後，開始問起了她的工作和木基市的情況，但是沒有提到她的父母家庭和出生地。她意識到他肯定已經調看過她的檔案，知道她是個孤兒。他穿著件白襯衫，笑得很慈祥，看不出是位高級首長，倒像個大學裡的教授。他的頭髮白了一半，圓臉上肌肉鬆弛下垂，同他那魁梧結實的塊頭多少有點不相稱。她注意到他的兩隻眼睛一大一小，讓她想起了一隻溫馴的大貓。

兩個人一直是他問她答，吳曼娜不敢問什麼問題。但是魏副政委的態度很隨和，沒有任何首長的架子，和他在一起她覺得很舒服。更讓她感歎的是，他十分專注地聽著她說話，不時地點著頭。她從來沒有遇到一個像他這樣認眞的傾聽者，忍不住懷疑他和愛人爲啥會離婚。他看起來一定是位很體貼人的丈夫。

他從口袋裡掏出一個鍍金的菸盒，問題：「我抽支菸行嗎？」

她聽了非常驚訝，因爲沒有一個男人對她這麼客氣過。「哦，沒關係。我愛聞菸味兒。」她說的是實話。她心情不好的時候也會抽一兩支香菸。在她的床頭櫃裡總放著一盒菸，夠她抽上一年。

「你抽菸嗎？」他問。

「不怎麼抽。」

「那就是抽嘍？」

「不……是的。」她猶豫地挑選著字眼兒。「我偶爾才抽一支。」他噴出的煙裡有股清涼、甜絲絲的味兒。她在想他的菸是什麼牌子。

他說，「我明白，你是悶了才抽菸。」

「是的，一年有那麼幾次。」

「你在醫院裡業餘時間幹什麼啊？」

「有時候看電影，讀點兒雜誌。」

「你喜歡看書？」

「閒了也看。」

「你最近讀了什麼書？」他把菸在菸灰缸上彈了彈。他的手很大，粉紅的皮膚裡露出腫脹的血管。

她沒想到會有這個問題，愣了一會兒不知該怎麼回答。最近這幾年，她從來沒有從頭到尾地讀完過一本書。她忽然想起了好幾年前在孔林的書架上翻過的幾本書。她勉強地回答著：「我並沒有讀多少書。醫院裡太忙了。我倒是愛看小說。」

「看什麼小說呢？」

「《紅岩》、《靜靜的頓河》、《安娜．卡列尼娜》、《前驅》……」她停下來，後悔說出了這些書名。特別是那兩部俄國小說已經遭到禁止，可能是有毒的，或是不健康的。

「很好啊，這些都是好書。」他眼睛放光，聲音也激動起來。「你的欣賞口味很不錯啊，小吳。我眞希望現在能有更多的人讀讀這些了不起的俄國文學作品。我年輕的時候看這些小說不要命。」

她很高興能夠得到他的誇獎，又覺得不好意思，一時說不出話來。

「來，讓你看看我現在讀的書。」他轉過身，從皮包裡抽出一本黃色封皮的書。「你聽說過《草葉集》嗎？」他把書抬了抬，讓她看清楚封面。上邊有一個削瘦的外國人，頭上的帽子有點歪，一隻手插著腰站著。這隻手的手掌根本看不見，另外一隻手藏在褲子口袋裡，好像他故意不想讓別人看到他的兩隻手啥樣子。

「沒有，我從來沒聽說過。誰寫的？」

「沃爾特・惠特曼，一個美國詩人。這是一本非常好的詩集。這裡面的詩歌都寫得很衝，很大膽，而且包羅萬象，好像是一個獨立的宇宙。這本書我已經看了四遍。」

他似乎意識到有點激動得過了頭，又補充說，「當然，這些詩歌是在美國處於資本主義上升期的時候寫的。實際上，詩歌裡的樂觀主義精神是時代進步自信的反映。現在的美國詩人就寫不出這樣的詩了。他們在腐朽的資本主義社會裡墮落下去，根本談不到什麼上升的精神。」

她並不完全明白魏副政委的這些話，但是很佩服他的知識和口才。「我到城裡的圖書館去找找，看能不能借一本出來。」

「圖書館不可能有了。我是二十年前從這本書的翻譯者那兒得到的。他是我在南開大學的老師。」

「您學的是英文？」

「不是，我修的主科是哲學，副課是中國文學。我的這位老師在教會學校上的學，英文很好。他讀過很多書，是個眞正的學者，可惜五七年的時候得肺炎去世了。他死得早也許是件好事，他那樣的家庭背景，運動來了也躲不過去。」魏副政委的臉變得嚴肅起來，頭低著，彷彿在回想著什麼。

「那麼說，這書很珍貴了？」吳曼娜等了一會兒才說。

「也不見得。」他的臉又生動起來。「在一些大學的圖書館也許能找到。這本書五十年代初就絕版了。」

「噢——」

「咱們這樣好不好，我把書借給你一個月，你看完了告訴我你的感想。你說行嗎？」

「那敢情好了。我很高興有這樣一次學習的機會。」

她從他手裡接過書。答應完了，她心裡犯開了嘀咕。她不知道能不能看懂這些詩，更別說還要向他彙報自己的看法。鬧不好會丟人現眼。

她正把書放進挎包裡，小勤務員進來了，報告說，「首長，車子準備好了。」

「小吳同志，跟我們一起去看電影吧？」魏副政委問題。

她猶豫了一下說，「行，只要是沒看過的就好。」

「你看過《賣花姑娘》嗎？」

「沒有。」

「我也沒看過。是個朝鮮片子，聽說不錯。一塊去吧。」

他們一起走了出去。招待所的前門停了一輛奶油色的伏爾加轎車，旁邊站著一個年輕軍官，正在等他們。魏副政委把他介紹給吳曼娜。「這是楊庚同志，邊防三師的。」

「我叫吳曼娜，軍區醫院的。」她把手伸過去。

他們握手的時候，她疼得差點叫出來。楊庚的手像一把老虎鉗子夾住了她的手指。他卻沒有注意到她痛苦的表情。他好像不會笑，身量不高卻敦敦實實。腰桿挺得筆直，紮著一條黑紅色的武裝帶，綳緊了軍裝上衣。他佩帶著一把五九式手槍，看著比從前的蘇聯貨輕巧靈便。槍套上別著一排七顆子彈。

包括勤務員在內的所有人都上了汽車。放電影的地方在工人文化宮，離這裡只有兩三里遠。

劇場裡已經快坐滿了。他們一行人找座位的時候，吳曼娜發現觀眾中有幾個醫院的同事，正轉過頭好奇地看著她。牛海燕也在裡面，頭像撥浪鼓一樣轉圈兒同人說話，看見她走進來，立刻招手讓她過去。吳曼娜揮揮手，紅著臉搖了搖頭。

就在他們快找到座位的時候，一位身穿藍色中山服的胖呼呼的幹部不知從哪兒冒出來，向著魏副政委伸開了雙臂，嗓門轟隆隆的像滾雷。「老魏，你好嗎？我想死你了！」

魏副政委愣了一下，微笑了。「這不是老趙嗎？我挺好的，你咋樣啊？」他的聲音聽起來透著喜悅。

「好哇，好哇。」幹部說。

「一塊兒坐吧。」

兩人手拉手地走向第十四排，一邊聊著木基市黨委第一書記最近的釣魚摔斷腿的事兒。吳曼娜認出這個胖子是市革命委員會的副主任。

他們坐下了，她右邊是魏副政委和趙副主任，左手坐著楊庚和勤務員。沒幾分鐘，劇場裡的燈暗下來，電影開演了。魏副政委扔掉抽了一半的香菸，用腳踩了踩。

影片講述了一個朝鮮家庭在舊社會的悲慘故事。故事情節非常簡單：一個小姑娘來到大樹底下想摘新鮮的栗子吃，地主的兩個兒子躲在樹上，拿栗子砸窮孩子的腦袋。其中一個壞小子用帶刺兒的栗子打瞎了小姑娘的眼睛，她的姐姐到街上賣花來養活瞎妹妹和全家人。姐妹倆從影片的開頭哭到結尾，她們的眼淚對觀眾產生了巨大的催化作用。銀幕上悲悲淒淒，台下許多人也放開了悲聲。

吳曼娜聽著周圍響起了一片唏噓的抽泣。眼淚好像能傳染，很快劇場裡幾乎每個人的眼睛都開始模糊。吳曼娜也忍不住哭了起來，但是她沒有抬手去擦眼淚，而是任由它在臉上流淌。坐在她右邊的魏副政委不時用手絹點點眼角，趙副主任低著頭，肩膀一抽一抽的，還常常喘不上氣來似的張著嘴。魏副政委捏捏她的手，在她耳邊輕聲說，「對不起，讓你難過了。」

「這是好電影。」她真誠地說。

她注意到左邊的楊庚沒有流露出任何感情。他不像別人那樣哭得東倒西歪，而是像塊石頭一樣坐在那裡，沒有一點兒動靜。他難道一點兒都不傷心嗎？她心裡想。她盯著銀幕，眼角時時瞟著他那剛硬的臉，上面刻滿了疏離和冷漠。他好像感覺到了她在觀察自己，歎出一口長氣。她聽出來了不耐煩，而不是悲傷同情。

影片終於結束了，所有的燈都亮了。人們站了起來，許多人都紅眼睛，但是誰也不覺得難堪。有人還在用骯髒的手絹和揉皺的報紙擦眼淚，擤鼻涕。「小吳同志，」魏副政委內疚地說，「我不知道這個片子這麼慘，否則我不會請你來看。」

「不，電影挺好的，我很受感動。」

「我還要和老趙呆一會兒，我讓楊庚同志送你回去行嗎？」

「行，沒問題。」

「給我寫信，談談你對《草葉集》的看法，好嗎？」

「是，我一定寫。」

魏副政委同她握手告別，又囑咐了楊庚幾句，然後去找老趙了。

伏爾加轎車等在文化宮的前面，他們上車後掉頭向北邊的醫院開去。已經是深夜時分，街上很安靜，吳曼娜留意到汽車的噪音很小，只有駛過梧桐遮蓋的柏油路時車窗外發出的呼呼風聲。

司機還沉浸在剛才的影片裡，忍不住要同車上的兩個人談談。「眞是太慘了！」

吳曼娜同他聊起來，坐在前座上的楊庚卻一聲不吭。她好奇地想知道他爲啥這麼冷冰冰的。「楊庚，你覺得剛才的電影怎麼樣？」她問。

「還行吧。」

「你一點兒也沒感動？」

「沒有。」

「那爲啥？你沒看見每個人都哭了，你咋就那麼冷靜？」

「我是沒哭，我見過的比電影上慘十倍。」

司機聽了好像很惱火，插嘴說，「那你說說，叫咱們也聽聽。」

「說啥呢，太多了。」

「隨便說一件。」

「好吧，比方說去年秋天我們營挖一個大菜窖，正在砌磚壘牆的時候，發生了坍方，一下子把十二個戰士全埋在裡面。就在我眼皮子底下，連一秒鐘都不到，全沒了。等我們把他們扒出來，九個人斷了氣。他們的父母從各個省來到我們營裡，你們應該看看，那才叫哭呢，連腸子都快哭出來了。我聽了都耳根子發麻。但是我還得硬著心腸指揮著部隊施工，我要撐不住了，那戰士們還不都亂了。我一個一個把那些家屬提的不合理要求給頂了回去。他們那個鬧啊。你們應該聽聽他們罵我的那些話，什麼難聽罵什麼。你們要是在前線待上兩天，見的死人多了，也就習慣了。光是出事故，你們知道死多少人嗎？人命根本就不值錢。哪次軍事演習都有死人的。」

他正說著，車停了。他和吳曼娜都下了車。她沒有把手伸給他，而是揮揮手說了聲再見。

她轉過身，走向女宿舍，感覺到背後的一隻眼睛跟了她很久。然後她聽見關車門的聲音，伏爾加靜悄悄地開走了。她覺得楊庚這個人有點意思。他那麼有男子氣，和別人不一樣。

# 6

孔林坐在辦公桌後面，不住地對自己說，我今天一定要見到她。

整整一個上午，每當看完一個病人後閒下來，他的思緒就會回到吳曼娜和魏副政委見面這件事情上來。他聽了很多關於高級首長們私生活的傳言，心裡忐忑不安，不禁爲吳曼娜捏著把汗。他知道有一位野戰軍首長洪澎帆的故事。這位洪司令員每隔三四年就要換一個老婆，因爲他在床上像頭山豹子，正常的女人根本受不了。他的每一位愛人在結婚後的頭一年裡肯定會得病，很快就會因爲染上腎炎而死掉。黨組織不斷地給他安排新的妻子，在經過幾位女同志死亡之後，人們終於說服他娶了一個像頭大洋馬似的老毛子女人。這位俄羅斯婦女是唯一和他睡了七年之後能夠沒病沒災活下來的配偶。孔林很害怕，因爲有人告訴他魏副政委是個大塊頭。

蘇然告訴他，魏副政委在同吳曼娜見面後的第二天早晨給醫院打來電話，說對她很滿意，願意繼續保持聯繫，看看能不能發展下去。孔林還從蘇主任那兒聽說，魏副政委同妻子離婚並不是感情上出了問題，而是她寫了一本攻擊北京某位中央首長的小冊子，被打成了反革命，已經被送往齊齊哈爾北邊一個偏僻農場勞動改造。倆口子只有一個女兒，現在是長春電影製片廠的年輕演員。

孔林吃過午飯就去找吳曼娜。聽到她說魏副政委斯斯文文的像個學者，才放下心

來。他背靠窗欞站在她臥室前面的樓道裡同她說著話。她看起來心情挺愉快，告訴他，

「人家跟個長輩一樣，挺有修養的一個人。」

「那就好，要不我眞擔心。」

「擔心？擔啥心？」

「怕他占你的便宜。」

一個牛蠅子突然在他身後的紗窗上亂撞，想飛出去。

「你等一會兒。」吳曼娜說完走進臥室。

她很快拿著一把塑膠蒼蠅拍和一本書走出來。她照著牛蠅子狠打兩下，打死了它，紗窗被震得嗡嗡地響。她把蒼蠅拍扔在窗欞上，說，「林，你看過《草葉集》嗎？」

「沒有。是本小說？」

「不是，是詩集。」

「從來沒聽說過。你問這幹啥？」

她把書遞給他。「魏副政委讓我讀，還要寫報告給他談感想。我眞不知道怎麼寫。今兒早上我看了幾頁，根本看不懂。」

「你可得認眞對待這份報告。」

「你能幫我寫嗎？」

「這……」

「求求你了。」

他同意試試，把書拿回了宿舍。頭天晚上他先看了一遍，接著又花了三個晚上反覆閱讀。他很喜歡這些詩，但不敢肯定是否把裡面的意思弄明白了。

他研究著詩歌，心裡很安寧。他對自己居然會這麼坦然感到有點奇怪。爲什麼不再生魏副政委的氣了？爲什麼不像別的男人那樣要把自己心愛的女人奪回來？他還記得兩年前炮兵團出了一件殺人案件。一個戰士用手榴彈和排長同歸於盡，起因是兩人都看上了一個在公社廣播站當播音員的姑娘。事後，人們都譴責那個排長，因爲當小兵的怎麼能爭得過他？他應該估計到那個戰士會狗急跳牆拚命。眼下，雖然曼娜將會離開他得到更好的歸宿，但是他爲什麼沒有感到任何強烈的不滿？他怎麼會變得這麼無所謂，還竟然幫助她寫讀詩的報告？不錯，他是發愁同妻子再次去離婚，但是他應該對失去曼娜更痛心才對，難道不是這樣嗎？

他自己的解釋是：他孔林是受過良好教育的人，是明白事理不會胡攪蠻纏的人，那些縱欲自私像牲口一樣的男人怎麼能同他比？

他把《草葉集》又讀了一遍，還是沒有完全看懂，報告也就不知道如何下筆。在他看來，這是一本古怪、狂放的詩集，裡面還有那麼多歌頌性愛的大膽詩句，說好聽的對人類生命力的讚歌，說難聽的就是宣揚淫穢。還有，詩人對自己的吹捧簡直到了狂妄自大的地步，應該好好批判。但是總體來說，這肯定是本健康的好書，要不魏副政委怎麼會讓曼娜看呢？

他花了一天的時間反覆考慮了詩集的幾個方面，決定避開歌頌性愛和吹捧自我的部分，把重點放在野草這個形象和幾首讚美勞動階級的詩歌上面，特別要突出那首〈職業之歌〉。他認爲，吳曼娜給魏副政委寫的這個報告一定不能長，不能面面俱到，但是應該具有思想深度，切中要害。

到了晚上他開始動手寫報告。關於勞動階級的部分倒不難，因爲報紙上這類文章多的是，畢竟有套路可循。他把詩歌裡講的那些勞動人民勇敢勤勞的事跡羅列出來，強調全世界的工人農民都是一家人，不管你是美國人、歐洲人還是中國人。他們都熱愛勞動，過著「強盛而神聖的生活」。但是，野草的形象就不那麼容易了，因爲沒有現成的語言來描述，非得要想出自己的話和自己的想法才行。他把論述野草的段落改寫了三次，最後終於滿意了自己的發揮——野草的形象是矛盾對立統一的產物：它集合了天地之精華、陰陽間的正氣；它融會了物質與精神的豐富、靈魂與肉體的結合；野草是生和死的讚歌，歌頌生命的無限充實和偉大。總而言之，野草是充滿無產階級唯物主義精神的、具有進步意義的象徵。

他把這五頁捉刀代筆的讀書報告交給了吳曼娜，讓她再加點兒自己的詞兒在裡面。他本來還想囑咐她要用質量好的紙，把每一個字都工工整整地抄在上面。轉念一想又沒有說。她已經不是小孩子了，應該明白這個報告的重要性。

她沒敢耽擱，一個字沒改地把報告抄寫了六頁紙，連同詩集一起寄給了魏副政委。然後就是長時間的等待。

吳曼娜和孔林以爲魏副政委會馬上寫來回信，但是三個星期過去了，沒有一點音訊。兩人都很焦急。

與此同時，吳曼娜感覺到周圍的人們對待她不一樣了。醫院領導經常噓寒問暖，關懷備至。時常會有哪個護士意味深長地盯著她，好像在說：「你咋就那麼有福氣。」有一次吳曼娜偷聽到一個護士在和其他人議論，「我沒覺著她有哈比別人強的地方。」醫院裡那些隨軍家屬的老婆們更是特別關心。一個問她：「你啥時去哈爾濱呢？」另一個提醒她：「別忘了寄喜糖來。」有人這樣議論魏副政委：「那老頭兒豔福不淺。」有幾個人則反覆地說：「孔林也怪可憐的。」

遇到這樣的情況，吳曼娜都是不吱聲，因爲她不知道該怎麼回答。她不清楚魏副政委對他們的關係認眞到哈程度，聽到這些話只能令她沮喪。即便魏副政委將來要娶她，這種沒有愛情基礎、組織上安排的婚姻也未必會幸福。如同她多次對孔林說的那樣，她覺得魏副政委更像一個叔叔，而不是個愛人。像他這把年紀可能連孩子都種不上。她常常想：要不要在離開木基之前讓孔林把她弄懷孕，但是她實在羞於張這個口，心裡也知道他絕對不肯這麼幹。這樣對她來說也是非常冒險的——一旦魏副政委發現她已經懷孕，他可能會把她打發回醫院，或者讓她轉業。

寄出讀書報告的第二個星期，吳曼娜開始讓孔林教她騎自行車。如果她將來去哈爾濱，會騎車是必不可少的技術。她和孔林都沒有自行車。幸運的是，孔林的室友田進有一輛「小金鹿」。田進因爲整個夏天都隨計劃生育醫療隊待在鄉下，這輛自行車也就閒在宿舍裡。他們可以用「小金鹿」練習騎車，但是不能把車磕碰壞了。還有一個問題：他們不能在醫院大院外面練車。可是在大院裡面練，當著那麼多人讓孔林扶著後車架，幫著她掌握平衡，吳曼娜會非常不好意思。幾乎沒有成人不會騎車子的。吳曼娜因爲是個孤兒，沒有機會學罷了。

她和孔林在天黑以後開始在醫院的操場上練習，這樣看見他們的人會少了一些。她開始搖搖晃晃地踩著自行車的腳蹬子，他在後面不停地說，「眼睛朝前看。別老想著車輪子。」

「我看不了啊。」她尖聲叫著。

「你眼睛在哪兒看，輪子就向哪兒走。看點兒遠處的東西。」

「這樣嗎？」

「對，現在就挺好。」

她學得很快，兩個小時不到就能歪歪扭扭地騎起來。但是她自己不能上車，上去之後又下不來。他總得一路小跑著跟在後邊。每次她想下車，他就上去幫她把車停住。她越想躲什麼，就偏撞上什麼。一次是衝上足球大門的立柱，另一次是碾過一個裝滿教練手榴彈的木箱子。自行車的鏈條也被她蹬掉了好幾次，每次孔林鼓搗了半天才把鏈子重新裝上。

雖然吳曼娜練得滿頭大汗，但是開心得很。倆人看時候不早了，該回去了，她竟然提出要自己把車子騎回宿舍。

孔林看看天色已經黑了，囑咐了幾句要小心，就扶她上了車。她蹬一下晃三晃地把車騎上土路，孔林在後面一會兒小跑一會兒邁著大步跟著。不知道什麼地方燒木頭，弄得夜色裡滿處都是淡淡的青煙和焦炭的糊味兒。蛾子和小咬聚在路燈周圍飛竄地旋轉，路燈後面的樹葉子黑呼呼的一片。吳曼娜掉過頭，對著孔林大嚷，「我會騎自行車了！」

她向右拐了個彎，前面出現了一個身穿深色便裝的婦女的背影。那人的左手用一個洗臉盆卡著腰。吳曼娜想盡可能遠地躲開她，但是離得越近，自行車卻像長了眼睛一樣對著人家衝過去。吳曼娜拚命拐車把，車把就是不聽使喚。一眨眼的功夫，自行車的前輪頂上了那位婦女的屁股，穿進了她兩條腿的中間。吳曼娜死命攥著閘棍兒，車輪吱吱尖叫著向前蹦了兩蹦，那位婦女被帶了起來，掛在前輪的刮泥板上。吳曼娜在慌忙中又鬆了閘，那位騎在前輪上的婦女被自行車載著向前衝了兩三秒鐘，活像個騎在獨輪車上正在表演車技的雜技演員。「我的媽耶！」她大聲叫著，手還死死地抓著那只黃臉盆，裡面有幾件洗好的衣裳和一塊肥皂。

自行車哐鐺一聲倒在地上。

「沒傷著吧，大嬸兒？」吳曼娜從地上爬起來問那女人。

那位婦女沒倒，抱怨著，「我的天哪，你是瞄準了我的屁股咋的？」

「實在對不起，我不是有意……」

吳曼娜突然緊張得臉都白了，她認出眼前的女人是蘇然生主任的妻子。她立在那裡不知說什麼好。

孔林也趕到了，上氣不接下氣地說著，「你看看，你看看，我跟你說不要騎……」他停住了，也認出了被撞的人是誰。

他趕忙對蘇大嫂說，「實在對不起，你沒受傷吧？」

「沒啥，沒啥。」那女的一邊拍著屁股，一邊說。「媽呀，她可眞夠準的，正插在我的腿中間。」

吳曼娜拚命忍住不敢笑，最後還是爆發了出來。蘇大嫂和孔林都愣了一會兒，也前仰後合地哈哈大笑起來。一輛自行車嗖地從他們身邊擦過，騎車的人響亮地吹著口哨，箭一般地射進黑夜裡，老遠還能聽到車上的鈴鐺聲。「瘋子。」孔林小聲罵了句。

蘇大嫂發現頭上的帽子沒有了，因爲剛從浴室出來，頭髮還濕淋淋的。孔林往後走了幾步找到了帽子。這是用黑絲絨做的、鄉下女人經常戴的那種頭飾。蘇大嫂把帽子往頭上一戴，黑頭髮全被包住了，立刻變成了一個乾巴巴的農村老太太。孔林有些吃驚，低頭看了看她的一雙腳。她的腳肥肥大大的像是男人的，穿著部隊的解放鞋。

他們陪著她一直走回蘇主任住的單元，心裡慶幸沒有撞到別人。蘇大嫂抱怨醫院的公共澡堂不讓她的七歲兒子和她一塊兒洗澡，她不得不託鄰居把孩子帶回家。「這是哪門子規定，他還是個屁大點兒的孩子。」她嘟囔著。

雖然他們第二天晚上更加小心，吳曼娜還是撞上了一棵垂柳。她的下顎擦破點皮，劃出一條紫口子。她臉上的傷很顯眼，第二天許多人都知道了她練車的事兒。吳曼娜並不在乎，仍然渴望著要繼續練習。她的目標是要能靈活自如地到城裡人多的地方騎車上街。但是，她的傷痕引起了醫院領導的注意。吳曼娜現在已經是魏副政委的女朋友了，如果她有個三長兩短，首長要怪罪他們。領導下令要吳曼娜和孔林立即停止練習自行車，以免她再有更多的磕碰。

醫院領導終於得到了魏副政委辦公室的回音。讓他們失望的是魏副政委決定中止同吳曼娜的關係。魏副政委的秘書在電話裡說，首長對她的理解能力和文學修養留下了印象，但是她的字寫得不太好。魏副政委已經有二十年出書和發表文章的歷史，目前又正在寫一本書。首長需要一個字寫得漂亮的女同志能幫他抄抄寫寫。

蘇然後來才聽說了事情的眞相——魏副政委原來腳踩著不止一只船，同時和好幾個女同志保持接觸。經過了反覆認眞的考慮，他決定同哈爾濱大學一個教世界歷史的年輕女講師結婚。

孔林雖然有點兒後悔當初沒有提醒吳曼娜多注意自己的字體，但是他並不難過，甚至有些高興她又能待在他身邊了。

吳曼娜馬上又成爲醫院裡議論的新話題。她因爲一筆爛字讓軍區首長甩了的消息不脛而走。人們開始在背後紛紛議論：這個女人多沒用啊！咋能就這樣隨隨便便地糟蹋了這麼難得的機會？她咋能讓煮熟的鴨子飛了呢？不錯，老姑娘是沒人要啊。就連那個開車送吳曼娜去招待所的司機也說，「她浪費了咱的汽油。」

吳曼娜雖然清楚自己並不愛魏副政委，但還是覺得受到了深深的羞辱。有什麼能比周圍這些刀子一樣的舌頭更讓人膽寒的呢？她覺得醫院裡的絕大多數人都是渴望看她的笑話，都是想從她的厄運和痛苦中尋開心。她傷心透了，警告孔林絕不許再提另找對象的事。她滿臉是淚地說，「我不能再自己糟踐自己了！」

事到如今，不管是好是歹，她決定還是等著孔林。現在不想等可能已經太晚了。就這樣，她帶著重新點燃的愛情和一顆沉重的心，又回到了他的身邊。

# 7

第二年春天孔林病了。他得了肺結核，住進醫院裡的隔離病房。每天到了下午兩點鐘左右，他的兩頰就會變得粉紅，體溫也隨之升高。他經常感到四肢無力，大白天的也會打哆嗦。他沒日沒夜地咳嗽，痰中掛著血絲。到了夜裡，整個人好像泡在汗裡，內衣內褲都濕透了。他掉了二十多斤肉，變得喉結凸出，顴骨高聳。他這個樣子，夏天肯定是沒法兒回家探親了。

因爲淑玉不識字，他就給本生寫了封信，說醫院裡太忙，今年不回去了。他怕妻子擔心，沒有說生病的事兒。

傳染病科在醫院的東北角上，在一片高高的柏樹籬牆後面。這裡共有兩棟磚房，南邊的主要收容肺結核病人，北邊的是肝炎病區。兩座病房之間是一幢豎著巨大煙囪的食堂。傳染病人的伙食要比普通病人的好。

吳曼娜經常晚上來看孔林。因爲孔林是醫生，肺結核病房的護士們並不阻止他出去。孔林和吳曼娜通常繞著操場散步。他們沿著醫院大院的圍牆走一段，有時候會走到豚鼠飼養堂、鐵絲網圈起來的狗窩、豆腐房和菜地。菜地都是晚上澆水，水從一口深井裡抽出來，嘩嘩地流向縱橫的壟溝。從他得病以後，她變得更體貼了，盡可能多找時間陪他。但是她心裡卻感到喪氣，因爲他今天又不能回家同妻子離婚了。醫院的大多數領導都裝著看不見他們倆每天晚上在一起散步。只要他們不破壞醫院裡的規定——不出大院，不發生男女關係——領導們也就睜一隻眼閉一隻眼。

九月初的時候，和孔林同房間的病人出院了，又住進了一個從別的醫院轉來的病人。孔林很喜歡這位新來的病友。他是邊防部隊的一個營長，中等身材，像個摔跤運動員一樣結實。護士們在私底下傳言，他雖說只是個營長，卻是個遠近聞名的「虎將」。聽說他有一次帶著全營人馬全副武裝急行軍，一個小時內跑了二十多里路；有些戰士累得虛脫住了醫院。他連續幾年都是師裡的刺殺能手和射擊標兵。後來他染上了肺結核，右肺上穿了一個花生仁兒大小的洞。他住進孔林病房來的時候已經快好了。他到這兒第一天就對孔林說，「你說我來這兒幹啥，這不成了廢人嘛。」他還告訴孔林，部隊很快就要讓他轉業回家了。

第二天晚上散步的時候，孔林向吳曼娜提起了新來的病友。

「他叫啥名字？」她問。

「楊庚。」

「真的？我認識他。」她解釋說，去年他到木基市來陪同魏副政委到邊境線去的時候她見過他。「我記得他結實得像頭騾子，咋會住院呢？」

「他得了肺結核，現在沒事兒了。」

「你說我要不要去打聲兒招呼？」

「當然應該去。」

話說出口她又後悔了。她想起了魏副政委帶給她的羞辱，心裡一陣絞痛。

「你應該去看看他。」孔林堅持著。

天陰得更黑了，他們轉身走回傳染病房。已經幾個星期沒下雨了，地皮乾得能捻起團團塵土。遠處烏雲聚攏，壓黑了城市裡高低錯落的房屋樓層。天空中不時閃出像叉子一樣伸開的兩股電光，彎彎曲曲地鋸開了厚重的雨雲。吳曼娜和孔林快要走進病房的時候，南邊滾過一陣隆隆的雷聲，豆大的雨點開始劈裡啪啦地敲打著屋頂和楊樹葉子。西北的松花江上空還能看到雲縫裡射出的陽光，一隊淋濕的水鳥朝那裡掙扎飛去。孔林不能累著肺，他和吳曼娜沒有跑，只是加快了腳步向病房大門走去。

孔林的病室在三樓，只有一扇窗戶，牆壁漆作淡藍色。兩張床和一對小櫃子就快把房間裝滿了。孔林和吳曼娜進屋的時候，楊庚正坐在床上削蘋果。看到他們，他驚訝地站了起來。「哈，吳曼娜，沒想到在這兒見到你了。」

他放下蘋果和刀子，在一條毛巾上擦擦手，把手伸過來。她握住小心地搖了搖。

「你來這兒多久了？」大家都坐下後她問。

「快兩個禮拜了。」

「是嗎？咱們怎麼一次也沒碰上？」

「那誰知道啊。山不轉水轉，咱們還不是見著了。」他放聲笑著，手裡接著削那個蘋果。他比去年瘦了一些，但還是那麼活力充沛。他現在留起了兩撇小鬍子，看上去像個蒙古人。吳曼娜注意到他的手上肌腱凸出，削蘋果就像莽和尚拿繡花針一樣費勁。

孔林說，「我剛才跟她提起你的名字，她說認識你。我們這不來看你了。」

楊庚看看吳曼娜，又瞧瞧孔林，臉上浮起一絲壞笑。孔林忙說，「哦，我忘了跟你說了，曼娜是我的女朋友。」

「你老兄眞有福氣。」儘管他的口氣中沒有疑慮，說完還是又看了她一眼，眼睛裡充滿了問號，好像在說：眞的？那魏副政委又是怎麼回事呢？

她看出了他的意思，裝得若無其事地問，「你現在咋樣啊？」

「還不錯，病也快好了。」他用刀子插著削好的蘋果，衝她伸過去。「來，吃個蘋果。」

「謝謝，我剛吃完飯。」她想起他有肺結核，不禁猶豫了一下。「咱們分吧，我吃不了一個。」

「好吧。」他把蘋果切開，遞給孔林和她各一半。

窗外的風雨咆哮起來，很快雨中夾雜著下起了冰雹。白色的顆粒砸在窗框上濺起來，打得玻璃劈啪作響。楊庚開口罵道：「奶奶的，這叫什麼天氣！要嘛他媽的不下，下起來就屎尿一塊兒流，收都收不住。好像老天爺的茅坑掉了底兒。」

吳曼娜看了一眼孔林，他好像被這位病友的語言驚呆了。她想笑，但控制住了自己。

楊庚接著講起了中蘇邊境一帶的氣候。那裡的夏天很少見到暴風雨或者小雨，但是一旦下起雨來，瀝瀝拉拉好幾天都不停，滿地都是泥濘和水坑。運輸物資的車輛開不到營房，至少要等上一個星期地面才能乾爽些。邊防部隊沒有菜吃，只能用鹽水煮大豆當蔬菜。邊境上雨季很短，十月初就開始下雪了。比較而言，秋天雖然短暫卻是最好的季節。乾燥的氣候使他們能夠走出去，到林子裡採些蘑菇、黃花菜、木耳、榛子、野梨和山葡萄。入冬之前，野豬也肥實。

吳曼娜吃完蘋果，起身要到普通病房去上夜班。她披上孔林的雨衣，鑽進瓢潑大雨中。

因爲孔林看過不少武俠小說，兩個病友的談話就少不了傳說中的英雄、俠士、劍客、美女和宗師。有時候楊庚也對病房裡的年輕女護士評頭品足：這個走起路來一看就是個結過婚的；那個瞧著蠻清秀；另外一個護士臉盤兒還算順眼，但是不算漂亮，五官太像個男的；個頭最高的那個姑娘從後面看上去胯太寬了，當個老婆肯定會挺舒服——她是那種男人願意玩玩兒的貨色。遇到這種場合，孔林一聲不響，因爲他不知道怎麼去評論女人。他忍不住奇怪——這個楊庚哪兒來這麼多關於女同志的知識。

楊庚一開始把吳曼娜當成是孔林的未婚妻，因爲「女朋友」這個稱號可以作多種解釋。後來他知道了孔林在鄉下還有個老婆。「活計，你的麻煩大了。」他對孔林說。「一匹馬怎麼能拉兩套車呢？」

看到他不好意思回答，楊庚又加了句，「好事兒都讓你老哥攤上了。告訴我，她們倆哪個更舒服？」他朝孔林擠擠眼。

孔林不願意跟他這樣議論淑玉和曼娜，可是楊庚天天沒完沒了地問這個問題。有天早晨，孔林實在被他糾纏煩了，就說，「你有完沒有？實話跟你說吧，我和曼娜從來沒有過那個事兒，我們只是朋友。」

「眞的？這麼說她還是個處女？」他的兩個大眼珠子瞇縫起來看著孔林。

「天啊，你簡直是沒救了。」

「只要說到女人，我早就沒救了。哎，告訴我，她眞的還是個處女？」

「她是，行了吧？」

「孔大夫，你就那麼肯定？你親自檢查過？」

「住嘴，少胡說八道。」

「好吧，好吧，我信。怪不得她的屁股那麼俏？」

孔林有點討厭他說話這麼無恥，但還是有些欣賞這個傢伙。楊庚辦事直截了當，什麼也不在乎，和他認識的所有人都不一樣。更讓人佩服的是：他心裡有什麼就說什麼。隨著兩人接觸的時間長了，了解加深了，孔林向他吐露了心事——他想同妻子離婚，可就是離不成。他很想讓楊庚給他出出主意。在他的眼裡，楊庚從來不懂啥叫猶豫不決，他做事果斷，是個闖勁十足的漢子。

一天下午，兩人睡過兩小時的午覺起來以後，孔林告訴楊庚：他去年夏天跟妻子提出離婚，她也同意了，但是到法院又改了主意，說她還愛他。

「她是不是想要錢？」楊庚問。

「啥也不要。」

「那爲什麼答應了又反悔呢？」

「我哪兒知道。」

「總不會沒有原因吧？」

「我覺著都是我那個小舅子搞的鬼。這些壞水兒都是打他哪兒冒出來的。」孔林實在張不開口告訴他法院外面那一幕。

「要眞是這樣，下次一定不能叫他再摻和。」

「你幫我出個主意，咋整才好呢？」

「辦法肯定有，活人還能讓尿憋死。」楊庚的茶杯是一個裝蜂蜜的玻璃罐子。他舉起杯子，喝了一口茶。

孔林接著說，「你也知道，在鄉下人的眼裡我那口子實在是個賢妻良母。我不能做得太絕了。」

「我懂。」楊庚說完咧嘴笑了。

「你笑啥？」

「鄉下人哪兒見過離婚的事兒。我這輩子也只聽說過一件，那是在我們老家——那女的和小學校的校長在床上叫她男人逮個正著。這個當了王八的丈夫把姦夫淫婦拽到了公社。民兵把那個小學校長的一條腿打折了，還關了三個月。那男的把破鞋老婆也給休了。活計，離婚可不是件光彩的事兒，你要怕丟人，趁早收了這個心。」

「可是，這事已經開了頭。」

「實話說吧，我要是你啊，家也要，女人也要。放著這兒有個現成的吳曼娜，當然要留給自己用。咱們男人一個女人哪兒夠啊？」他滿臉的壞笑。

「你是說，我應該讓曼娜當情婦？」

「這就對嘍，你老兄也不傻呀。」

孔林歎了口氣說，「我不能這麼做，那樣太傷她了。再說，這也是犯法的啊。」楊庚若有所思地笑笑，沒有說話。孔林沒有注意到他臉上閃過的一絲輕蔑。屋子外面的樓道裡，一個護理員在擦地板，拖把甩在護牆板上發出有節奏的咚咚聲。

「我說句話你可別惱。」楊庚說，「咱們都是軍人，下了決心要打一個戰役，就得一幹到底，不能成功東想西想的。如果你鐵了心要跟老婆離婚，能想到的辦法兒都要用上。你總想當好人管個屁用？想讓每個人都說你的好話，哪兒有這樣的事兒？我看你這個情況，想要不傷害誰肯定是不行的。你現在就是要決定傷哪一個？」

「我下不了這個狠心啊。」

「說實話孔林，我覺著離婚沒那麼難，都是你給自己整的這麼複雜。」

孔林又歎開了氣。「我真不知道該怎麼辦才好。」

「你啊，就是太患得患失，當斷不斷，倒把自己弄得挺難受。我當營長也不是一年兩年，手底下帶過幾百個兵，我見過你這號兒的。你們這些人，又要偷腥兒，又想當聖人，把頂個好人的招牌看得比天還大。老想著要對得起自己的良心。心是啥玩藝兒？不就是一塊肉嘛，狗都能吃。你的問題都是你自己的性格造成的。你得先換個活法兒。是誰說過『性格就是命運』這句話來著？」

「是貝多芬。」

「對呀。你書看的挺多，懂的也不少，幹起事兒來就糊塗了。」他閉起眼睛，背誦了一段語錄。「『外因是變化的條件，內因才是變化的根據。』這是誰說的？」

「毛主席的《矛盾論》。」

「瞧，你啥都明白，可一動眞格的就像塊軟棉花捏的。你要眞想改變你自己，就要創造變化的條件。」

「可我的情沒那麼簡單。」

「毛主席還說了，『要想知道梨子的滋味，就要親口嚐一嚐。』你聽我的沒錯，先把吳曼娜睡了。你要是覺得她在床上能把你伺候得舒坦了，你離婚的決心也就堅定了。」

「不行，那不是發瘋了！」

雖然這次談話並沒有幫助孔林找到解決問題的辦法，但是楊庚偶然向吳曼娜證明了孔林仍想要離婚的決心。醫院門口常常聚集一些郊區的菜農來賣新鮮水果和農產品。有天晚上，他們三個人坐在醫院大門口的石頭路牙子上吃香瓜。楊庚卻不肯出錢，硬說他因爲趕不上吃他倆的喜酒，未來的新郎和新娘應該提前招待他。

他對孔林說，「我肯定你老婆明年會在法院上跟你離婚。甭操那個心，我會幫你想個辦法。新郎倌兒現在先大方點兒。」

孔林和吳曼娜都爲這個無意中透露的心機感到高興，這也證明了孔林還在尋找離婚的辦法。去年，他給她看了縣城小報上那篇關於他離婚的報導，她讀後心都碎了，懷疑孔林會不會完全放棄再次離婚的努力。經過三個月的考慮，她決定有必要的話就讓孔林把她的名字告訴法官。孔林被她的決心和勇氣感動了，反覆保證下一次要竭盡全力。但是，她還是忍不住疑心他是不是一直在利用她——只是要在身邊有個女人爲他做這做那。每次這樣想完之後，她又否定自己的猜測。她安慰自己說，他心腸好，不是那種故意傷害她的人。聽了楊庚的話，她非常高興孔林居然會從病友那裡討主意。她站起來到一個小販那裡一下子買了兩斤草莓。

「吃吧。」她愉快地對楊庚說，一邊把一紙袋草莓放石頭牙子[4]上。

4 石頭牙子：道路兩側以石塊堆疊而成的凸出物。

「你請客？」他呲牙衝她一笑。

「我請客。」

# 8

孔林的病好得很快。習慣性低燒消退了，他的臉又恢復了從前白白淨淨的模樣。經過兩個月的治療，他左肺葉上的陰影縮小到只有一個杏仁那麼大，醫生預計很快就會鈣化。他的康復主要是用了一種新發明的中成藥「百步」，醫院裡拿這種新藥來治療一些肺結核病人。雖然鏈黴素對大多數病人來說藥力更顯著，但是有的病人用了中成藥卻療效神奇。更讓孔林驚喜的是，他接受「百步」的注射，再加上服用魚肝油和維他命，居然把他犯了多年的關節炎也治好了。只是他的屁股上到處是被針紮出的腫塊，走路都是拖著腿。

到了十一月底，孔林完全復原了。上級命令他到瀋陽參加一個給部隊幹部辦的學習班，學習馬克思的剩餘價值理論。這趟出差讓他很興奮，倒不是因爲有興趣啃那些外國的經濟學名詞，而是他的同學戰友多在瀋陽，他很想借此機會重遊舊地。

楊庚已經正式從軍隊轉業了，但是醫院不敢肯定他的肺結核完全好了，因此他還在等出院的通知。他很快就要回老家去了，孔林決定在去瀋陽之前和吳曼娜一道請他吃頓飯。他倆向蘇然主任申請進城，也得到了批准，條件是他們三個人出了醫院要集體行動，不得擅自分開。

他們搭公共汽車去了城裡。星期天街上人很多，小販們在扯著嗓子叫賣，人行道上處處是從小吃攤子竄出的油煙。他們到達「四海園飯館」的時候已經快中午了。走進餐廳，爬上骯髒的水泥樓梯，他們在二樓找到了一張八仙飯桌。樓上的客人比較少，樓底下嘈雜的吃喝聲浪也衝不上來。楊庚摘下皮帽子掛在一把鐵椅子背上，孔林和吳曼娜也除下了自己的帽子。坐下沒一會兒，一個腰上繫著紅圍裙的女服務員走過來，寫下來他們要的菜。三個人點了幾個涼菜——豬頭肉、醃蘑菇、小茄子和一碟兒鹹鴨蛋。主食是餃子，餡兒是豬肉、蝦仁兒、大蔥和白菜。楊庚不理會吳曼娜的勸告，又加了一升黑啤酒。

先上來的是啤酒，裝在一個大杯子裡，嘶嘶地冒著泡。楊庚也不客氣，抓住杯子吧，把滿滿一升啤酒端了起來，笑著說，「來，先乾一口。」孔林和吳曼娜也舉起他們的小茶杯，裡面盛的是白開水。

「你不要肺了？」看著他們的客人灌下一大口啤酒，吳曼娜說了句。

楊庚嘿嘿一笑，露出一排結實的牙齒。「我的肺早爛了。」他往自己的盤子裡潑了一大攤辣椒油。孔林和吳曼娜也各自用小勺舀了一點兒芥末放在盤子裡。三個人坐在那裡聊著天，等著餃子上桌。屋外的窗檯上蒙了層耗子屎一樣的煤灰，四隻嘰嘰喳喳的麻雀落在上面，街上每掠過一陣汽車喇叭，就得跳幾跳。靠窗子左邊的鳥瞎了一隻眼睛，眼角上掛著一滴乾血。空中飄著稀疏的雪，幾片雪花在斜插過窗子的兩根高壓上方打著轉兒。天上的灰雲壓得更低更密了，雲縫間閃動著微弱的光。一個男人的聲音在窗子底下吆喝：「狗魚，鮮哪！今兒早上才打江裡撈的。」一個女人的喊聲像唱歌一樣：「炸麻花嘍，又甜又脆，三毛錢兩個。」

涼菜和餃子一起端上來了。桌子上立刻罩上一陣霧氣。孔林很高興菜上得這麼快。楊庚搛起一大塊豬耳朵塞進嘴裡，一邊咯吱咯吱嚼著一邊說，「嗯，好吃。香。」

孔林和吳曼娜用筷子把幾個餃子扒拉到自己盤子裡。他們互相看了一眼。他知道她也在轉著同樣的念頭——這是他們倆第一次一起在飯館裡吃飯。他心裡湧起一陣辛酸，因爲有外人在場，才勉強控制住了自己。在這同時，吳曼娜的眼睛死死盯著身前的桌面，好像不敢看這兩個男人。孔林想活躍一下氣氛，一個勁兒勸楊庚多吃菜。其實這根本用不著，這位客人比主人吃的都歡喜。

飯吃了一半，楊庚又說起喝不上他倆的喜酒太遺憾了。聽到「喜酒」兩個字，孔林和吳曼娜一下子沉靜下來，臉色陰暗。

「哎呀，這是幹啥？」楊庚說。「別像死人似的哭喪個臉。咱們不都活得好好的，不開心才叫傻呢。」

「唉——要是知道怎麼辦就好了。」孔林慢慢嚼著一片撒在豬頭肉上的蒜葉，手指尖一下一下地搓著腦門。

「明年再接再厲嘛。」楊庚說。「我要是有個曼娜這麼漂亮的女人，叫我幹什麼都行。來，高興點兒。孔林，別身在福中不知福，你得知足啊。」

「有啥好知足的？」

「你攤上的好事兒還不夠多啊？」

孔林搖搖頭。吳曼娜的眼睛在他倆的臉上掃來掃去。

她隔了一會兒問楊庚，「你能不能幫我們出個主意？」

「實話說吧，離婚我並不贊成。你們如果真想著像男人老婆那樣在一起過日子，還非得過這一關不可。」

「這個我們懂，問題是怎麼才能離成呢？」孔林問，一邊用筷子把一個餃子切成兩半。

「肯定有辦法。哪怕一隻鐵公雞也能捅進刀子去。」

「嘖嘖，」吳曼娜不耐煩了，「你別吹了，說點兒沾邊的。」

「我又沒要離婚，辦法得你們自己想。有一點我最清楚：沒有花錢辦不成的事兒。你給淑玉兩千塊錢試試，什麼樣的婚都離得掉。」

「不，不，你還沒明白。」孔林說。「她一分錢都不要。她人很樸實，腦筋沒那麼複雜。」

「說這話誰信啊？你只要錢花對了地方，肯定不會幫倒忙。有錢能使鬼推磨嘛。」

孔林和吳曼娜都沒有說話，對他的口氣這麼肯定多少有點驚訝。

楊庚接著說，「你們倆別像見了鬼似的看著我。我舉個例子你們就明白了。」他用筷子指點著孔林的胸口。「三年前，我們師的一個團長把一個從北京來的年輕女記者給扣下了，非要人家跟他睡一個星期不可。這姑娘的同事把電報打到了瀋陽的軍區司令部，上面讓那個團長馬上放人。他也只好讓人家走了。後來，我們都以爲這傢伙不被降級就得轉業。軍區還發了一個內部通報狠狠批評了他。大家都以爲他這下完了。你還記得那個通報嗎？」

「記得，」孔林說。「後來怎麼樣了？」

「去年人家提了師參謀長。」

「有這樣的事兒？」孔林和吳曼娜一齊叫起來。

「後來我聽說，他花了一千五百塊錢打了兩副金鐲子，師長和政委每人送一對兒。他說這鐲子是他們家鄉的特產。鬼才相信哪！可是送了錢就管事兒，人家就能升官。你們看，錢不是把死人變活了？我要是他媽的手裡有錢，還怕不能上下活動活動，還能讓人家像現在這樣兒給打發了？我在前方帶不了兵了，就不能在軍區大院兒裡坐坐機關？起碼比許多人都強吧，你說呢？」

「那是，這還用說嗎。」孔林答應著。他用調羹從一個小茄子肚子裡掏出蒜泥，然後把茄子切成兩半，送一塊到嘴裡。

足有一分鐘的時間，孔林和吳曼娜都悶頭吃著，對楊庚的建議不知道該做出什麼樣的反應。

孔林問楊庚，「臨走前還有啥事兒需要幫忙嗎？」

他們從這兒扯到了怎麼才能把楊庚的行李托運回鄉，是走水路還是走鐵路划算。楊庚最近通過後門關係買了一些松木板材——木材在他的老家安徽是緊俏商品。他還買了三十斤椴花蜜和六張羊皮，這樣回家以後就能做幾身皮大衣。

從城裡回來的晚上，孔林一直在琢磨楊庚說的話，越想越覺得有道理。淑玉可能不想要錢，但別人說不定能夠買通，特別是他那個小舅子。淑玉肯定會聽弟弟出的主意。如果本生讓姐姐接受離婚，她就不會再變卦了。眞要那樣的話，明年夏天他就是自由人了。現在孔林認定本生是解決問題的關鍵。

可是又一想，他對本生又感到沒把握。他這位小舅子很可能把錢揣了，卻不幫助他辦事兒。在這種人身上使錢永遠是危險的投資。兩千塊錢不是個小數目，等於他一年半的工資。本生肯定是條貪心的狼，爲了這兩千塊錢能把親爹親媽賣了。但是孔林還是覺得風險太大。

他越想心裡越亂。第二天晚上孔林來到住院病房找吳曼娜，發現她一個人在辦公室裡，正在看上一班護士交下來的病情紀錄。看見他走進來，她放下記錄薄，給他拽過一把椅子。

他解釋了這兩天自己的想法。出乎他的意料，她平靜地說，「你手頭有錢嗎？」

「沒多少，我在銀行裡只有六百塊錢。你攢了多少？」

「不多。」雖然他急於想知道，她還是沒有透露自己的存款有多少。

「咱們如果決定這麼做，也許能從別人那兒先借點兒。」他說。「你怎麼想呢？」

她想了一會兒說，「要是你沒錢，趁早想都不用想。」她皺著眉頭，緊抿著嘴唇。很顯然，她已經考慮過這個問題了。她決絕的態度讓他感到茫然。

他明白了，如果他們決定花這筆錢，她不會分擔什麼。意識到這一點使他很恐慌。他從來沒有想過自己能攢這麼多錢，更不用說借了錢後能夠獨自還清。他問她，「那咱們怎麼辦，就在這兒乾等著？」

「我也不知道，」她絕望地說。「我是怕把錢給了本生就像肉包子打狗一去不回。我原先以爲你攢的錢也許夠這個數。到底有沒有啊？」

「沒有，我只有六百塊。」

「你要是沒錢，咱們根本就不用想。」

「咱們不能試試？」

「不行。」她轉過身，繼續查看病情記錄。

沉默籠罩了房間。他爲自己感到羞恥。誰不知道花錢娶媳婦是男人的事情啊！讓人家女方幫助是不合情理的。他也許根本就不應該張這個口。

# 9

星期二的早上，吳曼娜在醫院禮堂前面的汽車站碰上了楊庚。這些天他一直忙著打包裝箱，把行李送到火車站托運；城裡的朋友和同鄉那裡也要去告別。他對她說，「我那兒還有孔林的兩本書。你什麼時候過來取一趟？」

「你啥時候在？」

「今天晚上都在，我明天一早就走。」

她現在因爲是上白班，答應八點鐘左右去拿書。他咧嘴笑了，眼裡閃動著幾粒微弱的火星兒，讓她有些不知所措。他的大眼珠子有些發黃，好像有幾隻小咬鑽進了眼球，吸走了裡面的黑色。她忙轉身走開了，知道他肯定在後面打量著她。他的眼睛咋像餓死鬼一樣？她想。

雖然楊庚的那雙眼讓她時時感到不安，她倒是寧願喜歡他。對她來說，他在許多方面更像個男人——強壯、直率、膽大，甚至有些粗魯。她希望孔林能夠多少有點像他，或者兩個男人身上的優點換一換，他們的性格就會更加均衡。孔林太書生氣了，脾氣好，辦事認眞，少了點男人的激情。

孔林一個星期前去了瀋陽。他走了以後，吳曼娜感到了一種從未有過的平靜。她發現自己並不怎麼想念他，反而有些喜歡能夠一個人獨處，哪怕只有幾個星期也好。在這段時間裡，她用不著給他洗衣服，也不會在腦子裡老惦記著他。但是每當她和同事拌了兩句嘴，或是工作上出了點差錯，她就希望孔林能在身邊，至少可以他傾訴一下。這種渴望使她意識到：婚姻並不只是組成個家庭、生幾個孩子，還有夫妻間的交談和傾聽。只有在自己的愛人面前才能想說啥說啥。

她現在時間寬裕了，就報名參加了醫院裡學英語的夜校。自從尼克森在一九七二年訪問中國以後，英語又開始吃香了。最近醫院裡都在傳說護士升醫助必須要通過外語考試。六十年代以前，拉丁文是醫學界唯一接受的外語。現在又要求醫護人員會英語或日語。這樣一來，一下子有四十多個護士報名參加了夜校的英語班。現在市面上很難見到英語工具書，牛海燕通過在城裡的關係幫吳曼娜買了一本袖珍英語字典。牛海燕去年夏天結婚了，現在也升爲護士長。她因爲懷孕不能來上夜校。眼下離英語班開學的十二月八號沒有幾天了。聽說，老師是從木基市師範學院請來的一個女講師。

晚上，吳曼娜出門到傳染病房去取孔林的書。外面滴水成冰，她看得見自己呵出的白氣。月亮渾圓慘白，割破波浪一樣的浮雲。清冷的月光穿過光禿禿的枝椏，在雪地上灑下斑駁的樹影。黑暗中，幾隻鳥飛起來，撲騰的翅膀反射著雪地上的微光。在她前面，寒風捲起團團雪塵，打著旋兒在蜿蜒滑行。她腳下的雪在咯吱作響，北風刮起來像個嬰兒在哭。

她掀開人造革門簾子，走進了肺結核病房。樓裡昏暗冷清，像是沒人住了。她在樓梯上走著，忍不住羨慕那些在這裡值班的護士，住在這裡的病人這麼少，她們肯定沒有多少活兒幹。

楊庚穿著一身灰色的睡衣，打開門讓她進去。屋子裡的酒氣衝鼻子，窗檯下面的暖氣片上烘烤著一件洗完的上衣，空氣濕呼呼的。結了霜花的玻璃在窗外夜色的襯映下泛著紫光。她轉過身打量著楊庚。他呲牙笑著，眼珠子紅得像充了血，說明他已經喝了不少酒。他的臉在日光燈下變得灰黃，顯得雙頰深陷，兩撇小鬍子更襯得尖削濃黑。在孔林從前睡的床上放著一只打開的行李箱，裡面胡亂攤著衣服和五顏六色的枕巾——有粉色、橙色、黃色、藏紅色的，一看就知道是他手下那些兵送的禮物。床頭櫃上擺著《金光大道》和《紅旗譜》兩本厚厚的小說，書旁邊立著一個短脖子酒瓶，裡面的白酒已經下去了一半。酒瓶邊上捲曲地窩著一張印有金黃玉米穗的畫片。

「你又灌這玩藝兒了？」她指了指酒瓶子說。她摘下皮帽子夾在腋下。

「嘿嘿嘿，」他笑著指指床鋪，「坐下，曼娜，我問你點兒事。」他走過去鎖上門。

「幹什麼？」她嚇了一跳，正在把孔林的書放進軍挎包。

「你爲啥要這麼關心我？」他斜眼瞟著她，雙手在她肩膀上一摁，把她按坐在床上。

她臉紅了，扭過頭去對著牆。

「害什麼羞啊，看著我。」他說。「你對我是不是有好感？」

她心頭狂跳，驚慌得說不出話來。他接著說，「你說，那天你幹嘛要買草莓給我吃？」

她被這個問題驚呆了，有一陣兒險些要笑出來，還是憋住了。看見她不理他，他伸出右手抓住了她的胳膊，好像要把她的骨頭捏碎。她疼得尖叫著：「放開我！」她的帽子掉到地上，但是不能彎腰去揀。

「聽著，我的處女小寶貝，我是不是比孔林強？你幹嘛要喜歡那個娘們一樣的男人？」

「是誰告訴你這些的？」她憤怒得叫了起來。「不要臉，男人都不要臉！」

「是呀，有俏娘們在，我就更不要臉啦。」

「楊庚，你喝醉了，醉糊塗了。不然你不會這麼說話的。」

「我沒醉。我臉紅了，心裡明白著哪。我知道你一直對我感興趣，我從你的眼睛裡能看出來。哪個女人對我有意思，我都能聞出來。」他咳嗽起來，用手捂住了嘴。他的呼吸滾燙酸臭。

「你讓我走吧。」

「做夢，你往哪兒走！」

「你是孔林的朋友，你怎麼能這樣對待他的未婚妻？你沒聽人家說，『朋友妻不可欺』。」

他腦袋向後一仰，爆發出一陣大笑，震得她心驚肉跳。「有誰見過當了妻子還是處女的？」他問道。「你還相信孔林會娶你嗎？你連他的姘頭都算不上，對不對？他是個廢物，根本不知道怎麼疼女人。」

「住嘴，讓我走。」她彎下身拾起皮帽子，但是他抓住她的肩膀，擋住去路。

他嘴裡還在說著，「等著，我還沒說完呢。他跟我說你們從來沒在一塊睡過。他還是個男人嗎？洗澡的時候我看見他那個抽抽的小雞巴，我都懷疑他是不是個二乙子[5]。」

他最後一句話讓她感到天旋地轉，她伸手抓住床頭才沒有跌倒。她的腦子裡亂成一團：這不會是眞的。孔林和淑玉有個孩子，他的喉結不是很凸出嗎？如果他不正常，驗兵的時候也驗不上啊？「你別血口噴人！」她高聲叫起來。「讓我走，要不我喊人啦。」

沒等她再叫出聲，他的大手一把攥住了她的喉嚨。「你他媽的閉嘴！」他焦躁地說。「再喊，我就掐死你。」

「別，別使勁兒。楊庚，你是個革命軍人，怎麼能這麼做。求——」

「狗屁，老子軍裝早脫了，還在乎那個。我幹嘛要在乎？你聽著，是你自己送上門來的，是不是？沒人拿槍逼你來吧？誰都會說你是個破鞋。」

「你讓我來拿書的！」

「誰能證明啊？」

他把她摁到床上，在她的臉上脖子上又親又舔。她掙扎著、乞求著、淚流滿面。她

5 二乙子：陰陽人。

拚命扭動想掙脫開兩條腿，但是被他的雙腿死死夾住。他的右手鉗住她的兩個手腕，騰出左手來伸進她的襯衣裡，握住她的右乳房，又摸向左乳房。「噢，你身上的味兒眞好聞，眞香啊！可是你的奶子不大，你知道嗎？」他的鼻子在她的頭髮裡拱來拱去，腦門上閃動著豆大的汗珠。

她使出全力想推開他，但是他的軀幹和兩條腿像釘子一樣把她楔在床上。他的左手摸索著解開她腰間的皮帶，扒下她的褲子。「你放了我吧。」她呻吟著。

「嚇，這麼俊的屁股。」

「楊庚，你饒了我這次，求求你。我明天一定來，我起誓。你愛怎麼整就怎麼整，都依你。我現在身子不乾淨。請——」她感到窒息、暈眩，像有重錘敲在太陽穴上，眼前直冒金星。他的頭像是大了兩倍，在她臉前晃動。

「騙孩子去吧，老子不上你的當。」他掀翻過她的身體，使她臉朝下趴著，用大拇指在她腰背處的尾骨尖上狠狠一擰。從頭椎傳上來鑽心的疼痛差點使她昏死過去。她感到下身失去了知覺，像是內臟受了傷。他往手指尖上吐了兩口唾沫，開始摳摩她的臀溝。她拚命想夾緊兩腿，但是腿好像已經不是她的了。她失去了反抗的力量，抽噎著，雙臂無助地捶著床。

「讓你見識見識。」他抓住她頭髮，扭過她的臉。她想像不到男性生殖器會這麼粗大。他的陽具像驢的一樣挺著，嚇得她緊閉上眼睛。

「你看看我的玩藝兒有多大，」他喘著粗氣說。「像不像根擀麵杖，不，像門小鋼炮。」

「求求你，別，別對我這樣！啊——」

他把她的臉又按回床單裡。「少廢話！老子長著雞巴就是爲操你這樣的老處女。」他一邊說著，把陰莖捅進了她的身體，像狗一樣踮著腳抽送著。

她感覺自己完全癱瘓了，麻木的疼痛在四肢抽動，好像在黑暗冰冷的水裡掙扎逃命。眼前的白色床單變成了黑色，一股血腥味衝進了她的嘴裡。突然，她胸中竄起了怒火，從喉嚨裡噴射出一連串詛咒：「我操你八輩兒祖宗！你個狗日的，這輩子斷子絕孫。你爹媽也不得好死。」

「你愛說什麼就說什麼。我爹媽早就死了，咱兒子也有兩個了。」

「叫他們有一天給野狗撕巴了。」

「噢……啊……啊！」他進入高潮，仍然在搖撼著她的身體。

「操你媽，你兒子出門就讓汽車軋死！」

他用力把她的臉壓進床鋪裡，她的聲音立刻被悶住了。她使勁想偏開頭呼吸，但是他的手釘住了她的脖子。他還在她身上面扭動著。她被憋得喘不過氣來，使盡全力掙扎著透過惡臭的床單和褥子呼吸一點兒空氣。

他終於停止了扭動，鬆開了按著她脖子的手。他剛從她身上下來，她開始咳嗽著，張開嘴大口喘氣，然後又叫罵起來。

「臭婊子，你在說啥？」他揪著她的衣領把她拎起來。

「叫你們楊家在你這兒斷了根兒！」她從牙縫裡迸出這句話，眼裡閃著仇恨的光芒。

「住口！」他一個耳光抽過去，又把她打倒在床上。她的手哆嗦著，提上褲子，繫好腰帶。

他挪到旁邊的床上躺下，閉上了眼睛。「想要的都有了，死了也不冤。」他笑了起來。「你願意告訴誰都沒關係。讓領導把我抓起來，開除出黨。老子不在乎。他們想什麼辦法整治我都可以。但是我勸你也好好想想。誰會相信你的話？」他點起一支菸，抓起酒瓶子灌了一口。「你知道嗎，你要不是個處女，我就用這個捅你。」他晃了晃手裡的酒瓶，又嘻嘻笑起來，接著就是一陣刺耳的乾咳。

她一言不發，抓過帽子，打開鎖衝出門去。她奔向樓梯口，樓道裡回響著棉皮靴跺地的聲音。樓梯的台階幾乎把她絆倒，她趕忙抓住鐵扶手的拐脖。她一口氣跑下了樓梯，跌跌撞撞來到病房的前門。門上的黑皮門簾像一個張開的大口，等著把她吞下去。她推開門簾衝進了雪地裡。一到了外面，她的眼前出現了重影。房子和樹木都像在水裡一樣漂浮起來，腳下泛著白色的小路軟綿綿的就像踩著雲彩。寒風從身後呼嘯吹過來，彷彿是追趕她的魔鬼。她深一腳淺一腳地跑出一百多米，腳底一滑摔進了雪堆。她掙扎著想爬起來，又跌倒在地滾了一身的雪。她捧起雪往臉上甩了幾把，又張開嘴嚥下兩口。冰冷的雪水裡有一股鐵鏽味，順著喉嚨流下去，像針一樣刺疼她的食管和胃，使她的腦子清醒過來。她用力從雪堆裡爬起來，踉踉蹌蹌地向宿舍走去。

慶幸的是她的室友都不在屋裡，兩個去看電影了，一個值夜班。吳曼娜躺在床上，哭了半個鐘頭，不知道該怎麼辦。她想到了去向醫院領導報告剛才發生的強姦，馬上又懷疑這樣做是否明智。他們會相信我嗎？她問自己。我是自願到他病房裡去的，他們會不會說我是自己送上門去的？楊庚肯定會否認他強姦了我，他會說是我主動去勾引他。那我就是跳到松花江裡也洗不清了。我沒有證人，無法證明我的清白，人們怎麼會把我看成是遭到強姦的？老天爺，我該怎麼辦哪？要是孔林在就好了。不，他半點兒也不能幫我。都是孔林這個該死的混蛋！是他告訴了那個畜生我還是處女。要是沒有他在這兒攪和，這一切都不會發生。他怎麼能夠和那條狼交上朋友？

突然，她想起要把楊庚的精液控出來避免懷孕。她脫下褲子查看，發現褲衩上有一塊巴掌大的紅色濕痕。她認定還有許多精液留在她身體裡。她把臉盆放在地上，蹲在上面，等著精液流出來，忍不住又抽泣起來。她的兩條被扭傷的大腿火辣辣地疼，撐在地上微微顫抖。她覺得不僅是自己的褲子，整個房間都充滿了魚腥味兒。她感覺渾身上下的衣服都像在那個男人的精液裡浸泡過，一想到這兒她的胃開始抽搐。她覺得噁心，把屁股挪到旁邊，在臉盆裡嘔吐開了。

她在屋角的臉盆上蹲了將近二十分鐘後，驚恐地發現一滴精液也沒流出來。她回憶他射精的時候，那種熱呼呼的感覺足足持續了有半分鐘。難道說他的精子已經深入到她的子宮，找到了個卵子？她心裡七上八下的。不，不會這麼快。會嗎？

她站起來換上一條新睡褲。她拾起臉盆，把毛巾搭在肩上，到水房去打水。樓道裡兩頭灌風，她一走出臥室就被外面的涼氣打得一縮脖子。她感覺臉上針扎似的疼，像貼了膠水一樣冰冷黏濕，好像已經腫起來了。這可能是被他那記耳光打的，她記得當時他是搧在了下巴上。很快她的整張臉都刺痛起來。這顯然是楊庚舔的唾液還在螫著她的皮膚。她走進水房，倒掉臉盆裡的水，又放滿涼水，用毛巾一遍一遍地擦著臉。她換了三次水，好像還是洗不掉黏在皮膚上的唾液味道。她記起小時候一條黃色的毛毛蟲咬過脖子，現在那種相同的刺痛感又布滿她的臉和喉頭。

回到臥室，她脫掉衣服，開始擦洗身體，希望能夠洗掉那股魚腥味兒和流出來的精液。但是腥味怎麼也去不掉，似乎屋子裡的每樣東西都被一條死魚熏過。她想到要把那條褲衩燒掉，又一想，也許可以留著當證據。她用一件襯衣把它裹起來，掖在床底下的木板條上。她在地上蹦跳了三十多次，還是沒有一滴精液流出來。她不知道有多少精子進入了她的子宮，越是不確定她就越害怕。

那天夜裡，她怕引起室友們的懷疑，把頭蒙在被子裡無聲地哭泣著。她猶豫著要不要找個人傾訴一下發生在自己身上的事。她多麼渴望能夠倒在一雙溫暖、堅實的手臂裡痛痛快快地大哭一場，多麼渴望能夠把憋在心裡的委屈傾瀉出來。或者她能夠有一間自己的房子，可以在裡面哭得死去活來，可以在裡面高聲大叫，用不著害怕別人聽見。但是，在這個睡了四個人的小屋子裡，她只能一直用左手卡住喉嚨，壓抑著自己的哭聲，直到她的抽噎使她筋疲力竭，沉沉睡去。

# 10

第二天早晨，吳曼娜的眼睛周圍出現了兩個黑圈。病房裡的護士們問她是不是病了，怎麼會看上去這麼蒼白。大家勸她休息一天。她說是因爲昨天吃了食堂裡的煎帶魚，過敏，現在已經感覺好多了。連她自己都奇怪，她居然能夠編出這樣一個理由。整整一個上午，只要電話鈴一聲，她就跑過去抓起聽筒——她在等著楊庚會打電話來。她的頭疼得要裂開，心裡充滿了對楊庚的強烈仇恨，但是她還幻想著他會向她道歉，說是昨天酒喝多了才出了那事兒。她認爲這件事情還沒有完，如果他打來電話請求她的原諒，她絕不會原諒這個畜生。她要對著聽筒把這輩子聽來的所有罵人的話都摔給他。

但是，楊庚並沒有來電話。到了中午，她往傳染病科打了個電話，人家告訴她楊庚一清早就出院了。現在一個新病人已經住進了那間病房。護士辦公室裡還有一個裝著書的軍挎包等著她來取。她聽到這個消息後淚如泉湧。不用說，楊庚早就策劃好了這次強姦。現在要扣押他已經太晚了，他早就離開了木基市，犯罪現場也被破壞了。

她該怎麼辦？她又開始六神無主。

下午的時候，她想用忙碌來掩飾心中的慌亂，手邊摸到什麼就幹個不停——把辦公室的桌子椅子都擦一遍，給病人打開水，分類整理各地給解放軍寄來的節日慰問禮品，有鞋墊、菸荷包、筆記本、水果、毛線手套、糖果等等。她雖然拚命克制，可是做什麼事情都會走神兒。楊庚那張魔鬼一樣的臉會時時冒出來，在她眼前晃動。到了晚上她也沒去食堂吃飯，因爲沒胃口。

除了牛海燕以外她沒有別的朋友。第二天晚上，她實在憋不住了，就去了醫院大院東頭的牛海燕家。海燕住在一棟平房宿舍裡，有兩間屋子。她丈夫洪淦是醫院宣傳科的文體娛樂幹事。牛海燕嫁給他是看上了他能寫會畫，能說會道。她有一次對吳曼娜說過，她這輩子不會嫁給醫生。在她眼裡，醫生不過是受過訓練的技術員。她要找個有眞本事的男人。

「曼娜，快進來。」牛海燕見到她來很高興。

她的丈夫正在收拾吃飯桌子。他看到吳曼娜點點頭，關上了收音機。他個子很高，有一張生滿酒刺的臉，張開嘴露出兩個金牙。雖然牛海燕對她的婚姻很滿意，許多人還是在背後說，「一朵鮮花插在牛糞上。」

「海燕，」吳曼娜悄聲說，「我想跟你談談。這是我的私事，不能讓別人知道。」

牛海燕把她拉到裡屋。「咋的了？」她問。她把兩隻手放在凸起的肚子上。她已經懷孕五個月了。

「我——我被強姦了。」

「你說啥？」

「楊庚那個畜生強姦了我。」

「到底是咋回事兒啊？」

「他把我騙到他屋裡後下的手。」

「慢點說，慢點說。你說他把你騙到他屋裡是啥意思？」

吳曼娜斷斷續續地講了楊庚如何騙她去取書，進了屋以後又發生的事情。她的聲音嗚咽著，淚水從她的臉上滾下來。她伸出舌頭舔著流到嘴角的淚珠。

洪淦在外屋喊著：「海燕，水壺我留在爐子上了。你要沏茶就從這裡倒。我走了。」

「你上哪兒？」

「辦公室。」

「知道了。早點回來。」她轉向吳曼娜問，「你去保衛科報告了嗎？」

「沒有。我不知道該咋辦？」

「楊庚現在人在哪兒？」

「昨天早上就回老家了。你覺著我應該去報告？」

「讓我想想。」牛海燕皺起眉頭，她的鼻子兩側出現了斜斜的皺紋。

「我怕沒人會相信我。」吳曼娜補充說，抬起手背抹著眼淚。

「曼娜，我覺著現在去報告可能太晚了。要證明你到他屋裡不是去約會恐怕沒那麼容易，除非楊庚把一切都承認下來。沒人會把約會時出的事兒當成強姦，這你也知道。」

「噢，那我該咋辦呢？」她又開始抽泣起來。「出了這事兒都是我的錯？」

「我的好姐姐，我又沒有怪你的意思。」牛海燕摟著吳曼娜的肩膀說。「你可千萬別覺得這是你自己惹的禍。好多女人都出過這事兒。告訴你吧，我姐姐就是幾年前叫她的一個朋友強姦了。她還不是打掉牙往肚子裡嚥。有的男人就是披著一張人皮的牲口。」

「你說我應該啞麼聲兒的忍了？」

「你還能咋樣啊？」

停了一會兒，吳曼娜問，「你看我該不該告訴孔林？」

「現在先不要。等將來你再找時間告訴他。他很愛你，會理解的。我姐就告訴了我姐夫她被強姦的事兒。開頭幾個月他簡直是接受不了。你也知道，男人以爲自己的老婆沒嫁過來之前都是處女。我敢肯定孔林不會這麼想。他人心眼好，再說他也結過婚。你們倆好了這麼多年了，他能理解的。」

吳曼娜覺得牛海燕說的有道理。在離開之前，她囑咐牛海燕千萬不要把她被強姦的事情告訴任何人。

「這個你放心。我絕不會漏一個字。」牛海燕保證說。

接下來的幾天裡，吳曼娜陷入極度的沮喪中。有時候，她仍然感覺臉上黏呼呼的，楊庚那噁心的唾液還在刺激她的皮膚。到了夜裡，她乞求老天爺保佑，讓她的下一次月經在十二月中旬準時到來。萬一我懷孕了怎麼辦？這個問題無時不在折磨著她。那肯定會在醫院裡引起一場風波。到時候我該怎麼辦？把胎打掉？不，那不可能。上級規定做人工流產必須要有一個男件簽署所有的文件，否則你找不到任何醫院給你做手術。但是，在這些文件表格上簽字就意味著這個男人必須承擔未婚先孕的嚴重後果，領受應得的懲罰。上哪兒去找這樣一個男人呢？即使孔林也未必會願意幫這個忙。

孔林要兩個月以後才能回來。如果在這段期間眞的懷孕，她一個人將如何應付？吳曼娜想啊想啊，幾乎要發瘋了。看來沒有別的路了。她決定，一旦懷孕就自殺。在護士辦公室的藥櫃子裡擺著一排琥珀色的粗大藥瓶，有兩瓶裝的是安眠藥。她開始每天從這兩個藥瓶中偷出五片藏在一邊。

夜校的英語班已經開學三天了，她根本沒心思去上課。她把英語字典賣給了在藥房發藥的杜玉英。杜玉英也是一個沒有結婚的老姑娘。吳曼娜跟別人解釋說，她痛經得很厲害，晚上必須要在宿舍裡休息。

一個星期後她接到了孔林寫來的信。他說在瀋陽待得很開心，問她這些日子過得怎麼樣。她沒有馬上回信。她還在等待月經的到來。掐掐指頭計算，已經晚了好幾天了，她在戰戰兢兢的等待中熬過每一天。

最後到了十二月二十三號這一天，她開始感覺到了每個月都熟悉的乳房腫脹和腹部抽筋。第二天夜裡，遲到的月經終於來了。這次的月經又稠又厚，把她嚇壞了。她覺得肯定是子宮裡有幾根血管破了。楊庚這個狗雜種肯定給她造成了內傷。

# 11

孔林六個星期之後回到了醫院，正好趕在春節的前夕。見到吳曼娜讓他大吃一驚：這還是從前那個曼娜嗎？短短不到三個月，她像換了一個人。她眼睛裡的神彩消失了，只剩下兩潭黑洞洞的死水，裡面是深不見底的哀傷。她的嘴唇像死人一樣沒有血色。絕大多數時間裡，她的表情呆滯麻木，好像是傷心得過了頭。她臉上的皮膚鬆弛乾裂，額頭上深深地刻出兩道豎紋。有時候到了下午，她的頭髮已經蓬亂不整，她好像沒有注意到，也許注意到了並不在乎。他跟她說話的時候她常常顯得心不在焉，彷彿對他說什麼根本不感興趣。她的聲音裡出現一種他以前從沒有發現的不耐煩的腔調。她看起來呼吸都有困難，經常鼓著鼻翅喘粗氣。他覺得她的樣子就像一個懷孕的婦女，每天早上都被嚴重的妊娠反應折磨著，心情惡劣，隨時都會迸出鼻涕眼淚來。

他不在的時候一定出了什麼事情。到底是啥事兒呢？他問了她好幾次，她都說啥事兒也沒有，她感覺挺好。其實這些日子裡她一直偷偷服用幾味滋陰補腎的中藥丸子，希望補補身體裡的元氣，盡早恢復身子骨。

過春節的幾天裡她躲著孔林，說感到渾身沒勁兒不能去散步，想自己一個人清靜清靜。有幾次她在睡夢中大聲喊叫，把同屋的室友嚇得從床上跳下來，以爲部隊要緊急集合。她現在好像總是睡不醒。在整個春節假期裡，她每天在床上躺著的時間超過十四個小時。

但是，春節過後兩個星期，她還是告訴了孔林事情的眞相。他們站在一根水泥電線杆子附近，她說著，他聽著。頭頂上的高壓線在風中撕扯著，發出刺耳的尖叫。他震驚地瞪大眼睛，死死盯著她的臉，下巴抖動著，嘴唇突突地哆嗦，臉色白得嚇人，鼻子上滲出了密密痲痲的汗珠。

等她說完了，他咬著牙迸出一句：「畜生！眞是個畜生！」他的臉扭曲著，左邊的臉頰不停地抽動。

她本來說說，「別忘了，他可是你的朋友。」最後還是壓下了這句話。

奇怪的是，孔林只會呆呆地看著她，再也沒話了，好像在想著什麼。他不停地捲著手裡的一本小冊子，那是發給他閱讀的一份學習材料。

「林，我眞不該去他哪兒。你能原諒我嗎？」她猶豫半天擠出這樣一句。地面冒出的涼氣使得她不停地倒換著腿，高腰皮靰互相磕碰著。這樣腳不會凍僵。

他皺著眉頭，沒有回答，好像根本沒聽見她的話。她猛地把手插進上衣口袋，又接著說，「林，你也別太難受。現在這些都過去了，我的身體也快好了。那些中藥挺管事兒的。」

一陣逆風倒轉著颳過來，揚起幾團煤灰，打著旋兒，又把它們吹向鍋爐房的煙囟和公共浴池之間那塊白雪覆蓋的空場上。一大片凍得亂竄的痲雀飛過來，像一張抖動起伏的網，罩在一棵光禿禿的柳樹冠上，又消失在密密的枝杈縫裡。鍋爐房的後面有人在打氣槍，驚起一群鴿子，鴿爪帶起霏霏揚揚的雪霧。這是燒鍋爐的老師傅養的愛物。

孔林還是一聲不吭，目光顯得更加呆滯淒涼。吳曼娜怒火中燒，又記起他曾經告訴楊庚她還是處女的事兒。她幾乎是吼叫著說，「我的處女膜叫那個畜生捅破了，你現在就尋思著我是個賤貨了，是不是？說話，別跟個啞巴似的！說說你是咋想的。別這樣折磨我。你不要忘了，是你告訴他我是個處女。出了這事兒你也有份兒。」

「我實在是對不起你。我要是早知道他是什麼人就好了。上次他跟我說人心就是一塊肉，狗都能吃，我就應該加倍小心。」他用手掌搓著腦門，又陷入沉默。

她知道他指的是什麼，巴望他能夠再多說一點兒，但是他又成了個沒嘴的悶葫蘆。他的沉默讓她心裡發慌，感到他可能起了疑心，並不相信她的話。一想到這兒她嚇得心都涼了。她的腦海中閃過這樣的念頭：要是你自己的男人都不相信你該咋辦？他是不是也當你是個婊子？她突然非常想哭，下巴開始哆嗦起來，但還是忍住了眼淚。

他終於看出了她眼中的不滿和痛苦。他說，「我都昏了頭了，不知道自己在想啥。你真的覺得身體沒事兒了嗎？」

「嗯。」眼淚湧出了她的眼眶。

他想把她抱在懷裡，輕聲安慰她，但是附近三十多米遠的地方有七八個戰士正在人行道上鏟雪，看見他倆站在這兒，故意大聲吹著口哨。孔林站在原地沒動，很費勁地說，「我覺得你應該找醫生檢查一下。曼娜，你看起來病得很重。」

「你讓我上哪兒去找醫生？我只能自己照顧自己。」

「咱們總會想出辦法來。讓我先想想，晚上咱們再好好談談，行嗎？」

「好吧。不過你也別太惦記我，我眞的沒事兒了。」

他使了個眼色，打著手勢，示意不能讓別人看見他們在這兒待太久。他們轉身離開，一齊走進了辦公樓。

整個下午，孔林只要閒下來就想強姦的事。他越想越惱恨自己。他意識到楊庚是欺負他縮手縮腳，不敢和吳曼娜進一步發展關係。如果他娶了她，或是他們已經訂了婚，那個惡魔就不會知道這麼多她的情況，或許不會有機會幹那件事。很顯然，他的優柔寡斷讓這條狼鑽了空子。曼娜說的對，強姦的事情他也有份兒，起碼要負部分責任。他眞恨自己啊！他拿不出行動的勇氣，連自己的女人都保護不了。「眞是個廢物！」他撕扯著頭髮，低聲罵著自己。

「你在說啥？」同辦公室的年輕醫生問。

「哦，沒啥。」

孔林有理由相信整個事情還沒有完。他擔心吳曼娜的身體健康和精神狀態。但是他又能做什麼呢？他甚至不敢給她安排一次身體檢查，那樣無疑會把強姦的事情讓所有人都知道。他自己就是個醫生，能夠做的只是給她開點消炎藥。他不清楚強姦受害者應該受到什麼樣的治療，因爲他在醫學院讀的教科書裡並沒有這方面的內容。不知爲什麼，他越對這件事情感到沮喪，就越對牛海燕不滿意：她只是嘴上安慰兩句，並沒有給吳曼娜什麼實質的幫助。

吃過晚飯，他和吳曼娜在他的辦公室裡又談了一次話。他對她說，「我覺著咱們應該把這事兒告訴蘇然。」

「你說啥？我看你是瘋了。你乾脆上話匣子去廣播算了。」

「我是怕太晚了讓領導知道不好。誰知道前面還有啥麻煩事兒呢？」

「你是啥意思？」

「要是領導先知道了，起碼需要的時候可以做個體檢或是心理檢查啥的。眼下對咱們來說，這是最重要的。」

「我挺好的，根本用不著檢查。」

「你就聽我的一次吧！」

「不行，咱不能那樣做。你不明白這種的道道兒[6]：要是讓人知道了我被強姦過，我就成了公認的賤貨。大家會拿另一種眼瞅我，我會變得連寡婦都不如。」

孔林歎了口氣，但是仍然想說服她。他接著說，「我想讓蘇然知道還有一個原因。」

---

6 道道兒：隱情、奧妙、規矩。

「啥原因？」

「你把什麼都告訴了牛海燕，她那人很不可靠。咱們得爭取主動，免得事情傳開了再去補救。」

「她保證過不會告訴任何人。」

「我可不敢相信她。」

「那為啥？」

「我也說不清，只是一種感覺。反正我覺著咱們不能把她的保證太當回事兒。你現在等於是把寶都押在她一個人身上。萬一消息傳出去，你就全完了，還怎麼見人？這裡的人舌頭像刀子一樣，吐口唾沫能把你淹死。我看還是向蘇然報告好一些。」

她伏在桌子上，臉埋在臂彎裡，又開始哭起來。他緩和了一下語氣，說，「曼娜，別哭。如果你不想讓人知道，我也不會說出去的。」

「還是不要跟領導說吧。」

「那好。不過你要找一趟牛海燕，再把她釘死一點。」

「我明天就去。」

這次談話之後，孔林對吳曼娜更關心了。他給她買了許多水果——橘子、凍梨、糖水山楂和柿餅等等。有一天他從中藥房花了五十二元買了一小杈鹿茸。這幾乎花去了他半個月的工資。雖然吳曼娜說她不吃鹿茸，補勁太大了會上火，但她還是很高興。她感激孔林的體貼，心裡又開始漾起層層溫情。她覺著至少可以忘掉強姦的事了。她的身體和精神都在逐漸地恢復。

# 12

四月裡的一個早晨，吳曼娜在實驗室大樓的門口碰上了蘇然。他還是熱情地同她打招呼，但是他那厚眼皮下觀察她的目光卻有些異樣，好像在上下打量著她。她轉過臉來看看他，他的眼睛立刻溜到了別處。他走過去，回頭又衝她微笑了一下。那笑容完全是強擠出來的，比哭還難看。

她的腦海裡突然一閃：蘇然一定是知道了強姦的事情。她的臉上一陣潮紅，心口像被人打了一拳頭，站在那裡說不出話來。她確信自己的感覺，當天就告訴了孔林。他安慰說她可能太敏感了，但心裡也是忐忑不安。他發誓說，他從來沒有跟別人吐過一個字。

她的猜想沒有錯。第二天下午，她和孔林每人拎著一只暖瓶到鍋爐房打開水，看到蘇然的妻子迎面走過來。擦肩而過的時候，他們聽到這個瘦小的女人狠狠往地上啐了口吐沫，大聲說，「送上門兒的」。她穿著一件黑衣服，戴著頂貂皮帽子，腫著一隻眼睛。吳曼娜和孔林雖然十分震驚，外表卻裝作什麼也沒聽見。等這個女人走遠了，吳曼娜開始罵蘇然。孔林心裡清楚，蘇然絕不會告訴妻子吳曼娜被強姦。這位蘇大嫂有些神經錯亂，嘴裡經常著三不著兩[7]，蘇然很少同她講話。流言的傳播者肯定是那些喜歡嚼

---

7 著三不著兩：指某人說話顛三倒四，不能採信。

東家長西家短的隨軍幹部家屬們。

從那以後，這個小個子女人只要一看到吳曼娜，就會叫她「送上門兒的」，或是喊她「被男人捅過的」。聽著這些罵人的話，吳曼娜覺得自己像是缺胳膊少腿，或五臟不全，變成了殘疾人。她眞後悔當初把祕密告訴了牛海燕。她恨死這個出賣朋友的小賤人了。對自己兩個月前沒有聽從孔林的勸告，主動向蘇然報告強姦的事情，吳曼娜把腸子都悔青了。

孔林對消息的走漏非常失望，同時也感到深深的羞辱，因爲蘇然的妻子也當著別人的面喊他「戴綠帽子的王八」。蘇然雖說是他的朋友，但是孔林不可能要求他制止妻子別罵人。去年夏天蘇然唯一的兒子被淹死以後，蘇大嫂就患了精神分裂症。這個男孩養了幾條金魚，有天下午和小夥伴們到松花江邊上去撈魚蟲兒，失足落水而死。醫院裡都在傳言，說蘇然每天晚上都要把錢包裡剩下的錢掏出來交給妻子，否則她就會不停嘴地把他家祖宗八代都罵到了，要不就摔盤子砸碗，要不就哭得像個孩子，要不就抄起爐鈎子說要捅他。蘇然沒有辦法，只好把鈔票藏在日記本的塑膠皮兒裡。蘇然脾氣好，從來沒有想過要把瘋瘋癲癲的妻子送到瘋人院裡去，因此贏得了醫院裡大多數人的尊敬和同情。他最近被提拔爲醫院的副政委，大家都說沒人比他更合格了。

吳曼娜自然恨死了牛海燕，從此不再答理她。她聽說牛海燕生了一個九斤重的胖小子，也沒有去看那孩子。牛海燕休完產假以後，千方百計想跟吳曼娜解釋。但是只要她一走近，吳曼娜就扭頭離開，根本連聽都不聽。牛海燕沒有辦法，只好在一天下午找到孔林的辦公室，讓他聽聽這件事是如何傳出去的。

「我從來也沒想過要傳曼娜姐的閒話。」她坐在孔林辦公桌的對面說。「你也知道，倆口子在床上啥事兒不嘮啊。越是閒得沒事兒，就越要磨牙嚼舌頭。我告訴我那口子別把曼娜的事漏出去，他也保證得好好的。可是三十晚上那天，他和幾個哥們在一塊兒喝酒，多灌了幾口貓尿，就把這事兒順嘴流出來了。我知道後把他的那些朋友的家都去到了，挨個兒告訴他們不要傳出去了。可是哪兒擋得住啊。孔林你也知道，我絕不會有意傷害曼娜。這麼多年了俺倆就像親姐妹一樣。我幹嘛要出賣她？我又能從中得啥好處？噢，我這是造了啥孽啊。」她眼裡閃著淚光。

「我知道了。」他沒精打采地說。

「你知道我把俺家那口子恨得牙根兒直癢癢，眞想咬他兩口。他把曼娜的事兒漏出去叫我知道了，笤帚疙瘩差點沒把他腦漿子楔出來。你要是不信我的話，可以去問問他。」

「我相信你，可是現在還有啥用？」

「你說我該做點兒啥能夠讓曼娜原諒？」

「這個我也不知道。」

「你告訴她，我非常、非常對不起她。」

「行啊。」

他聞到牛海燕身上散發出一股肥皂味兒。她走了以後，他懷疑她來這兒之前剛在家洗了尿布。

他把牛海燕的解釋和道歉講給了吳曼娜聽，她不爲所動，仍然不能原諒她。她恨牛海燕有她的道理。她被強姦的事兒傳開後，醫院裡上上下下開始把她和孔林像夫妻一樣看待。月底發錢的時候，他們倆的工資和糧票有時候會被捆在一起，送到孔林的桌子上。傳達室負責收發的戰士連想都不想就把孔林的信塞給吳曼娜。有一次，不知是意外還是故意，一位生活幹事發給他倆一份計劃生育的小冊子。這是結了婚的夫婦才有的待遇。有些新來的護士會在吳曼娜跟前孔大夫長孔大夫短的，都把孔林當作了她的丈夫。等她後來告訴她們她還沒結婚的時候，這些姑娘們窘得不知說什麼好。所有這些「誤會」都在傷害著她，但是她現在變得膽子小了，不敢像從前那樣理直氣壯地頂回去，或是拉開架式吵上一架。她害怕受到羞辱，只要別人提到「強姦」兩個字就夠了。

經過這些變故之後，現在越來越清楚了：她沒有別的選擇，只有一心一意地等著孔林離婚，好像這是他們倆前世結下的緣分。

在接下來的歲月裡，他們倆這種漫長的「戀愛關係」已經逐漸冷卻，變得平穩乏味，水波不興。夏天一個一個過去了，孔林和淑玉照樣來往於吳家鎮的法庭和鵝莊的老家之間，婚卻還是離不成。一年又是一年，孔林和吳曼娜渴望著醫院裡那條分居十八年後才准自動離婚的規定能夠修改或廢除。但是，這條規定如同石板一塊原封不動。孔林有一次給蘇然買了本市面上見不到的《環遊世界八十天》。蘇然後來在醫院黨委會上提議把這條規定修改得稍微寬鬆一些，卻遭到了絕大多數黨委成員的反對。他們擔心口子一開，後果不堪設想。時間漸漸地流走了，人們已經忘記了誰最初制訂了這條規定。它就像一條法典，沒有人敢質疑它的神聖。一年又是一年，孔林和吳曼娜的頭上白髮更多了，他們的身體變得粗笨起來，四肢也愈發沉重，臉上生出了更多的細紋。但是淑玉卻一點兒也不顯老。她看上去不再像是孔林的嬸子，倒像他的姐姐了。

在等待離婚的這些年裡，孔林和吳曼娜的大部分同事都得到了提拔，或是離開了部隊。只有他們倆還待在原來的辦公室裡，幹著同樣的工作。他們的工資倒是漲了一些。蘇然又得到了一次提升，在一九八〇年成爲醫院的政委。孔林聽說表弟孟梁同一個著名勞模[8]結了婚。這位全國聞名的接線員準確地記住了一萬多個電話號碼。一九八一年，魏副政委死在監獄裡。他是因爲追隨「四人幫」而被捕入獄。

終於到了一九八四年，孔林讓淑玉來到醫院。他們這次去的是木基市人民法院。經過了十八年的分居之後，不管她是否同意，他將同她離婚。

8 勞模：勞動模範。

# 第三部

# 1

一九八四年的七月，本生陪著姐姐來到了木基市的部隊醫院。他只待了一天就趕回鄉下去了——他要回去照顧生意。去年人民公社解散了，本生在鄰村開了一家小鋪子，賣些針頭線腦、菸酒糖茶、醬油米醋、瓜子鹹鹽等日用百貨。他不在的時候，孔華幫著照看著。但他還是不放心，不願意離開太長的時間。孔華去年夏天沒有考上中專，在舅舅的鋪子裡幫忙倒免了下地幹活的辛苦。

醫院裡的醫生、護士、幹部和他們的家屬都饒有興味地看著淑玉拐著一雙小腳走來走去。他們的印象當中，只有上了七十多歲的老太太才裹小腳。孔林嫌跟她走在一起丟人，所以她永遠是一個人出現。每次她搖搖晃晃地走過門診大樓前的空場，年輕的護士們就會聚在窗口看她。她們聽說裹小腳的女人腿粗屁股大，但是淑玉的腿細得像麻稈兒，幾乎看不見有屁股。

淑玉到了醫院幾天以後，感覺到後腰尾骨上有個地方越來越疼。後來發展到走路睡覺都不方便，坐在椅子上不能超過半個鐘頭。她連咳嗽打噴嚏都會震得腰間酸痛。孔林跟甯醫生談了淑玉的症狀，給她安排了看醫生的時間。她第二天早上就到門診樓去找甯大夫，得出的診斷是早期坐骨神經疼。她需要電療。

她開始每天到理療室去烤電。護士們都知道孔林很快就會同她離婚，對她出奇地關照。她們把紅外線燈打開，照到她的患處之後，會東拉西扯地跟她聊天。淑玉趴在一張長長的皮床上，也不用看著說話的人，回答著她們的問題。她喜歡空氣裡的來蘇水味兒，讓她想到了剛掰開的新鮮杏仁。她從來沒有進過這樣的房間——屋子裡非常乾淨，四邊的牆壁漆成了奶油色，陽光從窗外射進來，落到玻璃桌面和紅木頭地板上。到處都是一塵不染。屋子外面，知了在樹梢輕聲唱著，連這裡的麻雀也不像鄉下的麻雀那樣喳喳呼呼。爲啥部隊上的人和動物都顯得那麼文明呢？

進理療室的第一天，她非常不習慣當著外人鬆開褲子褪到腰背部以下。照到腰上的灼熱的紅外線也使她害怕，但是很快她就放鬆了，知道那盞明晃晃的大燈泡子不會燒焦她的皮膚。她喜歡趴在乾淨的床單上，讓柔和的熱氣撫摸著疼痛的後腰。一扇天藍色的屏風把她和旁邊走過的人隔開。周圍沒人的時候，她會閉上眼睛，讓心思飄回到鄉下的田野。現在該收大蒜子，沙果也該摘了。過冬的瓜菜要下種了——蘿蔔、白菜、胡蘿蔔、芥菜都得趕快入土。城裡人多舒服啊。那些小護士一年四季在屋裡幹活，風吹不著雨打不著，捂得細皮嫩肉的。她們幹啥事兒都踩著不緊不慢的步子。誰家的閨女托生在城裡眞是太有福了。她們穿上白大褂，戴上餛飩皮兒的白帽子，個個都跟畫上畫的那麼好看，有幾個臉白得像得了血痨。她們給她打針的時候，會先用軟軟的手在她的腰上揉一會兒，然後輕輕一拍，針頭隨著扎進去。她們會問她疼不疼，一邊兒用小拇指撫摩著針頭附近的皮膚。她覺著像是在撓癢癢，忍不住想笑。

一個護士有一次問，孔林在家裡是不是欺負她。淑玉說，「從來沒有。他是個善人，對俺一直都挺好。」

「在這兒他沒讓你餓著？」另一個護士插進來問。她手裡擎著一根針管，針頭上插著一個小藥瓶，裡面裝著淡紅色的藥粉。

淑玉回答：「哪能啊。每天不是白麵饅頭，就是糖包花卷。頓頓有魚有肉的。在你們這兒天天跟過年一樣。要挑毛病也有，就是晌午的日頭毒了點兒。」

護士們你看看我，我看看你。有一個咯咯笑起來，其他人也繃不住臉了，嘻嘻哈哈地笑成一團。「那他吃啥？」舉著針管抽藥的護士又問。

「俺不知道。俺倆不在一塊堆兒吃。他都是把飯端回來。」

「他把你供養得不錯，是吧？」

「敢情。」

幾個護士又笑開了。淑玉的話讓她們多少有點納悶：孔林雖說是營級幹部，每月的麵票也就是十二斤。哪兒來的這麼多的大米白麵供他的妻子吃？他怎麼會弄來這麼多的麵票呢？從吳曼娜那兒？不可能。她早就公開說了，她跟淑玉是井水河水兩分開。那孔林每天都吃啥呢？自己嚼棒子麵、高粱米？眞是個怪人。他一定是早就攢下了細糧票，專等著淑玉來的這一天。他好像對妻子還有點感情，不然怎麼會對她這麼好呢？

淑玉覺得這些護士挺討人喜歡。但是，不管她們怎麼央求，她就是不肯脫下鞋來讓她們看看那雙小腳。護士們一個勁兒地誇她的鞋怎麼好看，心裡都在巴望她能脫下來讓她們看看。

有一天做完理療之後，從杭州來的瘦瘦高高的護士小李因爲從來沒有見過小腳，對淑玉說，她只要把腳露出來，就給她一塊錢。淑玉說，「不成，俺不幹那個。」

「爲什麼？一塊錢看一眼都不行。你的腳就那麼寶貴？」

「閨女啊，不是俺撇你們的面子，這世上只有俺男人才能看。」

「爲啥？」

「這是規矩。」

「就看一眼，求求你了。」一個高個的護士臉上堆滿了討好的微笑。「我們不會告訴別人。」

「不，說不成就不成。閨女，你不明白，脫鞋露腳就是脫褲子啊。」

「誰規定的？」高個子護士叫了起來。

「作姑娘的時候裹腳是給將來嫁的男人看的。別的男人看不見，你的丈夫才覺著金貴[1]。你們知道過去的日子這小腳有個啥名號嗎？」她拍拍左腳，腳背弓出個鼓包。

她們一齊搖搖頭。她接著說，「叫個『金蓮』。可是個寶貝啦。」

---

1 金貴：珍貴。

她們的目光裡流露出驚歎。你捅我一下，我搡你一把，互相擠著眼睛。護士小馬問，「開始裹腳的時候一定很疼吧？」

「敢情，哪兒還有不疼的？你們知道那疼是啥滋味兒？我七歲上就開始裹腳。天老爺子，整整兩年，每天晚上都疼哭啊。到了伏天[2]，腳指頭腫了，包腳布裡都是膿，肉也一塊兒一塊兒的爛了。就那樣也不敢鬆鬆裹腳的布頭。俺娘手裡拿個老粗的竹板子，看見了就打。俺只要吃了魚，膿水兒就從腳後跟往外淌。老輩子人不是說嘛，『一雙金蓮一桶淚』。」

「那你幹啥還要裹呢？」一個臉色紅撲撲的姑娘問。

「俺娘說俺的模樣醜，裹了腳就能嫁得好。那年頭男人就稀罕女人的一雙腳。你的腳越小，在他們眼裡你就越俊。」

「孔大夫也這樣兒嗎？」護士小李認眞地問。「他也喜歡你的小腳？」

這倒把淑玉問住了。她嘟囔著說，「俺不知道。他也從來沒看過。」

屋子裡的姑娘們交換著眼色，吃吃地笑著，她們的眼睛裡閃動著開心的目光。一個護士打了個大噴嚏，其他的人哄堂大笑。

因爲這次離婚肯定會成功，孔林一直在設法把淑玉的農村戶口轉成城市戶口。部

2 伏天：熱天。

隊可以幫助辦理，但是規定：要軍齡超過十五年，營級以上幹部才有資格申請。孔林已經服役二十一年了，這兩條規定都合格。醫院的政治部因此非常幫忙。他想給淑玉立一個戶口本，這樣她就可以合法地居住在城裡。另外，他們的女兒孔華也需要有一張戶籍卡。根據法律規定：如果淑玉的戶口從農村轉到城裡，孔華自然隨母親成爲城市居民。有了這樣一張卡片，孔華就能在木基市找到工作。她現在上不了技校，這是她離開農村的唯一機會。

不管孔林怎麼說，淑玉還是聽不明白轉戶口的必要性和這個過程的複雜性。好在她向來是孔林怎麼說，她就怎麼辦。如果孔林告訴她：「別去打開水，我會去的。」她絕不會提著暖瓶走出屋子一步。要是孔林遞給她一些藥片說，「吃了，對你有好處。」她會想都不想地嚥下去。在她來說，他的話就像命令一樣，她絕對不去想對她會有啥害處。

一天早晨，孔林給了她一塊錢，讓她到理髮店裡剪個髮。這是三個會理髮的幹部家屬開的一間小鋪子，就在醫院豆腐房的後面。他前腳上班走了，她後腳出門去找這個理髮店。

在鄉下，孔華用一把長梳子和一把剪刀就能把她的頭髮收拾整齊。但是在這裡剪個頭髮卻要花三毛錢。理髮店裡一個胖呼呼的年輕婦女告訴了她這個價格，她感到好一陣不自在，像是給她們騙了一樣。她從來沒有這麼亂花錢。三毛錢在鄉下可以買半塊香胰子[3]，至少夠她和孔華使兩個星期。她不敢轉身走掉，只好答應了這個價錢，坐在一張皮椅子上。

門外的煤爐上坐著一個大鐵壺，嗚嗚地叫著。一個剪著短頭髮的中年婦女走了出去，把水壺從爐口挪開，往火裡倒了三小鏟摻了黃泥的無煙煤，把爐子封上。然後，她又用一根火筷子在還濕著的煤中間捅了一個眼兒。中年女人回到屋裡，往淑玉身上扔了一塊白單子，在她的脖子後面圍住，用一個木衣夾子夾緊。

「大姐，想剪個啥樣的？」她問著淑玉，手裡舉起了一把紅色的塑膠梳子。

「俺不知道。」

旁邊椅子上坐著的兩個男顧客聽了哈哈大笑。

「像我這樣剃個寸頭咋樣？天熱涼快。」

說話的是豬欄的飼養員，算是整個醫院最揚名在外的人物。他曾經養過一口一千兩百多斤重的肥豬，名字上過幾家報紙。孩子們管他叫「豬倌兒」。

「快點兒吧，大姐，」中年婦女說。「頭髮長在你身上，你不告訴我，咋下剪子呢？」

「那就整個你這樣的吧。」淑玉指了指她的齊耳短髮。

年輕的胖女人插了一嘴，「這位嬸子的頭髮剪短了一定好看。」

「你眞想要剪個我這樣的頭？」中年女人問淑玉。「你的髮髻就沒有了。」

---

3 香胰子：香皂。

「沒就沒了吧。您看著剪就行了。」淑玉希望她把自己的頭髮剪短，這樣她就用不著老往這裡跑，浪費那麼多錢。

中年女人鬆開了她的髮髻，開始梳理她纏結的頭髮。梳第一下的時候，淑玉的頭皮被抻得使她往後一仰，疼得直皺眉頭，把嘴唇咂得叭唧叭唧響。過了一會兒頭髮理順了，她也就習慣了。她不明白為啥理髮員能夠把剪刀耍得像通了電的小機器，咔哧咔哧咔哧，節奏分明。在屋子西邊的角落裡，一隻斷了尾巴的貓在睡覺，時常伸伸懶腰。貓耳朵一豎一豎的趕著蒼蠅。淑玉感慨地看著貓的頭前放著的那個盛著高粱米粥的碗。城裡人就是有錢，餵個貓也跟餵人一樣。這屋裡都是水泥地，哪兒來的耗子，幹啥要養隻貓呢？

中年女人給她削著髮梢兒，一邊問淑玉，「孔林對你好嗎？」

「嗯吶。」

「你倆睡一個屋？」

「嗯吶。」

「咋個睡法兒？」

「俺不明白您是啥意思？」

「你和孔林是鑽一個被窩？」理髮員笑了，其他的兩個年輕女人也停下了手中的剪子和推子。

「不是。他睡他的床，俺睡俺的床。」

「知道不他要休了你？」

「嗯吶。」

「你想要離婚不？」

「俺不知道。」

「告訴你個法兒，等他晚上睡了，你就爬上他的床。」

「俺不。」

全屋子的人都笑起來，淑玉看著他們，不明白在笑啥。

剪短了的頭髮使她看上去年輕了十歲。她的臉恢復了鵝蛋形狀，兩道眉毛像彎彎的月芽兒。

牆上嵌著一個銅水箱，理髮員用大鐵壺往箱裡倒了半箱熱水，又加了點涼水。她把淑玉引到水池子邊上，讓她坐下，把她的頭送到水箱邊伸出來的一根橡皮管子下面。她給淑玉洗著頭，又提起了剛才的話茬，「大姐啊，你別傻了。到了夜裡你就去上他的床，你只要上去了，他就不會再打離婚了。」

「俺不。」

屋裡的人又笑了。

「俺的眼睛呀！」淑玉叫起來。「胰子水兒刺撓眼睛。」

「別睜開，一會兒就洗完了。」中年女人把箱裡剩下的水全放到她頭上，然後用一條乾毛巾擦乾了她的眼睛和臉。乾毛巾上散發出潔淨的香味兒，還帶著太陽曬過的溫暖。

「現在你眼睛咋樣了？」

「沒事兒了。」

淑玉又坐回到皮椅子上。中年女人把她的頭髮梳向一邊，嘴裡不住稱讚「頭髮真好」。她還在淑玉的頭髮裡灑了幾滴花露水。

淑玉掏出了那一塊錢，中年女人說，「不用，大姐。頭一回理髮是免費的，留著下次再給吧。」

淑玉謝過她，又把錢揣回口袋。中年婦女用梳子把淑玉的頭髮在耳朵後面攏成一個堆。「大姐，你剪了這個頭實在透著精神。你從現在起就不要再剪別的髮型了。」她閃到一邊，舉過來一面橢圓形的鏡子。「你自己看看咋樣？還滿意嗎？」

淑玉微笑著點點頭。

淑玉又謝謝她，從椅子裡站起來，顛著小腳走了出去。她在那張皮椅子裡坐了半個鐘頭，屁股都有點坐疼了。

等淑玉走遠了，理髮店的人開始議論她。他們都認爲她其實長得並不難看，只是不知道怎麼穿衣打扮。她身上的那件藍黑色對襟褂子還斜釘了一排布扣，那是六十歲以上的老太太才穿的。她腿上裹的綁腿把她的褲子弄成上寬下細的馬褲形狀，所以那雙小腳才格外引人注目。也許農村婦女就講究這樣的衣裳樣式。把她的模樣弄醜的另外一個原因是她勞動得太辛苦了，把自己的外表整得疲憊粗糙。他們注意到她手背上裂開的口子，黝黑的臉上散布著幾塊像癬一樣的白斑。

他們的話題逐漸轉移到淑玉的婚姻上面。如果孔林拋棄了她，她自己怎麼過日子啊？這個孔大夫可眞夠沒良心的。政治部應該採取措施保護這個可憐的婦女，中止孔林和吳曼娜之間的不正常關係。現在是新社會了，誰也不能把自己的幸福建立在別人的痛苦之上。再說，一個男人結了婚就應該負起對家庭的責任，不能想幹嘛就幹嘛。家庭都解體了，社會上的秩序不就亂了嗎？

第二天，淑玉說的那句「俺不」已經傳遍了整個醫院，成爲醫生護士們的口頭禪。年輕的護士們要是不想幹某件事情，就會搖頭晃腦地把這句話說出來。她們會把每個字都拉得很長，特別在「不」上拐個彎兒，拉出唱腔。跟著就會是一陣笑聲。

醫院最近分配給孔林一間屋子，那屋在一棟宿舍房裡。有幾個好奇心盛的年輕軍官趁著夜色，溜到孔林住的房間外面去聽動靜。他們貓在窗戶底下和門外，急切地想弄清楚這對夫婦是不是睡在一個床上。他們把耳朵湊到鎖孔和紗窗上，但是屋裡像沒有人一樣的安靜。他們連續聽了三個晚上，只聽到孔林偶爾的咳嗽聲。一個軍官踩上了一隻睡著了的大蛤蟆，在花崗岩的石階上委了腳脖子。另一個在房子前面讓樹枝兒掃了眼睛。他們只好放棄竊聽的行動，承認孔林倆口子確實是分床睡覺，沒有鬧出啥不尋常的響動。

又一句話傳開了——「他們不幹那個。」

# 2

孔林和淑玉坐在飯桌旁邊，桌上放著一個搪瓷盤子，裡面擺著兩塊切開的香瓜，瓜子已經被去掉。他們正在談著明天早上到法院去離婚的事情。從前的住戶貼白牆上花花綠綠的宣傳畫已經被揭下來，屋子裡顯得明亮寬敞了許多。日光燈發出嗡嗡的聲音吸引了淑玉的注意。她抬起頭查看著屋裡是不是進來了蚊子。屋外窗下的青柏灌木叢裡，一隻黃鸝偶爾發出悅耳的叫聲。水泥小路兩邊長方形的花壇裡撒了一層細碎的馬糞，從那裡飄過來早菊的芳香。

「淑玉，你有沒有尋思過將來華能幹點啥工作？」孔林問。

「沒有。俺估摸著她能在本生的鋪子裡幹一陣子。她舅對咱孩子不錯，錢給的也不少，去年冬天還給華買了件棉猴[4]。」

「不，不行。她不能再待在農村，應該到城市來。我想給她在這兒找個工作。咱就這麼一個孩子，應該住在城裡守著咱們。你說呢？」

她沒說話。

孔林接著說，「明天法院裡的人會問你還想從我這兒要點啥，你就說想讓我給華找

---

4 棉猴：帶帽子的短棉大衣。

個好工作。聽明白了嗎？」

「你做啥要俺說這個？俺從來也沒尋思過跟你要啥？」

「不是那個意思。我在部隊上已經幹了二十多年了，按照規定部隊有責任照顧咱的孩子。你照我說的做沒錯，他們會給華找工作的。孩子就剩這一次機會了。明天你就跟法院的人說你要求這個，行嗎？」

「行啊，俺會說的。」

他咬了一口手裡的香瓜。「你嚐嚐，很甜的。」他說著指了指另外一塊。

她沒有動，想給他留著。

第二天一大早，孔林到食堂去給淑玉和自己買早飯。幾百個人在飯廳裡吃著飯，老遠能聽到嗡嗡的人聲。廚房裡傳出鐵鏟在大鍋裡炒菜發出清脆的叮噹聲。空氣裡瀰漫著炒大蔥和芹菜的味道。吳曼娜手裡拿著飯盒走過來。她想對孔林笑笑，但是臉扭曲著笑不出來，鼻子和嘴角兩側各出現了一條彎彎的皺紋。她的眼放著光，掃著左右兩邊的人們。很顯然，在這種大庭廣眾之下同他見面讓她感到不自在。他注意到她的臉上閃過一絲不快，可能是因爲他已經好幾天沒去看她。

她說他說，「在法院裡別多說話，也別跟法官吵，好嗎？」她咬著下嘴唇。

「我知道，你不用擔心。昨天晚上我跟淑玉談了，她同意去了那兒不再反悔。這次是鐵板釘釘兒了。」

「希望是如此。」她喃喃地說。「老天保佑吧。」

她走開了，當著這麼多人她不敢同他再多說。已經有人朝他們這邊看了。自從淑玉來到醫院之後，吳曼娜很小心地不招人注意。她一天到晚不願意見人，除非有必要，就待在宿舍裡，哪兒也不去。中午飯也不在食堂裡吃了。這使她臉色蒼白，好像有點貧血。

孔林端回宿舍四個饅頭、三兩稀粥和一小塊醬豆腐。這是淑玉來了以後他們第一次在一起吃飯。

他一邊吃一邊想心事。他奇怪地意識到，這段時間裡他很少見到吳曼娜，好像她到什麼地方休假去了。他晚上也不和她一起出去散步了，主要是擔心人們會在背後議論，從而會給領導無形中施加壓力，使得離婚的事情再生變故。但是不知道爲什麼，他同吳曼娜這種短暫的分離並沒有使他感到不安，就像他現在同淑玉睡在一個房子裡也沒有讓他覺得不自在一樣。說實話，他並不想念吳曼娜，只是很同情她。難道這就是愛情嗎？他問著自己。怪不得人們都說婚姻是愛情的墳墓。我們離結婚越來越近了，可是我反而變得不再依戀她了。這是不是說我已經不再愛她了呢？別犯傻了，我倆互相等了對方這麼多年，現在就要結合在一起了。是的，眞正的戀人用不著每一分鐘都要卿卿我我地摽在一起，不錯眼珠兒地互相看著，而是望著同一個方向。這是誰說的？好像是個外國的和尚。曼娜現在咋樣了？我和淑玉睡在這間屋裡她會怎麼想？她會惱火嗎？肯定會。她想念我嗎？

他的思緒轉到了離婚上面。同淑玉的離異現在幾乎成了不可避免的事實。他根本用不著費勁去辦，整個事情已經水到渠成，就像一個被霜打掉的熟果子。他感覺到有一個他無法控制的力量在操縱著所有的事情，只不過借用他的手來完成這一切——婚就要離了，他馬上會開始新的生活。也許這種力量就是人們常說的命吧。

淑玉剛刷完了碗，一輛北京吉普車停到了房子門前。她換上了孔林一個星期前給她買的黃色府綢汗衫。夫婦倆上了汽車。車子駛向了市公安局旁邊的法院。車的前座上坐著代表醫院黨委的陳明。他現在已經被升爲政治部的主任了。陳明變胖了，膀大腰圓的，臉上淨是肉。

已經八點半了。兩排白楊樹夾著寬寬的街道，路面上星星點點地散佈著騎著自行車去上班或是剛下夜班的人們。街道兩旁的房頂上，紅色的瓦片掛了一層露水，在太陽下閃著光，一會兒就變爲水氣。吉普車駛過了一座小學校，操場上滿是踢足球的男孩子們。他們叫喊著，追逐著五六個足球。女孩子們在玩跳繩和踢毽子。看來學生們是剛下了第一堂課。在和平大街和光榮街的拐角處，一輛手扶拖拉機被一輛東風牌大卡車撞翻在路邊，綠色的西葫蘆撒了一地。一群行人圍在那裡伸著脖子看，交頭接耳地議論著。肇事的卡車衝上了人行道，車前撞彎的擋泥板頂著一棵大樹。幾個老太太推著冰棍車走過來，一邊敲著車上天藍色的木箱子，一邊吆喝——「奶油巧克力冰棍，一毛錢一根。」幾個街口以外響起了一輛救護車的尖叫，聲音越來越近。載著孔林和淑玉的吉普車走走停停地蹭出了人群，左拐上了西門路，向市公安局開過去。

木基市人民法院的建築從前是丹麥傳教士在一九一〇年左右修建的一座小教堂。孔林在法院大門口看到一對年輕夫婦走出來。丈夫繃著臉，妻子抽抽答答地用一條白手絹抹著眼淚。一個看來像是她父親的老人在旁邊攙扶著她。法院裡的一個法警告訴陳主任，法官剛剛駁回了那個女的要求離婚的上訴。她控告丈夫經常打她，還偷她的錢。法官不同意偷錢的指控。他倆是結了婚的夫妻，在一個屋簷下生活，睡一張床，吃一鍋飯，哪有不搭夥在銀行裡存錢的道理？這個丈夫說啥也夠不上偷盜的罪名。

法庭的中央是幾排長條木凳，屋子前方的地面有一個低矮的台子，上面放了一張鋪著綠平絨的長桌子。桌子上方，幾根鐵絲懸吊著一幅寫著四個大字的標語——「執法如山」。高出標語的牆上從前是掛十字架的地方，現在綴著一個麥穗圍繞著五星的國徽。孔林很喜歡牆上的山字形窗戶、晶瑩的枝形吊燈和高高的天棚。雖然天棚上縱橫著粗大平整的房樑和椽木，整個大廳裡卻沒有一根支柱。他不禁想像著：如果沒有這些鐵胳膊鐵腿的桌椅板凳，如果把所有燈光都打開，小教堂裡會是什麼樣子？一定是金碧輝煌。

等每個人都在前排坐下之後，法官才走上台子，坐在長桌子的後面。他是個中年人，有一撮小鬍子，瞇著兩隻好像睜不開的細眼睛。他從白瓷茶壺裡給自己倒了一杯茶。在他右邊坐著一位四十多歲的婦女，她是法庭辦事員；在他左手是一個年輕的書記員，手裡拿著一支骶頭水筆。法官用拳頭堵住嘴咳嗽兩聲，開始讓孔林陳述離婚理由。

孔林站起來說，「尊敬的法官同志，我今天到這裡來是請求法庭允許我結束我的婚姻。我和我妻子劉淑玉已經分居了十八年，我們的婚姻已經有名無實。自從我們的女兒出生以後，我們之間就沒有愛情了。請您不要誤會我是一個喜新厭舊、沒有良心的人。在這十八年裡，我一直能很好地照顧她，也從來沒有和別的女同志發生性關係。」他說到「性」字臉紅了一下，又接著說，「請法庭考慮並且同意我的離婚申請。」

法官已經看過他寫的申請書，於是要求陳主任代表醫院黨組織證實一下孔林說的話。陳明的級別比法官高，因此根本沒站起來。他語氣洪亮地說，「剛才孔林同志陳述的事實是正確的。我作了許多年他的上級。他曾經好幾次被評選爲先進模範，也沒有嚴重的生活作風問題。孔林是個好同志。」

孔林斜瞟了陳明一眼。這麼說我算「沒有嚴重問題」，他想。那就是還有生活作風上的小問題呢。怪不得過去十年來他們從不提拔我。

法官嚴肅地問陳主任，「你們醫院領導是什麼態度，同意他離婚嗎？」他舉起杯子喝了一口茶。

「我們當然不鼓勵離婚，但是孔林夫婦已經分開了這麼長的時間。根據我們的規定，凡是幹部分居十八年以上，可以不用徵求對方意見自動離婚。孔林是從一九六六年開始同妻子分居的，已經符合本規定的要求。所以我們沒有理由拒絕他的申請。」

法官點點頭，好像對這條規定很熟悉的樣子。他轉向淑玉，問她還有什麼話說。

「他可以同俺離婚，」她乾巴巴地說。「不過俺想要……」

「說話的時候要起立。」法官命令道。她慌忙站起來。

「現在說你有什麼請求？」他問道。

「俺們——俺們有個閨女，快十八了，大閨女了。他是她親爹，應該給孩子在城裡找個像樣的工作。」

陳主任把頭一仰，響亮地笑起來，脖子上的肉擠出了褶子。法官一臉茫然。陳明解釋說，「我們醫院正在給劉淑玉辦理城市戶口，這就是說他們的女兒也會來和她一起生活。我們會幫助這姑娘找份很好的工作。因爲她是孔林的孩子嘛，我們會一視同仁，把她和其他幹部的子女一樣對待。沒問題，這個事兒我們解決。」

法官然後宣布：根據婚姻法的規定，孔林應該付給劉淑玉每月三十元的贍養費。孔林馬上同意了，但是淑玉卻擺擺手。

「你想說啥？」法官問。「嫌少？」

「不是。俺用不了那些錢，二十就夠了。俺眞的要錢沒啥用。」

女辦事員和那個小伙子書記員都偷著笑了。站在法庭後面的三個法警卻「轟」地大笑起來。法官瞪了他們一眼，笑聲馬上止住了。

法官接著問他們有沒有產生糾紛的財產問題，兩人都搖搖頭。淑玉啥也沒有，鄉下的房子是孔林的。

法官簽署了兩份離婚證書，然後把法院的大印按在紅色印泥盒裡，分別敲在兩張證書上，遞給他倆每人一份。他站起來用洪亮的嗓音說，「雖然你倆現在離了婚，但還是一個革命大家庭中的同志。所以們們還是要互相關心、互相愛護、互相幫助。」

「我們保證做到，法官同志。」孔林說。

「那好，現在宣布結案休庭。」

法官和他左右的女辦事員、書記員都站了起來。他們今天上午還要審理另一件離婚案子，所以時間要抓緊一點。

孔林在向門口走去的時候，禁不住感歎整個的離婚過程原來這麼容易，這麼簡單。不到三十分鐘，所有這些年的挫折和絕望都結束了，他生命中新的一頁即將開始。

離婚以後，淑玉並沒有回鄉下去。她從孔林的屋裡搬出來，住進了同一座宿舍的另一個房間。從現在起，她要自己做飯料理自己的生活。醫院政治部指派了一名年輕軍官專門負責淑玉母女的安置。他同當地派出所交涉淑玉轉戶口的事情，又同光輝火柴廠聯繫，請廠方幫忙解決孔華的工作問題。

孔林想到，孔華可能並不願意到木基市來，因爲女兒一直對他拋棄她母親耿耿於懷。前幾年他回家探親的時候很想找她談談，看看她對父母離婚的事兒是什麼看法，但她不是說要去餵豬，就是去河裡洗衣服，總是躲著同父親單獨在一起。她好像同他越來越疏遠了。孔林決定給孔華寫一封信，請求她到城裡來同母親住在一起。

晚上他坐在桌前，拿出了他的金龍自來水筆。意識到這是第一次寫信給女兒，這讓他感慨了好半天。自己這個父親真不稱職！這麼些年裡他腦子裡都在想啥啊，怎麼就沒想過孩子也許在巴望著爹能給她寫封信呢？難怪孩子和你生分了。

親愛的華：

上禮拜一我和你媽去了市裡的法院，一切都很順利。我們要求部隊幫你在木基找個工作，領導同意把你的工作關係轉到城裡的光輝火柴廠。這實際上是你媽在法院提出的唯一要求。望你能尊重她的心願，見信後速來此地同我們在一起。

華，請你理解這樣的安排完全是為你著想。你在城裡會更有前途，生活會過得更好。你媽老了，讓她回到鄉下我不放心。你不要拖延，立刻動身吧。不管你對我有啥看法，這一次你要相信我。我是你的父親，哪有當爸爸的不為兒女好的？你要是在農村待一輩子的話，我心裡會永遠後悔不安。

父親——孔林

他拿不準這封信能否說服女兒，又給本生寫了一封信，讓他勸勸孔華不要失去這次機會。

他放下筆，打了個哈欠，交叉起手指，舉到頭頂上伸了個懶腰，聽到了手上兩個關節發出的劈啪聲。他喜歡獨自一人的寧靜夜晚，感覺頭腦異常的清醒。窗外傳來的一陣樹葉嘩嘩抖動的聲音吸引了他的注意，窗戶玻璃的邊角上積起了濛濛的露珠，顯得模糊不清。屋子外面的楓樹落下了幾片葉子。他站起身，用一塊濕毛巾擦擦臉，上床睡覺去了。

幾位同事問孔林什麼時候請他們吃喜糖，他說還要等幾個月。他和吳曼娜都覺得現在不能馬上就結婚，免得別人議論——前妻的眼淚還沒乾，他們就等不及地要享受幸福小家庭了。

淑玉轉戶口的事兒兩個星期之內就辦好了，孔華進廠當工人的手續也已經齊備。但是孔林還是沒有收到女兒的回信，不禁心焦起來。

他擔心的事情果然發生了。孔華回了一封信，說她對生活在「人口擁擠的城市」裡不感興趣。她聲言：既然勞動人民中包括農民和工人，她願意留在農村作「一個社會主義的新農民」。孔林看出來這是她從報紙上抄下來的句子。他心裡很惱火，但是不知道該拿她怎麼辦。他沒有聽到本生的任何消息，懷疑他的小舅子又在這裡頭搗鬼——他想抓住孔華不放，給他在鋪子裡幹活。就連淑玉也罵女兒「傻蛋」。

孔林和吳曼娜散步的時候談起了孔華的事情，她建議他自己回鄉下一趟，把女兒帶回來。這個主意倒不壞。他為了湊錢辦喜事，反正也要回老家把房子賣掉。於是到天轉涼了，樹上的葉子剛開始飄落，他從醫院裡請了探親假，回到了鵝莊。

# 3

一群人聚在他家的院子裡不知在幹什麼。孔林一進門就看到了這個景象。午後的炎熱已經消退了，成群的蒼蠅還在狂亂地飛舞。菜園子籬笆門附近的地上，攤開著一張血淋淋的驢皮，上面布滿了一層死綠豆蠅子。驢皮上散發出陣陣甜絲絲的味道，肯定有人在上面噴了不少「敵敵畏」[5]防止生蛆。空氣中充滿了辛辣的肉味兒，混雜著一股花椒大料和五味子的味道。院子裡有一個石頭堆砌的簡易鍋灶，孔華頭上包著一條紫花手巾，正在鐵鍋裡攪拌著什麼。靠著藍色的小推車戳著一個紙牌子，上面用筆寫著黑字：「人間美味——地上驢肉，天上龍肉！兩塊五一斤！」

看到父親，孔華放下鍋鏟迎了過來。她咧嘴笑著說，「爹回來了，這可太好了。」她接過他手上的旅行袋。

「你幹啥呢？咋會有這麼多人？」

「本生舅的驢死了，俺這不正在幫他鹵五香驢肉。這些人都是來買肉的。」

「他人呢？」

「舅在屋裡和人談事兒呢。咱們進去吧。」她轉過身，把木頭鍋蓋扣在鍋上，特意

---

5 敵敵畏：殺蟲劑名。

留了一道縫兒。

周圍亂糟糟的讓孔林心裡很不痛快。他忿忿地想，本生為啥不用他自己家的院子開驢肉鋪子。眞是個貪心鬼，總想占別人的便宜。我要是晚回來幾天，他不把這兒變成他家才怪。

本生的驢是兩天前死的。牠半夜從驢棚裡跑出來，先是在一片草地裡遊逛，後來又闖進了一個菜園子。牠吃了太多的苜蓿草和豆子，卻沒有喝一口水。後來肚子漲得站不住，難受得在地上打滾。第二天早晨，一個男孩子在村裡的磨坊後面發現了牠，趕忙跑去告訴本生。等本生趕到的時候，那頭驢已經只有出氣沒有進氣了，驢肚子爆開了。本生自然悲慟萬分，因為他靠這頭驢幫他從六星鎮拉腳，給鋪子裡進貨。他現在只能指望著把驢肉賣了撈回點本錢。雖然村裡也有人想買生驢肉，但是他尋思肉煮熟了能賣更好的價錢，就賣起了五香驢肉。他對想要生肉的人說，「我只賣熟食，沒有生肉。」

孔林走進了房子，聽見本生正在跟一個人在堂屋裡說話。「我把驢皮給你，中不中？」

「不中，你打發叫化子哪。你那畜生毀了俺的菜園子，俺不要牠的皮。俺要張驢皮能幹啥？廢品站都不收。」

「你能縫條驢皮褥子，咋不行呢？」

「不中，誰願意整天聞牠那臭味兒？要是頭狗子還差不多。」

「有人還不配跟死驢做伴兒呢。」

「你少跟俺轉磨磨，你那驢身上的啥物件兒俺都不要。」

孔林進了堂屋，但是裡面的兩個男人都沒有注意到他。他認出那位老人是東頭鄰居孫叔。本生對孫叔說，「給你八斤燉好的驢肉，咋樣？」

「不中，十斤。」

「九斤。」

「俺說的十斤！」

「九斤半。」

「十斤！」

「好吧。孫叔，我是看你這張老臉，給你這個數兒。」

孔華打斷了他們，說，「舅，俺爹來家了。」

兩人都轉過臉來。老人看起來有點不好意思，咧著沒牙的嘴衝孔林笑笑，又轉身對本生說，「俺得家去了。俺那小孫子會過來拿肉。」他把手抄在背後，邁著方步，不緊不慢地走出去。他頭上的舊氈帽破了一個窟窿，露出了裡面的一撮白頭髮。

本生現在看上去也像個老人了。他的前額滿是皺紋，那雙小眼睛已經失去了往年的光澤，變得黯淡佝僂，彷彿許多天沒有睡覺。他好像很不高興孔林突然出現在他眼前，但是很快就恢復了鎮靜。「淑玉也回來了？」他問孔林。

「沒有，我是回來帶華去城裡。」他瞥了一眼女兒，她臉上沒有任何反應。

本生皺了皺眉，可憐巴巴地說，「大哥，我接到你的信了。我明白你現在稱心了，可說到底咱還是一家人。」

「我也是這麼想的。」孔林勉強地說。他有些可憐本生，口氣不覺放緩和了些。

「我姐不在家，晚上到我那兒吃飯去。」

「這……」

「爹，去吧。」孔華插進來說。「這些日子俺都是在舅舅家。咱們還是一家人嘛。」

「好吧，我去。」

本生很高興孔林能夠到他家去。他吩咐孔華給她父親舀點洗臉水，就到院子裡賣他的五香驢肉去了。

孔林對自己接受了本生的邀請也感到順心。他不懂怎麼在鄉下賣房子，也許要請本生出出主意，幫忙找買主。他想在幾天之內把房子賣掉，然後盡快返回木基市。另外，他也不知道女兒是否願意跟他一道離開這裡。和本生搞好關係至少可以使他在勸說女兒時少費點口舌。本生和妻子沒有生養孩子，一直把孔華當親生女兒。看得出來，孔華對舅舅舅媽的感情也很深。孔林打心裡不喜歡孔華對舅舅微笑的樣子，好像他們爺倆才是真正親密，他這個父親反倒成了外人。

這些日子他腦子裡還在琢磨著另一件事情：他不知道孔華是否有了男朋友。這孩子已經出落成一個容貌出眾的姑娘，肯定有不少的追求者。如果她有一個情人，要勸說她到木基去就有點複雜了。她可能會爲了男朋友不願意到城裡去工作。他想得越多，心裡就更不安了。他應該先找個機會問問她，可以了解困難到什麼程度。

晚上在他小舅子家吃飯的時候，本生說二驢想把孔林家的房子連家具一塊兒買下來，給大兒子韓東娶媳婦用。小伙子計劃明年結婚，可眼下對象還沒有。他在吳家鎭上工作，推來推去最後總算同意父母的要求，打算在鄉下說個媳婦。這些日子，保媒拉縴的把二驢家的門檻都踢破了。孔林先是高興這麼快就有了買主，可是聽本生說二驢最多只出三千元，臉立刻拉長了。二驢已經仔細看過房子，說年久失修只值這個價錢。孔林認爲房子加上家具至少可以賣四千塊錢。

「不行，這個價錢我不賣。」飯後孔林對本生說。

「那好，等明天二驢到我店裡來的時候我跟他說。你打算賣個啥價錢呢？」

「四千。」

「你別忘了他能付現金。二驢可發了，去年秋天他地裡的大白菜賣得好，今年開春光是粉條這一項，錢就賺老了。他那個魚塘眞是聚寶盆哪。眼下在咱村兒還沒有誰一下子能掏出三千塊錢來。」

「三千塊太少了。」孔林的口氣裡透著沒有商量的餘地。

孔林雖然回絕了二驢，但是一想到自己不能無限期地在這裡等著有人出更好的價錢，心裡又有些焦急不安。

第二天下午他同女兒談了她的個人問題，發現她確實有了一個男朋友。他從心裡高興不起來，認為女兒太年輕，根本不懂什麼是愛情。但是他也沒有責怪她。趁孔華幫著打點淑玉衣服的時候，他繼續問她關於那個年輕人的情況。「馮金住在附近哪個村子？」他問。

「他現在在部隊上，是海軍，駐在江蘇。」

「你們是咋認識的？」

「同學唄。」她連耳朵根子都紅了，垂著眼，仔細地疊著一條她母親的褲子。

「你倆好到啥程度了？我是說，你對他有沒有足夠的了解？愛情是以相互了解作基礎的。」

「俺覺著挺了解的。」她回答得很自信。

孔林聽了不覺感歎起來，懷疑一個十八歲的女孩子是否能夠眞正了解自己的感情。難道愛情會是這麼簡單、這麼容易嗎？難道男女雙方不需要時間來加深彼此的了解和信任嗎？也可能她只是出於少女的一時衝動。她不可能眞的愛上他，可能嗎？

「他知道你要到城裡工作了嗎？」他問她。

「知道，我寫信告訴他了。他也想讓我跟你到木基去。」

「這麼說，他將來會到木基找你嘍。」

「嗯吶。」她點點頭。

「你本生舅知道你有男朋友了嗎？」

「知道，可是他不太高興。」

「爲啥？」

「他說俺應該找個大學生，現在當兵的不吃香了。」

孔林微笑了。他對女兒的男朋友產生了一種複雜的感情。他一方面高興馮金能夠鼓勵孔華抓住去城市工作的機會；另一方面，他感覺這小子無疑是個講實惠的傢伙，知道怎樣依靠她來改變自己的前途——孔華如果待在鄉下，將來他復員以後就會回到農村來。孔林擔心她的男朋友只是在利用她，但是並沒有告訴女兒自己的疑慮。眼下，他只要能夠順順當當地把她帶走就心滿意足了。

一隻鵝在窗戶外面突然嘎嘎叫起來，把屋裡人嚇了一跳。孔林想起來應該在兩三天之內把所有的家禽、山羊和母豬全處理掉。

「爹，你尋思俺娘還能穿這個嗎？她只有這麼一件像樣的衣服。」孔華拿著一件紅色的絲綢上衣在身上比量著。

「你娘穿著太大了。你見她穿過嗎？」

「沒有，她從來都把它壓箱子底兒。」

他記起二十年前，他的一位親戚把這件衣服當作結婚禮物送給了淑玉，可是她穿在身上從來沒有合適過。她也不想改小了再穿，總是說，「俺穿不了這麼貴的衣裳。」所以這件上衣還像新的一樣。他動身回鵝莊之前，淑玉讓他把她所有穿不了的衣服都留給弟妹。他對孔華說，「打到包裡吧。」

本生當天晚上帶來了好消息。二驢接受了孔林開的價錢，講好先付兩千，餘下的明年年底付清。到那時候，他兒子的喜事也辦完了。孔林對這種付款方式起了疑心。他知道，只要房子住上了人，什麼時候還錢就看新房主高興了。也許他這輩子也見不到那剩下的兩千塊了。還有一層，本生和二驢是朋友，也可能到時候本生拿到了錢並不交給他，作爲對孔林拋棄他姐姐的報復。說不定他倆串通好了要敲孔林的冤大頭。不成，這麼做哪行？他必須預防後患。

孔林沒有多想，很快打定了主意：他要把能要到的現金都帶走，不留後帳。

當天夜裡他就和本生去了二驢家，把什麼都談妥了。經過一番短暫的討價還價，買主同意當場交付三千兩百塊現金。孔林已經有七八年沒有見到二驢了，很吃驚他的外表並沒有老多少，只是那隻大眼睛沒神了。他的一口大牙仍然結實完整，牙齦上染了一圈茶垢。那張驢一樣的長臉滋潤平滑，成天生活在鄉下也沒給日頭曬黑多少，只是添加了幾道皺紋。他倒會保養自己，孔林想。

二驢盤腿坐在炕上，說，「咱們都是多少年的老鄰居了，俺不在乎多花倆錢兒。」他從一個杯子裡喝著啤酒，那酒看上去膩膩的像花生油。孔林對擺在他前面的啤酒杯子碰都沒碰。

二驢叫過兒子韓東，讓他起草一份賣房的契約。孔林驚訝地發現，這個後生身材細高，有一張像女孩子的臉和一對靈活的眼睛。他在飯桌上擺了一疊信紙和一個疙疙瘩瘩的硯台，裡面是剛研好的墨汁。韓東爬到炕上，盤起腿，握著一枝狼毫小楷毛筆寫起來。現在的人們已經很少再用毛筆寫字了。寫著寫著，他會時常轉過頭，瞇縫著一雙笑眼看看孔林。他的姿勢、儀態和一手漂亮的字都透露著讀書人的氣質，怎麼看也不像是那個五短身材、斗大的字不識半升的二驢生養的兒子。孔林後來聽本生說，韓東是大學畢業生，在吳家鎮中學當老師。本生聽上去很欣賞這個小伙子，不知道又在打人家的什麼主意。據本生講，二驢沒少給公社幹部請客送禮，韓東才作為工農兵學員被推薦上了大學。

除了房子和家具外，契約中還包括了孔林家後院的窩棚、豬圈、磨盤、菜園子、十一棵榆樹和棗樹、水井、鐵鍋和茅廁。孔林讀過之後，在自己名字底下蓋上了印章。二驢也從懷裡把章掏出來蓋上。接著，他雙腿一偏下了炕，走進了裡屋，韓東的娘正在裡面剝栗子。不一會兒，二驢手裡拎著三小捆人民幣走了出來，每一捆都一百張的十塊錢票子。他又從炕頭一個紅木櫃子頂上摸下來一個信封，從裡面抽出四十張嶄新的五塊錢，和那三千元錢一塊兒堆到飯桌上。

「點點吧。」他對孔林說。孔林有點驚呆了，他從來沒見過這麼有錢的人。

孔林開始數錢，隔一會兒就從裡面抽出一張缺了角的鈔票。二驢給本生又倒了一杯啤酒。本生看著孔林點錢的白手指，不由地皺起了眉頭。

孔林一共找出來七張殘破的十元人民幣。「商店不收這樣的錢。」他對二驢說。二驢嘿嘿笑了，說了句，「精明人兒啊。」他又走到裡屋，拿出來七張嶄新的票子。

孔林收好了錢，給二驢留下一把房子的鑰匙。然後他和本生戴上帽子，跟二驢父子告了別，走進了沒有星光的黑夜裡。

在路上，孔林把那七張十塊錢的鈔票遞給了本生，本生很不高興地接過來。村南頭一隻公雞叫了起來。「見鬼了，還沒到後半夜嘛。」本生說。「他們該把那瘟雞宰了，要不就閹了牠，省得鬧的人分不清白天黑夜。媽的，光會吵吵，不會下蛋。」

第二天，孔林到村上的大隊部辦公室給哥哥孔仁打了電話，告訴他明天下午套輛馬車來拉留給他家的東西。孔林已經決定把所有的雞鴨豬羊都給孔仁。他告訴了孔華自己的計劃。她知道父親已經給了本生舅舅七十塊錢，還要把所有的農具和那塊自留地也留給他，因此答應父親不向舅舅漏一個字。

孔林接下來去父母的墳上拔草清掃，回到家累得倒頭就睡。他睡了九個小時，第二天早上很晚才起來。肩膀和胳臂肘還在酸疼。吃過早飯，孔華去準備豬食——剁碎的蘿蔔纓拌上泡鬆了的豆餅渣子。孔林把兩瓶地瓜酒澆在豬食上，用筷子攪勻，然後拿給院子裡的畜生吃。一口母豬帶著七隻豬崽、所有的家禽、一頭山羊，這時候都像餓急了一樣撒歡兒吃著。他計劃明天就回木基市。這次回鄉下事情辦得還算順利，基本上按照事前想好的計劃在進行。孔林心裡很高興。

剛吃過午飯，孔仁帶著兩個大兒子就把一輛拖拉機開到了孔林家門口。他們下了車就開始搬東西。兩個小伙子把所有的雞鴨鵝都揎進一個大網兜裡，用麻繩把豬和羊蹄子捆死，扔到寬大的拖斗裡。這些畜生睡得像死了一樣，不出一點響動，偶爾閉著眼睛哼唧兩聲。孔仁的兩個兒子已經長成大小伙子了，他們像父親一樣身材高大，粗胳膊上滿是疙疙瘩瘩的腱子肉。孔林和兩個侄子沒見過幾面，看到他們還是滿心歡喜。孔仁給侄女孔華捎來了一雙眼下縣城裡最時髦、最貴的古銅色皮涼鞋。她拿到禮物後開心得直蹦，立刻把家裡能搜羅到的生活用具都搬出來了，幫著堂兄弟往拖斗裡裝。有罈子、罐子、水缸、盛糧食的箱子、兩件蓑衣、炒鍋、餅鐺、兩盒子書。最後還不忘給上中學的最小的堂弟帶上一摞沒有用過的筆記本。

「華，你去燒點熱水沏茶喝。」她父親說。

「哎。」她進灶屋燒水去了。

孔林和哥哥坐在棗樹底下，抽著菸聊天。孔仁嘬著他的菸袋鍋子，把一根琥珀牌菸捲夾在耳朵後面。這是孔林給他的，他要留給大兒子抽。孔林又一次稱讚了兩個健壯能幹的侄子。孔仁的大兒子被村裡送去學開車，現在是跑運輸的卡車司機。這在鄉下是個肥差事，孔仁今後酒肉不用發愁了。

拖斗已經裝得滿滿的。孔仁和他的兒子們不能留下來喝茶了，因爲他們要在五點以前把拖拉機還給公社的獸醫站。和孔林父女道別後，他們跳上了拖拉機，開上了土路，顫動的排氣管乓乓乓乓地震得人耳朵生疼。

這輛拖拉機還在路上噴著黑煙慢吞吞地往村外去，本生走了進來。他掃了一眼空空蕩蕩的院子，臉立刻沉了下來。他問外甥女，「華，你沒把那輛小推車給我留下？」

「還在棚子裡吧。」她去到棚子那邊看了看，很快又回來了，說，「糟了，他們把啥都拿走了，連耙子鏟子都沒剩下。」

本生走向孔林。「大哥，我尋思你會把那口母豬給我。」

「我把自留地給你。」

「算了吧！村裡要收回去哪。」

「我——我告訴孔仁套掛馬車來，這樣會給你留下不少東西。誰知道他們開來了一輛拖拉機。我們在屋裡給華的舅母包了一些衣服。另外，這些你要不要？」他指指院裡的幾垛柴禾和豆秸，還有豬圈旁邊堆著的豬糞。

「滾你媽的吧，餵不熟的白眼狼！」本生一跺腳，氣哼哼的衝了出去。他的左腿好像比右腿短，走起路來有些搖晃。

孔林和孔華不想再看本生的臉色，決定在自己家裡吃晚飯。孔林拿出一些餅乾，打開兩瓶罐頭。一瓶是水蜜桃，另一瓶是炸小魚。父女二人面對面坐下，就著開水吃了起來。

吃著吃著，孔林問女兒是不是應該再給本生點錢，不要把關係搞得太僵。孔華想了一會兒，說，「不用，你應該把錢給俺娘省著。一百塊錢對舅舅來講不算啥，有時候他一個禮拜就賺一二百。」

「那好，咱就不給。」孔林咬了一口核桃酥。「我整不明白，他又不缺啥，幹嘛衝我發那麼大的火？」

「貪唄。他腦子裡除了錢，沒有別的。他在鋪子裡還往醬油和醋裡兌水哪。」

「眞的？你舅母知道嗎？」

「她不知道。」

他們互相笑了笑。孔林看到孔華的微笑很開心，表明她已經站到了他這一邊。他意識到自從回到老家之後，自己的心情一直很好，從沒有感到過孤單。也可能是因爲女兒又和他親近起來了。但是她很快就要屬於另外一個男人。能讓女兒永遠守在身邊該有多好。眞希望她能退回到十歲的年紀，還在摟著自己的脖子叫爸爸。算了吧，他在心裡說，你這輩子都是一個人過日子，還是自己孤獨下去好。別那麼感情脆弱。

所有的動物都沒了，連蒼蠅也消失了，家裡顯得很安靜。不知從什麼地方傳來一匹馬的嘶叫聲。

父親和女兒收拾了飯桌，刷完了碗，夜色也就降臨了。他們晚上要早點睡覺，明天一大早還要起來趕公共汽車。他們將帶三個大行李箱，裡面裝著冬天的衣服和被褥。明天一整天，他們要提著箱子上車下車，夠他倆受的。孔林洗了腳，點上兩盤蚊香，一盤送進女兒的房裡。

孔林囑咐了女兒夜裡蓋好被子別著涼，就回到自己屋裡去睡覺。他閉上眼睛強迫自己入睡，可是怎麼也睡不著。身下的蘆席子雖然挺涼快，但是硬硬地硌得難受。現在才八點鐘，外面的天還是亮的。村裡有人在拉胡琴，吱吱軋軋的琴聲眞刺耳。孔林閉著眼，試著什麼也不去想，慢慢地瞌睡湧了上來。

幾下敲門聲驚醒了他。孔華肩膀上披著一條白毛巾被走了進來。「爹，俺睡在這兒行不？那邊太靜了，俺心裡害怕。屋裡啥東西都沒有了，有點瘆得慌。」

他想起來自從淑玉走了以後，女兒一直都是跟舅母睡在一起。「好吧，你躺到炕那邊。蚊香熄了嗎？」

「熄了。」她爬上炕，在另一頭躺下，閤上了眼睛。這張炕同屋子一樣長。

孔林仔細看著女兒的臉。她的鼻子像他，直直的，更細削了一點。前額飽滿，皮膚曬得黝黑，但是透著健康。當她呼氣的時候，嘴唇微微地翕動。眞是女大十八變啊，他在心裡讚歎著。她可能都沒有意識到自己多漂亮。他很清楚：進了火柴廠工作不用幾年，她就會出落成一個很吸引人的姑娘。她怎麼就不能忘掉那個當海軍的小伙子呢？她可以很容易地找到一個更愛她、更關心她的男朋友。

他正想著，孔華睜開了眼睛。「爹，木基啥樣？」

「是個很大的城市。有兩個公園，三個百貨商場，六七個電影院。」

「俺同學說，到了夜裡，木基市裡有好些個月亮。俺不信，那不成了神話兒上說的故事了？」

「當然不是。他們可能說的是霓虹燈。」

「啥叫霓虹燈？是像月亮嗎？」

「不完全是。霓虹燈啊很鮮豔，總在那兒閃。」

「那多嚇人吶。俺娘一個人在城裡走，不害怕嗎？」

「我想不會吧。」他有些後悔回答得這麼不確定。不過說實話，他從來不知道淑玉一個人走路的時候會有什麼樣的感覺。「華，你娘在城裡想去商店，你能跟她做件兒嗎？」

「俺會的。」她閉著眼睛回答。停了一小會兒，她又開口了，「爹？」

「嗯？」

「您當年離開家的時候害怕嗎？您不過才十三四歲吧。」

「不太害怕。」

「您走了以後想念吳家縣裡的好朋友嗎？」

「爹沒啥朋友。」

「噢，俺的朋友可多啦，」她的聲音裡有些憂慮。

父親和女兒閤著眼，嘮著家常，外面的夜色更濃了。屋子裡的桌子、櫃子漸漸模糊起來。突然，院子裡有人在高聲叫罵：「出來，你個白臉的黃鼠狼！」這是本生嘶啞的嗓音。

孔林摸索著下了炕，穿上褲子，走出屋子。他一開門，一股酸臭的酒味直衝鼻子。本生光著脊樑，穿一條白色的短褲，指著孔林的臉說，「大——大哥，我今兒晚上要——要跟你算——算帳。」

「這是咋的啦？」

「我要——要你跟我家——家去。」

「好哇。」

孔華穿著一身粉紅色的襯衣，也跑了出來。她的舅舅揮著手，哇哇地叫著，「你們都是沒——沒良心的畜——畜生，忘——忘恩負——負義。」

「本生，你喝多了。」孔林說。「讓我送你——」

「沒多，我心裡明白著吶。這兒——這兒清楚著吶。」他用大拇指指了指太陽穴，但是他的腿直打彎兒，不住地顫抖。

「舅，回家去吧。」

「你——你也不是好——好東西。你連你舅家的飯都——都不吃——吃了。你舅母特爲你包——包的羊肉餃子，可——可你連面兒都不照。」

「俺不知道啊！」孔華叫起來。

「你說，人家韓東咋就配——配不上你了？你上哪兒找——找這麼好的小伙子，這麼有——有學問？」

「舅，俺跟您說了不想考慮他。」

「可人家喜歡你啊。」

「俺說了不想找個書呆子。」

孔林爲本生感到難過。「兄弟，」他說，「都是我們不好，行不行？你——你少來這套！你蹬了我姐，現在又要把華帶走。你欺負我沒個孩子。咱——咱倆有你沒我，有我沒你。我跟你拚了。」他一下子癱在地上，像個孩子一樣嗚嗚地哭起來。

「舅，您別難過。您可以到木基去看俺們。俺保證會回來看您和舅母。」

「別哄我。我知道你尋你舅是個黑心腸子，認錢不認人。可我心裡乾淨著吶，比金子都亮。」他用拳頭呯呯地捶著胸膛。

孔林正要彎腰把他扶起來，本生那個矮胖的妻子穿著一件白恤衫和紫紅色的褲子，從黑影裡跑了出來。「你個死鬼呀，」她衝本生吼著。「跟我家去。」

「不用你管。」他哼唧著。

「你給我起來！」

「好吧，我的小奶奶。」他想從地上站起來，腿卻軟得像塊橡皮糖，根本撐不起來身子。

本生的妻子轉身對孔林說，「我跟他說不要過來找麻煩，讓你和華能安安生生地走。誰知道他灌了點馬尿就溜出來了。」

「他是走不動了，我揹他回去吧。」孔林蹲在地上，孔華和她舅母拽著本生的胳膊，把他放在孔林的背上。

本生的家離這裡有三百來米遠。孔林揹著本生往他家走，孔華和她舅母跟在後面。她們的影子在地上扯得老長。孔林拖著沉重的腳步走在潮濕的月光裡，本生呼出的熱氣噴在他脖子上怪癢癢的。每次本生發出一聲微弱的呻吟，或是吐出不連貫的罵人的話，孔林都害怕他會張嘴咬自己一口。孔華在後面跟舅母說著什麼，聲音低得聽不清楚。

孔林感覺本生在他背上越來越沉，不一會兒就累得喘開了粗氣。

# 4

孔華來到木基市的一個星期後就進光輝火柴廠當了一名工人。她臨時先同母親住在醫院裡。她喜歡新的工作，比鄉下的所有農活都輕鬆——就是在火柴盒上貼張紙，再把每十盒火柴包成一個紙包。她現在掙的錢也多了——每個月二十八元。她心裡很感謝父親，但是並不說出來。

一個月以後，廠裡在宿舍區裡分給了她一個房間。一個星期天的上午，淑玉搬出了醫院，和女兒住到城裡去了。孔林給她們買了一些鍋碗瓢勺和幾件家具，看到她們有足夠的煤和柴禾才放心。從現在起，母親和女兒就要自己過日子。她們的情況並不比別的工人差多少。孔華的工資和孔林每月給淑玉的生活費夠花的了。

淑玉和孔華的生活安排好了，孔林開始料理他自己的事情。十月裡的一天，他和吳曼娜來到市中心的結婚登記處。他們給兩個女辦事員每人一小袋大白兔奶糖。那位上了年紀的婦女面容枯瘦，走起路來有點瘸。她很痛快地幫他們填寫了一份結婚證書。這是一張從中間折開的紅紙，封面上用金字寫著：「結婚證」。

然後就是籌備婚禮。醫院裡分給了他們一個單元，但是需要徹底的清掃。整整一個星期，他們倆每天晚上下班後就來到這裡，把天花板上的蜘蛛網掃掉，用刷子狠命地擦洗地板和門窗。孔林從總務科借來一架生鏽的鐵床，他們要把鏽打掉，重新刷上漆。還要把爐台擦洗乾淨。他們清洗了布滿點點蒼蠅屎的窗玻璃，用漿糊和撕成條條的報紙把窗戶四邊的裂縫堵上。臥室北山牆上開了幾道細口子，冬天一颳風，冷空氣就會呼呼地往屋裡灌，吹得牆紙嘩嘩地響。醫院後勤部派來兩個泥瓦工，他們用洋灰泥死了裂口，又用白灰把所有的牆都刷了一遍。

除了清掃和修繕新房以外，孔林還得買大量的糖果、名牌香菸、水果和酒。這些在當時都是緊俏商品，他得通過後門關係才能買到。他還需要買一台黑白電視機，可是手裡又沒有電視機票。好幾個晚上，他騎著自行車在城裡四處求人幫忙，經常是到了深夜才回來。孔林忙得不可開交的時候，吳曼娜又得了感冒，不停地咳嗽。

婚禮挑選在十一月的第一個星期天，就在醫院的會議室裡舉行。那天晚上，醫院裡一半多的員工和他們的家屬都來了。絕大部分領導幹部和他們的妻子也到場了。但是蘇然的愛人不肯來，因爲她最討厭離過婚的人。不知道爲什麼，只要想起孔林這一對兒，她就會叫吳曼娜「孔大夫的小老婆」。

會議室裡有二十四張桌子，整整齊齊地排成六排。桌上擺滿了汽水、成瓶的白酒、紅酒，大淺盤子裡裝的是蘋果和凍梨，形狀各異的小盤子裡堆著炒熟的榛子、葵花子、松子、香菸和糖果。孩子們一看見這多好吃的東西，立刻嘰嘰喳喳地吵嚷起來。他們絕大多數都是少先隊員[6]，脖子上繫著象徵紅旗一角的紅領巾。男孩子們滿處亂跑，吆喝著自己的小夥伴，嘴裡一邊吐著瓜子皮，或是用牙齒咬碎松子殼兒。會議室的窗戶都安了雙層玻璃，玻璃中間填上了小半窗鋸末。幾個小姑娘正在把手放在窗下的暖氣片上焐著。窗玻璃上結滿了霜花，在日光燈下泛著微光。只要湊上去仔細端詳，就會從霜花的紋路中看出來貝殼、海草、礁石、波浪、尖岬和島嶼的圖案。那天早晨下了一場大雪，透過窗縫仍然能聽到北風的呼號。

屋子正面牆上貼著用毛筆在紅紙上寫的四個大字——「恭賀新婚」。空中縱橫交叉懸掛著六條彩帶。幾乎沒有人注意到角落裡還飄動著兩排氣球，一個已經爆了，懸在那裡像一只藍色的嬰兒襪子。

等到屋子裡的人快坐滿了，政治部主任陳明走上前來拍了拍巴掌。「大家注意了，注意了。」他高聲說道。人們安靜下來。

「同志們、朋友們，」他用渾厚的嗓音宣布，「我們今天在這裡慶賀孔林同志和吳曼娜同志的幸福結合。我很榮幸擔任婚禮的主持人。在座的都認識他倆是誰，每天都能見到他們。所以今天的儀式咱們也來個短平快，首先請新郎新娘跟大傢夥兒見面。」

在震耳的掌聲中，孔林和吳曼娜站了起來，轉過身面向人群。他們倆都沒戴軍帽，身穿嶄新的軍裝，胸前別著紅色的紙花。吳曼娜穿了一雙閃亮的人造革皮鞋，孔林則腳蹬一雙用牛皮和帆布做的大頭靴，這是部隊上發的標準冬裝。她看上去有點緊張，兩手

---

6 少先隊員：少先隊，少年先鋒隊。中共青少年組織成員，多由國小學生組成。

不知道往哪放，只會一個勁兒地衝她病房裡的幾個護士微笑。在陳明的要求下，新婚夫婦向來賓鞠躬。有人已經站起來大聲哄叫著，其他的人坐在那裡鼓掌。更多的人從會議室的後門湧進來。幾個婦女在低聲議論著新娘的臉色。最近幾個星期裡，吳曼娜的臉變得灰黃灰黃的。有人說，「你們看孔大夫的表情。老像是裝了一腦門子心事，從來就沒見他有高興的時候。」

陳主任接著宣布，「現在，新郎新娘向黨和毛主席致敬。」

孔林和吳曼娜又轉過身，臉衝著西牆上掛著的毛主席像和畫像兩邊拱衛著鐮刀鐵錘的黨旗。

陳明拉著長腔，開始叫道：「一鞠躬……」

新婚夫婦向黨旗和毛主席像低下頭去，中指緊貼著褲縫。

「二鞠躬……」

他們又鞠了一躬，頭比上次垂得還低，幾乎快成了八十度。

「三鞠躬……」

禮畢之後，孔林和吳曼娜又轉回身，面對一屋子人。有好幾秒鐘，陳明主任寬闊有力的吆喝聲傳出去老遠，震得滿屋子和樓道裡嗡嗡直響。人們被他的大嗓門懾住了，都安安靜靜地聽著。然後，陳主任又高聲叫道，「現在我宣布孔林和吳曼娜正式結婚。咱們鼓掌表示祝賀。」

人們又開始拍巴掌，幾個男孩子吹起了口哨。

等人們安靜下來，又有人提議讓新郎新娘唱個歌。吳曼娜平時歌唱得不錯，孔林卻五音不全，根本就哼不出調調來。他們唱了一首〈我們的隊伍向太陽〉。這首老掉牙的歌曲有幾個年輕軍官壓根兒就沒聽過。他們的歌聲聽起來很刺耳。新郎唱得好像蚊子哼哼，新娘由於感冒，聲音像在銼木頭。有幾個護士嘻嘻地傻笑著，一個說，「媽耶，聽得我牙根兒刺撓。」

最後一個音符唱完之後，一個年輕軍官揮著拳頭嚷嚷，「叼蘋果！」

「對啊，讓他們一塊兒咬個蘋果。」幾個聲音一齊高喊。叼蘋果實際上就是拴根線把蘋果吊在空中，新婚夫婦咬蘋果的時候會不可避免地親在對方嘴上。

陳主任舉起雙手示意大家安靜。他說，「同志們，同志們，咱們都是革命軍人，這部隊也不是你們家後院的菜園子，叼蘋果這類的活動不合適，就免了吧。現在大家不要拘束，盡興地樂一樂。」

人們紛紛站起來，四處走動著。陳明拍拍手掌讓孩子們聽他說話。他大聲說，「小朋友們，ㄚ頭小子都聽著：桌子上的糖果隨便吃，可是不許拿回家。聽明白了？」

「報告首長，聽明白了。」一個小姑娘喊著。

笑聲四起。屋子裡又升起一片嗡嗡的人聲。屋後角落裡一個嬰兒突然哇哇地哭起來。一個年輕軍官點燃了一串鞭炮，震耳的炸聲嚇得幾個女孩子尖聲叫著。立刻有領導出來制止了他這樣做。會議室的兩扇後門全打開了，走走滿屋的火藥味。

醫院的領導們一個接一個走到新郎新娘跟前，和他們碰杯表示祝賀。蘇然政委走過來的時候，手裡並沒有像別人那樣拿著酒杯。他激動得胸脯起伏著，眼睛也濕了。他看起來像個老人了——雖然只有五十一歲，但是頭髮稀稀拉拉，嘴唇上的小鬍子也灰白了。從前他額頭和眼角上那些細細的彎紋現在已經變成了深深的壟溝，下眼皮垂成了兩個袋子。他抓住孔林和吳曼娜的胳膊，把他倆拉到一邊，用憂鬱的聲音說，「你倆一定要珍惜你們生活中的這次機會，要彼此相愛，互相照顧。別忘了你們是苦戀啊。」他停了一會兒，把「苦戀」兩個字又重複了一遍，好像在對自己說著。

他的話觸動了吳曼娜心裡的苦痛。蘇然離開之後，她再也控制不住了，嗚嗚地抽泣起來。孔林拿開了她手裡的酒杯，用手臂攬住她的腰，把她帶到了一個角落裡。他想安慰她平靜下來，但是吳曼娜的眼淚根本就止不住。她的嘴唇劇烈抖動著，臉像泡在淚水裡一樣。會議室裡有一盞三百瓦的燈泡，強烈的燈光照耀著嘻嘻哈哈的人群。她咬住下嘴唇，抽著鼻子，眼睛炯炯放光地看著他們。

「曼娜，別難過。」孔林說。

她仍然咬著嘴唇，淚珠撲簌簌地從臉頰上流下來，打濕了衣襟。

「好了，好了，」他繼續說。「今天是咱倆大喜的日子，來，露點笑模樣。」

她抬起頭，燈光照亮了她沾滿淚水的曲扭的臉。孔林愣住了，一時不知說什麼才好。他摸摸她的前額，又濕又燙。

他問，「你是不是受不了這些？」

她點點頭。

「那你回家去，好嗎？」

她又點了點頭。他轉身看見護士小許坐在附近，正用一把鉗子給圍著她的幾個小姑娘剝榛子仁兒吃。他這個新郎要照應場面，就請求小許把吳曼娜送回家去。他又找到了吳曼娜的皮帽子和軍大衣，在走廊裡趕上了她們。他給妻子戴上帽子，穿上大衣，低聲說他很快也會回家的。

當他回到屋裡的時候，耳朵裡充滿了嘈雜的音樂。所有的桌子都被推到了牆根，年輕的護士和軍官們正抱在一起跳舞。交際舞被禁止了將近二十年，現在又在社會上流行起來。這些年輕男女忘情地旋轉搖擺著，好像根本就不知道累。上了年紀的幹部和醫生們在一旁站著，一邊看跳舞一邊聊著天。突然，一個護士踩著一個梨核，滑倒在地板上。這一跤引來了陣陣笑聲。

牛海燕和她丈夫洪淦向孔林走過來，熱情祝賀著新郎倌兒。他們現在也已經是中年人了。洪淦穿著便服戴了副眼鏡，看起來像一位地方上的幹部。牛海燕的臉也圓了，腰也粗了，脖子上繫了一條藏紅色的絲巾。她衝在一邊玩的兒子招了招手。「過來，濤濤，叫孔伯伯。」

「我不叫。」這個八歲的男孩懶洋洋地說。他懷裡抱著一枝木頭做的衝鋒槍，一下子跳開了，消失在一群孩子當中。牛海燕夫婦和孔林都笑起來。

「你和曼娜千萬別要個小子，」牛海燕對孔林說。「養閨女多省事兒啊。哎，新娘哪兒去了？」

「她不太舒服，回家了。她有點感冒。」

洪淦拍拍孔林的肩膀說，「伙計，我可是一直等著今天哪。聽著，打今兒起，你們要是有啥要幫忙的，言語一聲兒。」他的左手轉著一個空酒杯。

孔林看著洪淦扁平的臉，琢磨著他話裡的意思。他帶有幾分讚歎地發現，洪淦已經變成了一個快樂健康的男人，身上一丁點兒農民的影子都不見了。他的面孔非常平滑，只有腦門上那兩個粉紅色的癤子讓孔林想起了他過去那張生滿酒刺的臉。

「別客氣，孔林。」牛海燕說。「他現在有點權，也有關係了。他那個公司有十二輛卡車呢。」

「噢，謝謝。」孔林勉強說了句。他在心裡仍沒有把他們當作朋友。

「你要是需要往家裡拉煤或柴禾啥的，」洪淦說，「記著給我打個電話。」

「謝謝。」

三個人都有些無話可說了。前年夏天洪淦從部隊轉業，成了木基市一個木柴廠的副廠長。牛海燕也是一帆風順：她在長春受了一年半的培訓，現在已經是產科醫生了。爲了讓兒子能上個好學校，他們倆口子搬到了木基市裡去住。雖然牛海燕和吳曼娜早就和好了，但是吳曼娜再也不敢把知心話告訴她了。孔林眞希望這對夫妻能趕緊走開。

但是洪淦卻聊起來沒完。他壓低了嗓門說，「孔林，你聽到過楊庚的消息沒有？」

孔林怔住了，窘在那裡不知說什麼好。他搖搖頭，不明白洪淦爲啥要在他的婚禮上提起這個名字。謝天謝地，新娘不在場。

「我可不是要惹你難受，」洪淦繼續說，「可我聽說那小子發了，有了不少錢。你也知道，惡狗能交上好運唄。」

孔林沒有說話，臉漲得通紅。

看見新郎那難受的面孔，牛海燕一把捏住了丈夫的脖子，惱怒地問，「你他媽的在這塊兒提那個土匪幹啥？想作死啊你！」她扭住了他的耳朵，使勁擰著。

「哎呦，你放手。」

「快給孔林道歉。」她命令道。

「好，好，孔林，對不起。」

孔林擠出一絲乾巴巴的微笑，說，「海燕，快放開他。他也不是故意的。」

「他這個蠢貨，敗興的東西。」她鬆開了丈夫的耳朵。「他惹的禍還不夠大，還嫌傷害曼娜不深哪。」她轉向洪淦問，「人家今天結婚的日子，你想瞎攪和咋的？」

洪淦也意識到自己捅的漏子。「對不起，孔林。我不是誠心要掃你的興。一個月前我在《中華英才》上看到一篇報導楊庚的文章。我只是想說那狗日的憑啥能發財，太不公平。」

「我明白。」孔林說。他沒有看過那本雜誌，不清楚楊庚怎麼個有錢法兒。

「咱該走了。」牛海燕對丈夫說。

「好吧。」洪淦又轉身對新郎說，「別忘了有事兒言語，啥重活兒都成。」

「我記著了。」孔林懷疑這對夫妻是不是酒喝多了。

「回頭見。」洪淦揮揮手，抓住了妻子的胳膊。他們一起消失在人群中。

跳舞的人們都熱得只穿著絨衣或汗衫了。孔林覺得整個屋子就像船上的一個大統艙，煙霧騰騰，搖搖晃晃。這種感覺讓他頭暈。

他不會跳舞，於是和那些年歲大的幹部和家屬在一起聊天，不斷地感謝別人的祝賀，回答著他們的問題。夜深了，孩子們都回家去了。他們的口袋裡鼓鼓地裝滿了糖和水果，所有的氣球也不見了。會議室裡變得不那麼嘈雜，桌子上摞著一堆一堆的大小空盤子，還有上衣、帽子和手套。孔林很累了，腦子裡不住地想著新娘一個人在家怎麼樣了。他已經對這婚禮感到厭煩。

# 5

吳曼娜原來是一個奔放的情人。她在新婚之夜表現出來的激情讓孔林無法招架。他在床上並不像她原來想的那樣經驗豐富，常常是她還在興頭上，他已經癱軟了下來。晚上熄燈號一吹過，他們立刻就上床。他們會花上半個鐘頭做愛，又不敢貪歡得太久，因爲第二天清晨倆人還得出早操。即使碰上下雪天氣，他們也得早早起來和同志們一道去掃雪。

吳曼娜對孔林的沒用有時感到惱火，但是仍然控制著不發脾氣。有個星期六的晚上她打趣地對孔林說，「我眞不知道你和淑玉是咋弄出孩子的，用了三分鐘？」她的下巴支在孔林的胸口上，眼睛半開半閉，流露出懶洋洋的陶醉神情。

「我那時候年輕嘛。」他嘟囔著。

「你當年的火力壯？」她噗哧笑起來。

「她不像你。」

「哪方面不像？」

「她沒讓我覺得自己像個老頭兒。」

「行了，你是我的棒小伙兒。」她又開始親吻他的嘴，一抬腿騎上了他的肚子。

「寶貝兒，現在還不成，你再多給我點兒時間。」他說。

「沒關係，慢慢來。」她一動不動地在他身邊躺著，手卻沒閒著，擷弄著他的大腿根兒。孔林確實花了好一陣子才覺著又行了。那天夜裡他們做愛了整整一個小時，反正明天兩人都不用早起。

結婚之前孔林擔心十年前發生的那場強姦也許還在困擾著吳曼娜，特別是在性事上會有障礙。他常常提醒自己對她要格外溫存些。但是她在床上並沒有顯露任何不舒服。每天晚上睡覺之前她都要來一次，有時候倆人甚至午飯之後就要上床。這女人咋那麼貪呢？他對自己說。

要滿足她並不是件容易的事情，但是他已經使出了全身的力氣。每天晚上來完之後，他會筋疲力竭地想著自己是不是要用點補藥——在酒裡泡上人參、當歸、海馬之類的玩藝兒。他最後還是放棄了這個想法，認爲喝這種補酒只會把他很快就熬乾。他眞希望曼娜能夠讓他喘口氣，但是她仍然每天熱情不減。他問自己，別的新婚夫妻是不是都像我們這樣？

吳曼娜在床上到了高潮的時候，時常會吟叫著「哦——，讓我死了吧。咱倆就這樣死了，一塊兒去死。」有時候她會哭泣，甚至咬他的乳頭和肩膀。開始的時候，她的這些呻吟和眼淚讓他害怕，以爲自己傷著了她。但是她說他沒有，只是自己覺得太幸福了，幸福得直想和他在床上死過去。

有一次她說了實話，「我也不知道咋整的，心裡特別的難過。要是咱倆二十年前結婚就好了。」她的話讓他琢磨了好幾天，還是不明白她是啥意思。難道她是在暗示說，如果他再年輕一些，會更剛強有力嗎？

每次性交之後，她的臉上會升起淡淡的紅暈，顯得更加迷人，但他還是會發現她有了變化——疲憊、更衰老了。她的肚子和手臂上鬆弛的肌肉，塌軟的乳房，脖子上出現的細密褶皺都在昭示著青春的逝去。他不禁奇怪她的身體裡怎麼會生出如此強烈的欲望，活像是個情竇初開的年輕姑娘，使他根本沒辦法滿足。他也覺著自己老得精力不濟了，幾次央求她不要太放縱，但是她好像根本就不在乎他說什麼。

兩個月以後他感覺到腰眼酸酸地疼，右腳心也像針紮似的。他知道過度的性交會傷著腎，但是仍然每天強打精神一遍又一遍地同她做愛。她等了他那麼多年，他有義務滿足她的任何需求。他往自己腳掌疼痛的部位注射了大劑量的維他命B1，想緩和一下緊張的神經，結果腳疼得確實輕了一些。

他的同事們注意到他瘦多了。從去年夏天開始他掉了十五斤肉，兩個顴骨更突出了。只要沒有女同志在場，同事們會輪流開他的玩笑。醫院宣傳科科長穆識丁有天下午在休息室裡說，「好傢伙，孔林，你老兄不過才結了三個月的婚。你自己照照鏡子，精血都快抽乾了。」

孔林歎了口氣，什麼話也說不出來。他低下頭，繼續用一枝大號毛筆在一張橫幅上寫「熱烈歡迎——」幾個字。軍區一位首長要來醫院視察，他們正在寫歡迎標語。孔林因爲是醫院裡少數幾個能寫毛筆字的人，就被派來做這個工作。

穆識丁用胳膊肘拱了拱他，接著說，「咋樣，累草雞了吧。這不過是萬里長征第一步。」他發出一長串笑聲，把屋裡一個櫃子的玻璃門震得嘩拉拉直響。

「閉嘴！」孔林甩過來一句。

但大家還是不放過他。一個年輕軍官也插進來說，「孔林，照這樣下去，不出明年夏天，你就變成一副骨頭架子了。你得悠著點兒啊。」

另外一位男同志衝他擠擠眼，說，「這下兒知道了吧，色是刮骨鋼刀。」

一個戴圓邊眼鏡的宣傳幹事用一把小掃帚攪著冒著熱氣的漿糊桶，拿腔拿調地背誦起了兩句古詞：

衣帶漸寬終不悔，爲伊消得人憔悴。

他們笑得更響了，繼續談論著女人。怪不得俗話說，「三十如狼四十如虎」，一個老處女就更是如狼似虎，只有年輕的獅子才能騎上去馴服她。孔林從一開始就應該知道自己不是對手，需要給她立下點兒床上的規矩。辦公室裡回響著歡心的笑聲。大家你一言我一語的開著孔林的玩笑，時間過得很快，手裡幹的活兒也不那麼無聊了。

孔林對大家的取笑表面上不加理睬，內心卻十分惱怒。他決心要採取點措施，不再成爲人們的笑柄。

回到家裡，孔林逕直走向那架大衣櫃，這是他爲結婚買的唯一的家具。他在衣櫃的穿衣鏡前面看著自己：他的眼睛確實深陷了，也顯得更大了。他的臉上沒有血色，兩鬢和額角出現了更多的白髮。看著這些灰白色的絲絲縷縷，他不由得心灰意冷。二十五年前他在醫學院念書的時候也長過白頭髮，但是後來又轉黑了。如今可是沒有辦法再恢復一頭烏髮了。

一天午飯後他們又跳上床去做愛，完事之後他竟累得睡著了。吳曼娜上班走的時候也沒叫醒他。他一直睡到三點多鐘，直到一個護士來敲門，跟他要儲藏室的鑰匙。她說，醫院從哈爾濱請來的一個技術員要修理呼吸器，東西卻被孔林鎖在儲藏室裡。孔林聽了非常狼狽。他臉也沒洗，跟著女護士往門診樓走去。他在路上不停地道歉，說他頭暈。

到了晚上，他對妻子說，「好老婆，咱們不能再這樣下去了。咱倆都不年輕了，人們已經開始議論了。」

「我也知道這樣下去不是事兒，」吳曼娜說。「可就是管不住自己。我心裡總是發慌，好像活不多久了，每一分鐘都是好的。」

「咱也得省下點精力幹工作呀。」

「其實我最近這段時間身體也感覺不大好。今天下午量了血壓，有點偏高。」

「高多少？」

「高壓一百五，低壓九十七。」

「這不行，咱們得盡量少做那事兒。」

「咱倆可能是來得頻了點兒。」她歎了口氣。
他們同意從現在起要保護好身體。那天夜裡兩人第一次睡了一個安生覺。

# 6

「這東西像個骨灰盒，」孔林嘟囔著。大衣櫃的門開著，他盯著吳曼娜的衣服下面放著的一個小檀香木盒。盒子上横著一把黃銅掛鎖，他猜想著裡面裝了什麼東西。可能是鈔票，或是銀行存摺，也許是她歷年得的獎狀。不知什麼原因，最近他開始琢磨上了這個外表漆得亮亮的木盒子。

一天晚上他開玩笑地問她，「你那個盒子裡放了啥東西，還怕讓我看見？」

「你在說啥？」

「大衣櫃裡那個檀木盒子唄。」

「哦，沒啥。你咋那麼想知道？」她微笑了。

「能看一眼嗎？」

「嗯——嗯，除非你答應我一件事。」

「啥事兒？這麼神祕。」

「你得保證不笑我。」

「放心吧，不會。」

「你也得答應，從今兒起你告訴我你所有的祕密。」

「好吧，我沒啥藏著掖著的。」

「那行，我打開讓你瞧瞧。」

她從床上下來，走到大衣櫃跟前，拿出了那個神祕的盒子。她拔出掛鎖，開了盒蓋，盒子內層糊著花花綠綠的糖紙。一捲奶油色的海綿拱了出來，遮住了盒子裡的其他東西。她取出海綿攤在床上，上面別著二十多枚毛主席像章。絕大多數是鋁做的，也有幾枚陶瓷的，鼓凸的圓面在燈下閃著光。在一枚像章上，毛主席身穿軍裝，手裡揮動著軍帽，正在檢閱天安門廣場上的紅衛兵。另一枚，他抽著菸，手裡拿著一個草帽，正在同韶山家鄉的農民們交談。

「呵，沒想到咱們吳曼娜同志對毛主席他老人家這麼熱愛。」他笑著說。「你打哪兒整來這麼多像章？」

「本人搜集的。」

「出於對偉大領袖的無限崇拜？」

「崇拜不崇拜的咱不知道，我只是覺得挺好看的，對嗎？」

他不明白她爲什麼對收藏毛主席像章這麼熱心，接著意識到也許再過些年這些玩藝兒會很值錢。這些像章讓人回想起那場瘋狂的文化大革命，多少人的光陰浪費了，多少人失去了生命。革命過去了，像章成了歷史的遺跡。但是對她來說，這些像章根本沒有什麼歷史價值。他明白，她不過是拿它們當作某種財寶收藏著。她把這些毛主席像章當作她能夠擁有的唯一美麗的物件，如同珠寶首飾一樣。

他思索著這些，湧起一股悲涼的心緒。他如果把心裡想的說出來肯定會傷害她的感情，於是沉默著。

他瞥了一眼盒子裡頭，發現有幾十封信件，用一根藍皮筋捆著。「那是啥？」他問。

「董邁過去給我寫的信。」她低著頭，不敢看他的眼睛。

「我能看嗎？」

「你今兒這是咋了，啥都想打聽？」

「你要不高興我就不看。」

「也沒啥祕密，你要看就看唄。只是別當著我的面打開。」

「好吧，你在家我不會看的。」

「盒子我就不鎖了。」

「我要從這些信裡瞧出來你原來是個多麼浪漫的姑娘。」

他表面上裝得不動聲色，心裡卻急切地想看看這些信裡究竟寫了些啥。除了在小說上，他這輩子從來沒有讀過一封情書，自己也沒有寫過任何表達愛情的書信。現在他可以有機會讀到眞正的情書了。

第二天下午，他早回到家一個小時。他打開檀香木盒子，取出裡面的信讀了起來。許多信已經有一股霉味，紙頁微微發黃。有些字跡由於受潮變得模糊不清。董邁的信寫得沒有什麼出色的地方，有些信像流水帳，只是記敘了他每天的活動——中午吃的什麼飯，頭天晚上看了什麼電影，認識了哪些朋友等等。但是偶爾也會蹦出幾句火熱的情話，讓人感覺到一個年輕人陷入絕望愛情時的眞誠。在一封信裡他這樣寫道：「曼娜，我只要一想起你，就會心跳得發慌。我晚上睡不著覺，每時每刻都在想念你。今天早上起來頭疼得厲害，一個上午什麼也沒幹。」另一封信裡他這樣說，「我的胸膛要爆炸了。曼娜，如果再見不到你，我會活不下去了。」有一封信是這樣結尾的：「讓老天爺保佑咱倆結合吧！」

看到這些詞句，孔林差點要笑出來。董邁這傢伙一看就是個頭腦簡單、過分多情的種子。表達自己的感情也這麼顚三倒四的。

讀完了所有的信，他反而覺得心裡像缺了點什麼。讓他感到困惑的是：董邁在信裡表達的那種絕望的激情對他完全是陌生的。他從來沒有體會過對於一個女人產生強烈感情的滋味。他也從來沒有寫過一行充滿愛戀的句子。他每次給吳曼娜寫信，一開頭都是「曼娜同志」，或者開玩笑地稱呼她爲「我的老婆」。他呆呆地思忖著——興許我是書讀得太多了，或者是因爲受過良好的教育，就變得過於理性了。我受到的是科學的訓練，知識越多血就越冷。

晚上吃飯的時候，他對吳曼娜說，「那些信我都看了，我能看得出董邁是眞心喜歡你。」

「瞎扯，我可不這麼想。」

「爲啥呢？」

「他蹬了我，我恨他。」

「但是他畢竟愛過你一次，對嗎？」

「那不叫愛，不過是一時昏了頭。男人沒一個好東西。對了，你是例外。」她呲牙一笑，繼續用一塊饅頭擦乾淨了盤子裡的肉湯。

她的話倒讓他有點吃驚。如果董邁眞是像她說的那樣，爲啥她還要把這些信當成寶貝一樣收著。她眞的恨他嗎？他有些摸不著頭腦。

吳曼娜在二月份發現自己懷孕了。她堅決要求和孔林分床睡。「我不想傷著孩子。」她解釋說。孔林明白她的意思是在嬰兒出生之前他們不能再行房事。他同意了。他從總務科借來一張行軍床，支在屋角裡。

孔林沒有想到她還能懷上孩子。吳曼娜已經四十四歲了，早過了受孕的最佳年齡。現在他不禁有些擔心，因爲她心臟不太好。自從他們結婚以後，她隔一陣子就會犯心律不全的毛病，血壓也總是偏高，但是做心電圖倒沒查出有什麼嚴重的問題。她是高齡孕婦，生孩子恐怕不會順當，孔林的憂慮又加重了一層。他幾次勸她去做人工流產，沒想到她堅決想要這個孩子。她說，他們結婚就是爲了生孩子，她可不想光開花不結果，做個一輩子生不出孩子的女人。這次懷孕可能是她最後的機會了。她甚至告訴他，「我希望咱們這次能是個兒子。我想要個小孔林。」

「我不相信這套封建玩藝兒。男孩和女孩有啥區別呢？」

「女孩命苦。」

「你算了吧，我可對再要孩子沒興趣。」

「不，我要有自己的孩子。」

孔林見說不服她，也就不再提了，隨她去吧。

她的妊娠反應非常強烈，經常嘔吐不止，甚至深更半夜鄰居們也能聽到她哇哇的吐聲。她也不再注意自己的外表了。她的臉浮腫起來，眼圈周圍的皮膚變得暗黑鬆弛，好像剛剛哭過一場。另外，她食欲奇好。她大口大口地喝海帶熬排骨湯，說嬰兒需要營養，喝完了還拍拍沒有顯形的肚子。更要命的是，她的口味反覆無常。今天想吃地瓜，明天就會饞杏仁酥。有一天她記起海蜇皮好吃，就央告孔林去給她弄點來。木基是個深處內陸的城市，春節過後就連泡發的海蜇也是稀罕物。他晚上下班以後騎車四處去尋找海蜇皮，每次都是空手而歸。他請幾個家住在城裡的護士幫忙，她們也毫無辦法。最後，還是通過伙食科一個幹部的親戚，才在一家水產商店裡買了兩斤醃泡的海蜇。

吳曼娜用水把海蜇皮上的砂子和鹽粒洗掉，切成細絲，拌上醋、蒜泥和香油。整整三天，她每頓飯都要咯吱咯吱地嚼海蜇皮。她讓孔林也嚐一點，但是他受不了那股腥氣。

到了第四天，就不見她把海蜇絲端上桌了，好像她根本不知道有這樣一個菜。剩下的半碗海蜇絲靜靜地擱在碗櫃架上。

甯醫生的母親成大媽有天晚上來串門。她對吳曼娜說，「你眞有福，想要啥就能吃啥。當年我生頭一個兒子的時候，兩個月裡只吃了十個雞蛋。後來懷了第二個孩子，饞燒雞饞得跟瘋了一樣。那時候窮啊，連只雞翅膀都買不起，只好每天早上到熟食鋪子裡去看看燒雞啥樣，不過是去聞聞味兒。」

老太太的話勾起了吳曼娜的饞癮，她也開始想燒雞了。孔林每隔一天就從附近的小吃店給她買回來一隻。燒雞不便宜，孔林有些擔心——他每月的工資也就夠買十五隻燒雞。幸好，她對燒雞的興趣持續了不到兩個星期。接下來就是石榴，她一定要孔林去想辦法，可是冰天雪地的到哪兒去找石榴？她眞饞那些粉紅的顆粒啊，酸酸的，甜甜的，一咬一口水。她一想起來就直嚥唾液。有天晚上她夢見了一棵粗壯的大樹，上面掛滿了開了口兒的石榴。她告訴了孔林這個夢，而且自己圓夢說石榴是吉祥果，預示著他們會有一個大胖小子。吃不到石榴多少矯正了一下她那變換不定的胃口，她又開始正常吃飯了。

結婚以後，孔林就很少看書了。門旁邊立著他的書架，書仍然裝得滿滿的。但是架子上也擺了水杯子、藥瓶子、眼鏡盒、毛電筒、不倒翁，還有其他亂七八糟的小擺設。書頂上積了一層塵土，他和妻子都懶得打掃。相比之下，吳曼娜倒是看了不少書，都是講懷孕、生產和育兒的讀物。她把醫院那個小圖書館裡關於這方面的書都借來了。她一邊看一邊感歎自己對生養小孩知道得太少了。到了吃晚飯的時候，她會告訴丈夫自己一天裡都讀了哪些內容。他心不在焉地聽著，左耳朵進右耳朵出。她對他的缺乏興趣很惱火。

除了讀書之外，她還忙著給嬰兒準備小衣服和尿布。她到處跟人家要穿破的襯衫和睡衣，因爲尿布最好用鬆軟的舊衣服，這樣不會擦傷嬰兒的嫩皮膚。晚上她經常不著家，到鄰居家串門，跟人家學做嬰兒的小被子和小枕頭，或是用毛線鈎織小襪子和小鞋。她花了七十多塊錢買了三斤毛線，孔林奇怪她啥時候變得花錢這麼大方、甚至有些浪費了——一個剛出世的嬰兒哪用的了這麼多的毛線衣服。但是他沒有抱怨，因爲她是花自己的錢。

孔華有時候會在星期天來看父親。如果吳曼娜不在，她會多待一會兒。她告訴爸爸淑玉對吳曼娜懷孕非常欣喜，因爲孔家人丁將更興旺了。孔林對淑玉的反應有點納悶，看起來她仍然認爲她是他妻子。他不知道這是否是因爲他每月付給她的生活費讓她有這種感覺。這個女人的頭腦眞夠簡單的。孔華時常會帶來淑玉給他做的蔥油餅，如果看到吳曼娜在場就不把餅拿出來。她現在話比以前多了，也更愛笑了。她告訴父親她如何喜歡她的工作，工廠裡的師傅們如何對她好等等。她臉上總是樂呵呵的，笑起來嘴角會翹上去，一雙眼睛更水靈了。孔林瞞著吳曼娜給女兒買了一輛鳳凰自行車和一只上海牌手錶。吳曼娜看到後什麼也沒說，心裡知道一個剛進廠的學徒工是買不起這兩大件的。她對孔華的態度從來都是不冷不熱。

孔林有時候也會想起同吳曼娜結婚前的二十年歲月。那種平和的生活好像已經屬於另外一個人了。他忍不住想假如同吳曼娜早結婚十五年，他的家會是什麼樣子。那時候她是一個多麼可愛的姑娘啊，他一直相信如果能娶了她自己會非常快樂。但是現在她變得判若兩人，十分庸俗無趣。他清楚是多年的磨難使她變成了這樣。

他時常會被一種奇怪的情感折磨得太陽穴生疼，這種感覺使他懷疑自己是否喜歡這種家庭生活。在他看來，這場婚姻已經變得無聊乏味，亂糟糟的令人疲憊。

# 7

孔林告訴吳曼娜吃過晚飯他要去辦公室。他被請去給一些準備考護士學校的護理員上化學基礎課。每個星期教兩個晚上。

「幹啥非要到辦公室？」吳曼娜問。

「在哪兒工作效率高唄。」他漫不經心地問答。

「啥工作？」

「我不是跟你說了，要把過去學過的化學知識揀揀，不然怎麼給人家上課啊。」

「在家裡就不能幹了？」

「家裡太吵，我需要精神集中。」他的聲音裡沒有一點讓步的餘地。

她不再說什麼了，對他的話很不高興。他急切地想躲出家門讓她心裡很亂。最近他跟她說話的時候，她在丈夫眼睛裡看到一種不耐煩的生硬目光。她尋思著，他不高興可能是因爲她不願意打胎，或是因爲他們近來節制房事。她曾經問過幾位年紀大的婦女，懷孕期間是否還要和丈夫同床。她們都說當父母的不能再幹那事兒了，弄不好孩子會流產。她對這些話深信不疑，因爲她看的好幾本書也都是這樣說的。

孔林離開家後，她變得焦躁不安。她腦子裡升起更多的疑雲，開始胡思亂想起來。想的最多的是——他是否還愛她。

禁絕房事似乎不可能是導致他對她不滿意的原因。她記得很清楚，當她要他分床睡的時候，他很痛快就答應了，彷彿是巴不得的事情。這是不是意味著他已經厭煩她了？她問自己。可能是。他是不是在找別的女人？不可能。我們一起共過那麼多的患難，他哪能一夜之間就變了心。那麼，他爲啥那麼想躲開我？他會不會想到別人那裡找樂子？他是不是看上了別的女人？他眞的上辦公室了嗎？是一個人待在那兒嗎？

她想得越多，心裡越難受。她從沒有感到像今天這樣孤獨，燈光昏暗的屋子就像一間被遺棄的病房。她覺著好像全世界都在跟她作對，想看她的笑話。不行，她自語說。我就是一塊壓在孔林背上的磨盤，也不能讓他這麼輕易地拋下來。我現在啥也沒有，只有他了。沒有他，這個千辛萬苦建立起來的家也就不存在了。再說，難道他不應該集中精力關心愛護他懷孕的妻子嗎？不行，我一定要把他抓住。

第二天晚上，孔林吃完飯，夾著雨傘出了門。她急忙披上雨衣跟了出去。她離開他有一百米遠，看著他在雨中無精打采地走著。白瀑似的雨絲被風吹得斜抽在臉上，一會兒又倒捲起來，彷彿珠簾一樣晃動。幾隻痲雀在屋簷下發抖，啾啾鳴叫。雖然是寒冷的早春，路旁的樹上已經抽出了嫩綠的葉芽。前面丈夫沉重的腳步讓吳曼娜想起他已經不年輕了。你咋會想到他去勾引別的女人？她開始埋怨自己。你咋變得那麼不通情理？你是太嫉妒、佔有欲太強了。爲啥不能給他一點自由呢？

他走進了門診樓，她卻沒有跟著進去。她站在樓前的一個籃球架下，心想，等他走到二樓的辦公室以後再進去也不遲。

她等了又等。十分鐘過去了，他辦公室裡的燈光還是沒有亮。黑洞洞的窗子像一口無底的井。他上哪兒了？去廁所？不會，他出門前剛解的手。他肯定是躲到什麼地方幹偷雞摸狗的勾當去了。

她正用手擦臉上的雨水，從樓西頭傳出一陣笑聲。她循聲走過去。在一樓的進修教室裡，孔林正跟七八個年輕的護理員說話。這些護理員都是二十來歲的年輕姑娘。她們全神貫注地聽著，看上去對他的話很著迷。窗戶雖然開著，她還是聽不清他在說什麼，只是偶爾會聽到一句「異構」或「分子公式」之類的隻言片語。她能看出來他很開心，臉上表情生動，手勢充滿活力。他因爲腰挺直了，人也顯得高了。他轉過身，開始在黑板上寫著什麼。所有學生的眼睛都盯著他。忽然，因爲他用力過猛，手中的粉筆頭兒折斷飛了出去。他說了句「呵呦！」惹得一個姑娘咯咯地傻笑。

怒火和妒火一齊在吳曼娜的胸中燃燒起來。她留神看看，覺著其中有兩個護理員長得相當漂亮，肯定對男人有吸引力。特別是一個外號叫雪鵝的姑娘，更一臉妖精相。這個年輕女人是五個月前因爲作風問題調來醫院當護理員的。聽說，她在瀋陽軍區司令部的機關裡和一個高級幹部勾搭胡搞。她本來是軍區文工團的一個演員，因爲這位幹部的妻子到處寫信告狀，揚言如果不處分這個「小騷貨」，就要把許多椿醜事抖落出來，於是她被發配到這個邊遠的城市。吳曼娜從二十多米遠的地方觀察著雪鵝，發現她的脖子確實像鵝頸一樣又白又長，被垂下來的烏黑的頭髮遮住。她的鼻子微微掀動，一直笑盈盈地看著老師。這女人一定是狐狸精變的，一天不勾引男人就活不下去。吳曼娜聽說，有天晚上雪鵝值夜班，白大褂裡面乳罩褲衩啥也沒穿，就那樣光著到處晃蕩。有些男病人一定是聞到了她身上的騷氣，只要一看見她就像綠豆蠅見了血一樣走到哪兒跟到哪兒。

吳曼娜看著她那張狐媚樣的臉，心裡越來越堵的慌。最讓她惱恨的是那雙杏仁狀的眼睛，從她開始觀察她起，這雙眼睛就沒離開過孔林。她恨死了這個狐狸精，她恨全屋子的人！孔林也不是好東西。他和她們打情罵俏，好像還很得意。眞不要臉，論歲數他都可以當她們的爹。怪不得他一放下筷子就想跑出來，敢情這兒有一群小妖精在等著。他簡直把家當旅館了，只是回來吃個飯睡個覺。孔林這個王八蛋！這些人全他媽的不得好死！

雨下得更猛了。銅錢大的雨點砸著長滿青苔的瓦塊，濺在水泥地上，激起一片密匝匝的水聲。教室裡兩個姑娘站起來，走過來把窗子關上了。吳曼娜轉身走回家去，兩條腿軟得麵條一樣。

第二天早晨，吳曼娜在上班的路上碰到了蘇然。因爲他們平時關係不錯，她就問他，爲啥醫院裡不能找別人教化學課？妻子懷了孕，當丈夫的應該晚上待在家裡。蘇然有一陣沒緩過神來，不知道她在說什麼。他說他根本不知道有什麼化學課，更不要說派孔林去當老師。醫院裡新分來了不少大學生，爲啥人們非要找孔林幹這種事情。

「別著急，我會問明白這件事。」分手的時候他說。他的兩條羅圈腿比去年更彎了。

蘇政委的話讓吳曼娜吃了一驚。她懷疑到底是誰派了孔林這麼個差事。昨天晚上她從門診樓回來以後，心裡反覆猶豫了兩個鐘頭，最後還是決定不同孔林攤牌。她記著他爲了建成這個家所付出的代價。要說孔林把他們的婚姻當兒戲是不可想像的。不然他幹嘛要等她那麼多年，離婚離得那麼苦。他絕不是個輕浮的人。但是她現在已經從蘇然那裡知道了這個化學課根本沒經過領導批准，吳曼娜改變了主意。她要盤問孔林，把這件事弄清楚。

「林，我問你點事兒。」午飯後她說。

「啥事兒？」

「誰讓你去教那個化學課的？」

「是她們要我幫忙。」

「她們是誰？」

「那些想考護校的護理員。那天她們到我辦公室去，請我幫她們突擊復習一下化學。」

「那麼說，領導沒派你的差？」

「沒有。她們求我，我就答應了。」

「這事兒爲啥事先不和我商量就答應下來？」

「有這個必要嗎？」他的聲音中帶有一絲嘲弄，眼鏡片後面又開始閃著令她心寒的冷光。

「這是咱們的家，不是旅館。你不能想來就來，想走就走。」

「我知道。」他不高興了。

她的眼淚一下子迸了出來，仰起臉對著天棚說，「天啊，好像他真不明白他都整了些啥事兒？我得怎麼說他才聽得懂呢？」

「這有啥不對的？人家請咱幫個忙，咱好意思駁人家的面子？」

「有啥不對的地方還要我告訴你嗎？你撇下懷孕的老婆，讓她一個人在家擔驚受怕，自己和別的女人瘋去。」

「你這樣就不講理了。我沒有和任何女人瞎混。」

「那些護理員都是什麼人？雪鵝是誰？她是男的還是女的？」

「哎呀，你咋亂攪理呢？」

「咱們今天不是爭誰在理不在理，這是個感情問題。你挨門挨戶打聽打聽，有誰家的老婆懷著大肚子，當丈夫的成功不著家的？」

「我倒從來沒想過這個。」他聽起來滿腹委屈。

她走進裡屋，把臉埋進一個鴨絨枕頭裡，抽泣著。他坐在客廳裡抽了一會兒菸，然後擦乾淨飯桌，刷完碗筷，一言不發地上班去了。

整個一下午，吳曼娜都顯得坐立不安。她不知道孔林下班後是否會回家吃飯，晚上是不是還要出去。她甚至埋怨自己太衝動，也許不應該發那麼大的火。他現在肯定把她看成是一個嫉妒的母老虎了。難道他對她眞的變了心？他可能對她非常的厭倦，所以才從另外的女人那裡尋找安慰。不，他不像董邁那樣沒良心。那麼，他到底想要啥呢？

她越想越心焦，但是心裡又覺得自己並沒有錯。

晚飯她包了餛飩，巴望著他能準時回家來。她燒上一鍋水等著他。孔林像平時一樣六點鐘進了門。她一見他，頓時鬆了口氣，趕忙把豬肉餡的餛飩下了鍋。

鍋開了，她用刀劃碎了兩張紫菜，又切了一把香菜，一塊兒放進了一個湯盆裡。孔林忙著把湯匙和碗放在飯桌上，又擺了兩個盛著醬油和醋的小碟子，嘴裡一邊說她應該等他回家以後再包餛飩，他可以幫她剁餡擀皮。

「我不知道你啥時候回來。」她說。其實她的話只說對了一半，她是擔心他根本不會回家吃飯。

餛飩煮熟了，她連湯帶餛飩一齊倒進了湯盆，然後又往裡加了一湯匙的辣椒油，用一把不鏽鋼勺子在餛飩湯裡攪動著。

可以吃飯了。孔林把湯盆從廚房端進了飯廳，這間屋也是他家的客廳。

孔林嘴裡嚼著餛飩，含混地告訴妻子他下午遇到了蘇然，兩人在一塊兒議論了好半天女人。「我們談得不錯。」他說。

「你倆都議論誰了？」

「也沒特別說到誰，只是泛泛地聊聊。」

「他是不是也尋思著我發神經了？」

「哦沒有，他說我做的不對，太不理解你的心情。」

「他原話是咋說的？」

「他說，女人要是沒有關心和愛情就活不下去。」

她噗哧一聲笑了。當政委的能說這話，眞有意思。怪不得他對自己的瘋老婆那麼有耐心。她說，「這話不對，那尼姑咋辦呢？」

「這個嘛，」孔林頓了一下，又接著說，「她們有和尙關心啊。」

兩人都樂了。

「曼娜，」他說，「要是我知道你對我教課有這麼大的意見，我當初就不會答應了。」

看到他臉上誠懇的表情，吳曼娜微笑了，告訴他以後再也不要自作主張。啥事兒都要倆口子之間先商量。「你沒聽人說，夫妻要比翼齊飛嘛。」她說。

從那天起，他晚上就待在家裡溫習化學知識。因爲補習班已經開課，臨時換老師不太可能，他只好每周去給護理員們上兩次課。吳曼娜對這次的夫妻和解很滿意，但是每個星期兩個孤獨寂寞的晚上仍然讓她不痛快。孔林只要一不在家她就會悶悶不樂，忍不住胡亂猜想他在外邊都幹些什麼。

## 8

夏天到了，吳曼娜的肚子很顯形了，脾氣也變得更壞了。她對孔林每個禮拜出去教兩次課，心裡老大的不樂意。她明明知道給護理員開的化學課很快就要結束了，但就是控制不住自己，把孔林弄得像做了虧心事一樣。看著她怒氣沖沖的臉，孔林經常會想起他們結婚後第二天她說的話：「我眞希望你癱在床上，這樣你就能整天和我在一起了。」

這就是愛情嗎？他心裡嘀咕。也許是她愛我愛得太深了。

八月裡的一個傍晚，吳曼娜從菜店買來四塊豆腐，用一個黃色的小塑膠桶拎了回來。她把豆腐桶放在爐台上，對孔林說，「我覺著不大對勁兒。」她匆忙進了廁所，孔林也跟了進去。

她低頭看看自己穿的肥大軍褲兩腿中間的地方，發現了一塊濕痕。「天啊，一定是羊水破了。」

「眞的？」他吃了一驚。她懷孕還沒足九個月啊。

「快點，快去門診部。」她說。

「別緊張。可能現在還太早，沒準是假產呢。」

「快走吧，我心裡有數，到時候了。」

「你能走嗎？」

「能。」

他攙扶著她上了路。太陽已經落山了，熱氣仍然從曬了一天的柏油路面上蒸騰起來，腳踩上去軟軟的。一幢宿舍平房的後面，茂密的楊樹林子中間露出幾條晾衣服繩，上面掛著綠色和白色的衣服，在熱風中懶洋洋地飄動。一隻大螞蚱從路邊嗖地跳出來，搧著粉紅色的翅膀，一頭撞上晾在繩子上的一床棉被，掉到了地下。因爲整整一個月沒有下雨，道路兩旁樹上的葉子都皺縮成圈，黑壓壓地爬滿了蚜蟲。地上斑斑點點撒著毛毛蟲屎。孔林小心地看著腳下，避開會使吳曼娜踩空的坑窪地方。一想到孩子會早產不足月，他就感到緊張不安。

他們走進門診樓以後，吳曼娜馬上被放到擔架車上，快速送進了三樓的一個小房間。那裡有一張檢查床，閃亮的皮面下邊是厚厚的海綿墊子，可以當作產床用。護士小于在床上鋪了一塊消過毒的白布，幫助吳曼娜費勁地爬上床去躺下。幾分鐘後吳曼娜的宮縮開始了，她呻吟起來。

小于跑出去找牛海燕——這個醫院裡唯一的產科醫生已經下班回家了。小于在樓門口碰上了好朋友雪鵝，請她上樓去幫忙照看吳曼娜。雪鵝答應了。

在樓上的房間裡，吳曼娜呻吟得更響了，一隻手緊緊抓住孔林的胳膊。

「曼娜，一會兒就沒事兒了。」他說。

「噢，我的腎疼死了！」她喘著粗氣，用空著的一隻手揉著後面。

「曼娜，不可能是腎的事兒。」他像檢查一個普通病人那樣說。「疼痛肯定是從你的骨盆裡傳出來的。」

「幫我一把！別光濟個嘴說！」

孔林感覺非常狼狽。他愣了一會兒，才用手掌貼住她的腰眼，使勁按摩起來。她嘴裡哼哼著，額頭滲出了密密的汗珠。他不知道怎樣才能減輕她的痛苦。他竭力回想著二十多年前在醫學院學過的教科書上有關分娩的章節，卻什麼也記不起來了。

牛海燕一個小時以後才來。她面色平靜，抱歉說因爲交通擁擠所以來晚了。她很快檢查了吳曼娜，吩咐小于給病人量血壓、剃陰毛。然後又交代雪鵝，「把電扇打開，再燒點水。」接著她轉向孔林。「她才開了三指，還得有一會兒呢。」她把手放在病人的額頭上說，「曼娜，別緊張，沒事兒的。」

孔林把牛海燕拉到一邊，悄聲說，「她挺得過去嗎？你知道她的心臟不太好。」

「到目前爲止還不錯。別擔心，孩子已經快出來了，現在說啥也晚了。我會記著她心臟的事兒。」

她又回到產床旁邊，對吳曼娜說，「曼娜，我給你掛上點滴，打點催產素。行嗎？」

「行啊，行啊，快點吧。只要能讓我快點生出來，啥都行。」

「我能幫啥忙呢？」孔林問牛海燕。

「晚飯吃了嗎？」

「沒呢。」

「先去吃飯，吃完馬上回來。也許要折騰一個晚上，沒準用得著你。」

「你呢，也吃過了？」

「我吃了。」

他驚歎牛海燕這麼鎮定。他看了妻子一眼，她正在用雙手搓著後背。在她高一聲低一聲的呻吟中，他離開了病房。

孔林在食堂買了一碗菠菜湯和兩個豬肉白菜餡的包子，放在嘴裡像嚼蠟一樣吃起來。對於即將出生的孩子，他說不上是喜是悲，只是沒想到會來的這麼快。他打著嗝，嘴裡滿是反上來的胃酸，噁心得幾乎要吐出來。他把拳頭搭在餐桌邊上，頭支在上面歇了一會兒。幸好附近沒人，周圍的圓凳都已經翻過來，倒扣在桌面上。

伙房後邊是一排豬圈，飼養員用鐵勺子敲打著豬食槽子，圈裡的豬開始哼哼唧唧地叫起來。一些護士和護理員走進了食堂，在飯廳的另一頭揀了兩張桌子坐下，開始摘扁豆。

孔林長歎一聲。他覺得燒心，吃了兩口飯卻怎麼也嚥不下去。空氣裡瀰漫著一股惡臭，那是從洗碗槽旁邊的泔水缸裡發出來的味道。他站起來走過去，把碗裡的菠菜湯全倒進了泔水缸。他洗乾淨飯碗和鋁勺兒，喝了兩口水漱漱口，把碗和勺揎進一個用花條毛巾做成的飯袋，掛在牆上的一個空著的釘子上，四周掛的全是其他同志的飯袋。飯廳的另一頭，那些姑娘正嘰嘰喳喳地聊天，有幾個哼著一首電影插曲。一隻小花狗被拴在一根桌子腿上，哀哀地叫著。

孔林返回了門診樓，剛一進樓道，就聽見妻子的呻吟已經變成了刺耳的尖叫。牛海燕告訴他，嬰兒比她預期的要來得早。實際上，孩子已經開始進入了產道。孔林浸濕了一條毛巾，擦乾淨吳曼娜臉上的汗水和淚水。她的眼睛閃爍著，雙頰漲得像豬肝一樣紅。

「我實在受不了！受不了啦！」她嚎叫著，嘴角斜咧上去。

「曼娜，」他說，「很快就會好了。海燕會確保……」

「你，爲啥要這麼整治我？」她又叫起來。

他怔住了，勉強才說出話來，「曼娜，不是你想要這孩子嗎？」

「去你媽的！孩子沒懷在你身上，你根本不知道有多疼。噢——你們全他媽的在禍害我！」

「輕點，別嚷。滿樓的人都聽得見。」

「少教訓我，滾開！」

「你應該明白，我不是想要……」

「我恨你！」她尖叫著。「你們他媽的沒一個好東西。」

「求求你，別吵了……」

「小器鬼！太晚了。噢，救命啊！」

「那好，使勁兒喊吧。」

「守財奴！鐵公雞！」

他有些懞了，不知道她爲啥突然喊他這個。她好像對牛海燕也是滿腔憤恨。要不她爲什麼說我們都在禍害她。他突然意識到，她罵他「小器鬼」一定是指十年前他倆談論要花兩千塊錢買通本生，讓他來影響淑玉答應離婚的事兒。她肯定在想，如果他們十年前結了婚，她生孩子就會容易些，少受點兒罪。想到這一點令他震驚，他沒有料到她會把心底裡的怨恨埋藏這麼多年。他轉身向門口走去，告訴雪鵝他要上廁所。

他藏在馬桶隔間裡，試圖理清紛亂的思緒。曼娜當時肯定希望他能夠花兩千塊錢堵住本生的嘴，但是她從沒有明白地告訴過他。他清楚地記得她不願意分擔這筆費用。那爲什麼她還要叫他「小器鬼」呢？他感到像是有一雙手攫住了自己的肺，胸口泛起一陣絞痛。如果他當年有那筆錢，他肯定會老早就買到了離婚。他告訴過她，他在銀行裡只有六百塊錢。她甚至都不願意透露她總共攢了多少錢。她一定是以爲他是個有錢的人，拿出兩千塊錢還不容易？經過了這麼多年，她爲什麼還是不能相信他？爲什麼她總是要瞞住他一些事情，從來不讓他看看她的銀行存摺？

在他腦子裡，有一個聲音在回答：因爲錢比愛情更親，更實惠。只要你捨得花錢，一切事情都會平順得熨熨貼貼，你的婚姻也會幸福美滿。

不會，沒那麼簡單。孔林反駁說。

這不是和尚頭上的蝨子，明擺著的嘛。那個聲音接著說。假定你有一萬元，在你小舅子身上花掉兩千，自當是餵狗了。但是你能在十年前就娶了吳曼娜，她就會很順當地生下孩子，也不會在心裡怨恨你。你瞧，錢是不是比愛情更有用？

這完全是瞎扯，孔林不服氣。錢買不來我們的愛情，錢也不能使我們的婚姻幸福。

眞的嗎？那你爲啥要花一千一百塊來辦喜事？你倆爲啥不把錢攏在一塊兒，還要分開自己的帳戶？

孔林啞口無言了，但是心裡還想拚命壓滅那個冷冰冰的聲音。他在廁所裡待了很長時間，那裡是唯一能夠躲開人眼的清靜地方。他坐在寬大的窗檯上，背靠著牆，漫不經心地看著樓後的院子。天已經黑了，隔著紗窗可以聽到蚊子哼哼。星星點點的螢火蟲在夜空中劃出細微的光弧。一所宿舍平房裡，有人在用口琴吹著「國際歌」，尖利的聲調支離破碎。醫院車隊的一個司機在車庫的角落裡燒著油氈，他身邊放著一個盛水的鐵桶。遠處的山坡上，一個臨時搭建的養蜂場裡閃動著數盞汽燈，幾個養蜂人仍然在黑夜裡忙著搜集蜂蜜。

孔林的右眼開始有點疼，好像飛進了什麼東西。他摘下眼鏡，用指尖揉揉眼，但是越揉疼得越厲害。他站起來走到水池子邊上，歪著脖子把頭伸到水龍頭下面，放開水沖洗眼睛。水很涼，流到他的面頰和前額上，他不禁打了個激靈[7]。

他剛把龍頭關上，吳曼娜發出一聲淒厲的尖叫就傳入他的耳朵。他突然意識到他一定是在廁所裡貓了至少半個鐘頭了，應該回病房去看看妻子。他連忙用手絹擦擦臉，戴上眼鏡，匆匆走了出去。

一進產房，他就看見妻子在扯著嗓子哀嚎——「啊！我恨你呀……太晚了……這麼多年……我快死了，太老了，生不出來了。」

「曼娜，我對不起你。」他說。「咱別扯過去那些事兒了，好嗎？集中精神……」

「好了，全開了。」牛海燕向小于和雪鵝招招手，示意她們過來幫忙。「曼娜，咱們一塊兒使勁兒。先深呼吸。好了嗎？」

她點點頭。

牛海燕數著數，「一……二……使勁兒。」

吳曼娜用著力，面孔紫漲著。孔林注意到牛海燕的臉也腫脹起來，紅得像煮熟的螃蟹。

吳曼娜剛吐完一口氣，又對著他罵開了，「我操你老孔家的祖宗！嗚嗚……太晚了。沒用的飯桶……草包！」

「你別罵人好不好。」他低聲哀求著。

「啊……我要死了。我操你個親娘祖奶奶！」

雪鵝扭過頭去，偷偷笑了。看到牛海燕朝她瞪眼，趕忙止住。孔林羞憤得無地自容，鬆開妻子的肩膀，又向門口走去。牛海燕一把抓住他的胳膊，輕聲說，「孔林，你不能走。」

「我——我沒法待下去。」

「女人生孩子的時候發神經我見得多了。你沒聽見她剛才把我也給罵了？咱們不能太較眞兒。她罵出來心裡就好受了。你可千萬不能把她的話往心裡去。她是害怕呀，需要你在身邊守著。」

他搖搖頭，一言不發地走出去。

吳曼娜在他身後高叫著，「滾遠遠兒的，孬種！我死也不見你那張臭臉。」

牛海燕回到產床，對她說，「來啊，再加把勁兒。」

「不行，我沒勁兒了。」吳曼娜又哭起來，「海燕，給我做剖腹產吧。好妹妹，親妹妹，求求你了，給我來一刀吧。」

雖然樓裡有人值夜班，走廊裡燈光昏暗。孔林在長長的樓道裡來回走著，從這頭踱到那頭。他一根接一根地抽著菸，覺得腦子裡空白麻木，有些暈眩。在這同時，他妻子的叫罵聲在樓層裡迴盪著。有幾個人從產房門口經過，又折回來，湊在門邊想聽聽她究竟在罵些什麼。孔林坐在長椅子上，臉埋在掌心裡，一動不動。他爲自己難過。爲啥我要經受這些？他想。我從來就不想要孩子。

他記得半年前，一個農村婦女就躺在這張長椅上，下身流著血，等著醫生治療。她丈夫把兩節大號電池捅進了她的陰道，起因是他爲了要第二胎交了一千元的罰款，但是她還是沒能給他生個兒子。鄉下的赤腳醫生不知道怎樣把電池弄出來，就用馬車把她送到了部隊醫院。那天的情景鮮明地浮現在他眼前，他記得她年歲不大，瘦得皮包骨頭。頭上紮了塊天藍色的頭巾，蓋住了半邊臉。太陽穴上的一根血管像蚯蚓一樣鼓起來，突突地跳動著。他彎下身去觀察她的時候，她的一雙圓眼睛毫無表情地看著他。他特別留神地看著她的眼睛，那裡面沒有一絲的怨恨。他看見在她燙成波浪的頭髮裡，有幾隻芝麻一樣的蝨子和蟣子。

眼下，他坐在那個女人躺過的長椅上，禁不住一遍又一遍地問著自己：爲啥人們要活得像牲口一樣，除了吃飯就是生孩子。難道這是出於生存的本能？如果你自己的生命既痛苦又沒意義，生一堆兒子又有什麼用呢？也許人們是出於恐懼，害怕從這個世界上無聲無息地消失，完全被人忘卻，所以想留下孩子來提醒世人記住父母的存在。作父母的多自私啊。還有，爲啥非要個兒子呢？難道女兒就不能一樣發揮作爲父母化身的作用？那種要由兒子來傳宗接代的傳統習慣多麼荒唐、愚昧啊！

他記得人們常說「養兒防老」。他尋思著，即使男孩比女孩強，男孩未來的生活未必就容易。他長大後還要贍養父母，供養自己的家庭。自私！天下的父母養兒子是準備將來要剝削他們。他們想要兒子是因爲男孩比女孩日後能提供更多的東西。兒子是更值錢的資本。

產房裡突然傳出一陣大聲的哭叫，打斷了他的沉思。門開了，小于招手要他進去。他抬起腳，在橡皮鞋底上擰滅了菸頭，丟到長椅邊上的一個痰盂裡。然後站起來，跌跌撞撞地走過去。

「恭喜恭喜。」他一進門牛海燕就說，「你得了兩個兒子。」

「你是說雙胞胎？」

「是啊。」

護士抱過來兩個哇哇哭的嬰兒，長得眞是一模一樣。他們的體重剛剛超過五斤，瘦得根本沒有肉。倆孩子都是大頭、大骨節、扁平的鼻子、眼睛閉著、一身皺皺巴巴的紅皮。這兩個嬰兒像沒牙的老頭一樣滿臉皺紋。其中的一個張開了嘴，好像要用吃東西來強調自己的存在。另一個嬰兒的耳廓向裡窩著。他們的面容和孔林原先想像的完全不一樣，他心裡充滿了厭惡。

「瞧見沒有，」牛海燕說，「長得像你。」

「就像是從你的模子裡刻出來的。」雪鵝插進來說，她的手輕輕拍著懷裡抱一個嬰兒的後背。

他轉過身看著妻子。她衝他淡淡地微笑著，眼中依然閃動著淚光。她含混地說，

「對不起，我實在是怕極了。我覺著今天挺不過去了，心都要炸開了。」

「你受罪了。」他把手背貼著她的臉。在這同時，牛海燕開始縫合吳曼娜被撕裂的宮頸和切開的外陰。孔林看到妻子的傷口，身上起了一層雞皮疙瘩。他掉過頭去，心裡直想吐。

一個小時後兩個男護士進來了。他們把吳曼娜放上了一副擔架，給她蓋好毯子，抬著向她的家走去。孔林跟在後面，一手抱著一個嬰兒，冷得直打哆嗦。月亮在柳樹和楓樹頭頂上閃著寒光。蛐蛐和螞蚱像瘋了一樣亂叫。樹葉和枝椏因爲掛滿了露水，被壓得有些彎曲。路邊的野草看起來尖尖的，在路燈發出的黃銅色的光線中更顯得密密麻麻地交織在一起。遠處的一條溝裡注著一些泛著泡沫的髒水，裡面的一個蛤蟆像破鑼一般呱呱叫著。孔林感覺到軟弱和蒼老，他不清楚自己是否會關心手裡抱的這兩個嬰兒，是否會盡心盡力地愛他們。他低頭看著他們包裹著的臉，不知爲什麼他想像著和他們交換一下位置，使自己的生命從頭開始。如果他能被別人這樣抱著，他的生活也許將會全然不同。他可能根本就不會成立家庭。

# 9

吳曼娜可以休五十六天的產假。第一個星期內她根本下不了床。孔林把做飯和所有家務活都包了下來。她的奶水不足，孔林熬了一鍋催奶的豬蹄湯，讓她每頓飯喝下一大碗。每隔三四個小時就要給嬰兒餵一次奶，她的奶不夠孩子吃的。孔林已經在牛奶公司登記了，但是至少還要等一個月送奶員才能每天把鮮奶送上門。孔林只好暫時沖奶粉給嬰兒喝。眼下市場上什麼牌子的奶粉都沒有，幸好牛海燕通過關係在城裡幫他買了八桶高價奶粉。

吳曼娜產後的第二個星期，孔林從郊區農村雇了一個保姆。這個年輕姑娘的名字叫鞠莉，小矮個，臉上長著雀斑，梳著兩條長辮子。她白天做兩頓飯，幫著吳曼娜帶孩子，晚上回家去睡覺，星期天也不能來。

吳曼娜的身體變得越來越虛弱了。有時候她感到心口疼，好像得了哮喘一樣喘不過氣。醫生檢查出她的心臟有雜音，心電圖也證明情況不太好。孔林非常震驚，把醫生檢查的結果瞞了一個星期，最後決定還是告訴她。吳曼娜聽了以後灑了幾滴眼淚，不是爲她自己，而是爲剛出生的孩子。

「我已經無所謂了，」她說。「我早死一天，在這個世界上就少受一天罪。」

「別胡說八道，」他說。「我要你活著。」

她仰起臉，眼睛裡的絕望神情讓他心慌。「林，你要答應我一件事情。」

「啥事兒？」

「你要答應，我死了以後好好愛護和照顧咱們的孩子。」

「你瞎想些啥？你還……」

「你答應我，求求你。」

「好吧，我答應你。」

「你永遠不能拋棄他們。」

「放心，我不會。」

「謝謝你。這樣我心裡就好受些。」她下意識地用右掌心揉著疼痛的奶頭。

她的話令他難過，但是他不知道如何才能分散她的注意力，不要老想著死。他唯一能做的就是勸她一定不能思想負擔太重，好好休息別累著。家務活可以由他去做，她不願意見的訪客他也可以去應付。

倆口子為給孩子起名字爭論了很長時間，最後終於決定大的叫孔大江，小的叫孔長河。他們的父親很不喜歡這兩個名字，覺著太俗氣。但是作母親的卻認為名字起得俗點有好處，取了俗名的男孩子好養活。另外，兩個孩子的名字中又有「江」又有「河」，都含有水，象徵自然界中與天地共存的生命力，而且水性至柔，柔能克剛。

許多幹部家屬都來看這對雙胞胎。因為兩個孩子長得分不出彼此，來訪的客人不停地問孔林和吳曼娜，「哪個是大江？」或者「這個是長河？」這兩兄弟確實很難分清長幼，就連保姆鞠莉也得記住大江的耳朵有點往裡捲。

來探望的客人們帶來了雞蛋、紅糖、紅棗和小米，說這些東西是補血的，吳曼娜了有好處。有幾個婦女告訴她應該多吃雞蛋，兩個月裡至少要吃六百個，這樣能補鈣壯骨。按照老法子，母親的月子如果坐得好，營養跟得上，身上原來有的毛病都會自然消失。所以有些婦女要吳曼娜千萬不要出門，受了風可是一輩子的事兒。她們還勸她別心疼錢，最要緊的是不能虧著嘴。吳曼娜聽了這些話心裡很難受，想起了她的心臟診斷結果。現在人們還都不知道這件事。

所有到家裡來的人都恭喜這對夫婦一下子有了兩個兒子。「你們這叫一槍打倆鳥。」一個人說。另外一個則讚歎：「孔林多有福啊！」在大家的眼中，孔林算是雙科的幸運，因爲自從七十年代以後，國家的政策是一對夫妻只能生一個孩子。孔林現在有了兩個兒子和一個已成年的女兒。他的老室友田進聽說孔林添了兩個小子心裡很不是滋味，他的妻子只給他生了一個丫頭。他攛掇孔林一定要慶賀一番，或者請朋友們下館子，要不就給大家散點香菸糖果。孔林正被兩個兒子累得心力交瘁，對這個建議連想都懶得想。

吳曼娜每天只能勉強嚥下六七個雞蛋，她的健康情況越來越糟。兩個孩子吃不上她的奶水，她也照管不了他們。因爲兩個嬰兒睡覺黑白顛倒，白天呼呼大睡，晚上來了精神，不是玩就是張著嘴哭，所以保姆鞠莉也幫不上多少忙。爲了怕吵醒宿舍平房裡的其他鄰居，孔林只好輪流抱著哄著。開始的時候，他把嬰兒抱起來他們就安靜了。可是後來這兩兄弟又添了新花樣，必須不停地走動才行，根本不讓他們的父親坐下。爲了不讓他倆哭，孔林只得像磨道裡的驢一樣轉來轉去，嘴裡也不能閒著，還得哼哼哈哈地唱著小曲。雖然累得渾身像散了架，睏得眼皮也睜不開，孔林還是不敢停下來。有時候他心中悲苦，眞想和懷裡的兩個兒子一齊哭。但那樣讓鄰居聽見成什麼樣子？

很快，他的雙胞胎兒子哪個也不願意留在床上了，一分鐘也不行。常常是他剛放下好容易安靜下來的長河，要去抱哇哇尖叫著的大江，長河也大放悲聲，兩個寶貝會此起彼伏地嚎起來。吳曼娜也開始掙扎著下床，抱著孩子在地上走來走去。這樣的結果是兩個大人誰也睡不成覺。他們雖然苦不堪言，但也沒有別的辦法。幾個星期以後，鞠莉建議他們去買一個搖籃，孩子在裡面搖晃著可能就不會哭了。孔林馬上去買來一個大號搖籃，把它的兩個頭拴在窗框和門框之間。兩個嬰兒被放進去以後，奇蹟立刻發生了，孩子們睡安穩了，大人也不必夜裡起來在屋裡走動了。現在孔林可以坐在床上搖著搖籃，大江、長河躺在裡面，嘴裡發出咿咿呀呀的聲音，好像在和父親說話。

眼瞧著，兩個兒子像吹氣似的長起來。兩個月中，每個孩子都重了六斤，長了兩寸。大江已經比弟弟長河顯出大了。

一天早晨，鞠莉把大江、長河放在嬰兒車裡，推出醫院大院去看公審大會後把犯人押赴法場的情景。一隊警察的卡車拉著罪犯四處遊街示眾。兩個毒品販子被判處死刑，一個強姦犯是無期徒刑。每個被捆綁的犯人背上都插著一個木牌子，上面寫著他們的名字和罪行。一個年輕婦女也在裡面陪綁。她本來是一個幼兒園老師，爲了懲罰一個淘氣的孩子，把他鎖在地下室裡。但是她後來忘了把他放出來，結果男孩被活活餓死。她被判了十四年徒刑。

鞠莉把雙胞胎兒子推回家後，孩子的臉就開始發青。吳曼娜非常惱火，警告鞠莉再也不能在大冷天帶孩子出去。當天下午嬰兒就開始拉稀。

孔林抱著兩個兒子去看閔大夫，她是剛從第二軍醫大學畢業的兒科醫生。診斷結果是痢疾。兩個孩子就像突然撒了氣的皮球，立刻就蔫巴了[8]。他們的腦袋耷拉著，眼睛失去了光澤，偶爾會咧開嘴哀哀哭兩聲，鼻子呼哧呼哧喘粗氣。鞠莉哭天抹淚兒地說，她從來沒有給孩子餵不乾淨的食物。雖然吳曼娜和孔林對孩子的病因存有疑慮，但是他們知道怪她也沒用。也可能是孩子喝的水燒開後滾的時間不夠長，沒有把細菌殺死。

爲了防止脫水，兩個嬰兒都需要立刻靜脈滴注葡萄糖和生理鹽水。幾個護士手忙腳亂地把嬰兒安置在病床上，點滴注射的藥瓶子也已經準備好。但是，大江和長河的血管太細，根本找不到，護士們用針在他們的小胳膊上扎過來扎過去，兩個孩子殺豬一樣地

---

8 蔫巴了：沒有生氣、失去活力的樣子。

嗥著，嗓子都哭啞了。在孔林看來兒子的胳膊幾乎是透明的，他暗罵這幾個笨手笨腳的護士眞沒用。但是他自己又不敢接過針來在兒子身上試試，也不敢長時間地看著粗粗的針頭在嬰兒的嫩肉裡亂扎亂捅。他是個醫生，這時候居然會暈針，多看一眼都心顫，胸口緊繃繃地喘不出氣來。他平生第一次體驗到了這種作父親的痛楚，渾身有些發抖。他意識到自己確實愛這兩個孩子。他的鼻子抽動著，淚水湧了上來，眞恨不能替兒子挨這些針！

閔大夫給孩子開了一些黃蓮素藥粉。天下藥苦，苦不過黃蓮，這對雙胞胎兒子卻要每天服用三次。不管孔林和吳曼娜在這些黃色的藥粉裡摻了多少糖，大江和長河每次都把頭轉得像撥浪鼓，哭得上氣不接下氣，就是嚥不下去。孔林倆口子加上保姆鞠莉配合默契，一個抱著長河，另一個捏住孩子的鼻子，用小勺撬開嘴，第三個把一勺加糖的藥粉倒進嘴裡，然後用溫開水沖下去。餵完了弟弟，接下來輪到哥哥，那邊的大江早已嚇得把嗓子哭破了。

一個星期以後，兩個嬰兒的痢疾還是止不住。他們一天要拉六七次稀，鞠莉只得每天下午帶著孩子去門診樓打點滴。孔林和吳曼娜已經一籌莫展了。

孔華星期天來看父親。她一見這兩個病懨懨的弟弟，眼淚撲簌簌流下來。她提醒父親給孩子吃點馬齒莧與許管事兒。在鵝莊老家，人們都用這種草藥來治拉稀。孔林也記得幾年前他有一次下鄉巡迴醫療，到了一個村子的衛生室，看見赤腳醫生正在一口大鍋裡熬馬齒菜湯。村民們有誰得了腹瀉或痢疾，就到衛生室前面的院子裡討喝一碗，最多喝三碗病就能好。可是現在是冬天，他上哪兒去找馬齒菜呢？

但是，他還是立刻騎上自行車到城裡去了，心裡期盼有些中藥房也許會有晾乾了的馬齒菜。他跑遍了木基市的每家中藥房，人家告訴他沒有一家店會賣這味草藥。

「那爲啥？」他問。

「這是老規矩了，我也不知道爲啥。可能因爲它只是一種蔬菜吧。」一個下巴光溜溜沒鬍子的老店員回答說。

眼看著嬰兒越來越虛弱了，很明顯黃蓮素並沒有起作用。閔大夫只能用上最後的法子，決定給兩個孩子灌腸，用黃蓮素溶劑直接沖洗腸道。這個辦法很有效。三天之內，化驗結果表明病菌已經從孩子的腸子裡消失了。但是，痢疾的症狀仍然存在，嬰兒還是每天拉稀。除此之外，他們還撒不出尿來，因爲體內的水分都隨大便排泄了。

閔大夫被這個病例弄糊塗了。經過兩天的思考，她的結論是：孩子的痢疾已經治好了，但是他們仍然患有一種神經功能的紊亂，她也束手無策。她對護士說，「恐怕這倆孩子得聽天由命了。」

孔林和吳曼娜已經沒有任何辦法可想了，因爲整個醫院沒有人知道如何治療這麼小的嬰兒的神經功能紊亂。一個伙房的大師傅建議這對可憐的父母搗點蒜泥給孩子餵下去。他們只好告訴他，孩子還太小，受不了這個。另外，大蒜主要是殺菌的，而嬰兒腸子裡的病菌已經殺死了。

一天晚上，孔華來了。她告訴父親，「娘說您應該給他倆餵點搗爛的芋頭，再摻點白糖和蛋黃。」

「她咋就知道吃芋頭管事兒呢？」孔林問。吳曼娜也湊過來，注意地聽著。

「娘說我小時候拉肚子，就是吃芋頭吃好的。」她回答說。「我五歲的時候也得了痢疾，娘讓我喝了好幾副湯藥都治不好。那時候，街坊四鄰都覺得我快不行了，沒救了。是本生舅舅跑到吳家鎮縣城，從一個老中醫那裡討來這麼個方子。」

「那蛋黃咋個做法兒呢？」吳曼娜插進來問。

「把雞蛋煮老了就行。」

孔林雖然還是不大相信，卻也沒有耽擱，從菜店買回了五斤芋頭，立刻如法炮製起來。大江和長河非常喜歡吃芋頭糊糊，嚥下一口馬上又張開小嘴嗷嗷叫著，活像兩個餓急了的小麻雀等著鳥媽媽餵食。出乎每個人的意料，當天夜裡嬰兒就不拉稀了。兩天以後他們就能正常撒尿了。許多以前不相信民間偏方的醫生和護士，這次全都心服了。

兒子們的病終於治好了。孔林的心裡充滿了一種陌生的、神祕的感情，常常會情不自禁地掉下淚來。他感到這兩個嬰兒幾乎已經成了他身體的一部分。一個星期前，他從《黑龍江日報》上看到一條消息，說是一個退休老職工給兒子捐了一個腎。這些日子裡，孔林不斷地問自己，是否也會爲他的孩子做出同樣的事情。

## 10

治療痢疾的同時，嬰兒夜啼的毛病也治好了。現在他們可以晚上早睡，一覺睡到天亮，甚至孔林半夜給他們餵奶換尿布時也不醒。孩子們的正常睡眠使得他們的父母晚上能夠有時間在一起待一會兒。等兒子睡著之後，孔林和吳曼娜通常偎在沙發上，聊聊天，看看電視裡播出的新聞或是電影。至少他們可以喘口氣了。

十一月下旬的一個晚上，電視裡正在播放一個專題片《走上富裕的光榮路》，講的是南方幾省中一些先富起來的典型如何響應黨的號召，改變貧困面貌的故事。一個年輕人從東北買了一些猴頭和人參，運到福建賣高價，不出五年就在全國各地開設了七個銷售店。一位工程師下海辦起兩個養雞場，現在已經雇用了一百三十多個工人。還有一個中年婦女只是在三年前開了個縫紉鋪子，現在成了家鄉方圓百里的首富。她雇了六十多人在她的成衣廠裡製作出口的時裝。去年春節她致富不忘國家，捐獻了一萬元給附近的小學校。她因此入了黨，進了當地政協成了委員。每一個致富典型都成了傳奇式的人物。幾年前，他們的賺錢方式還是非法的，現在這些暴發戶被樹立成了讓廣大群眾學習的榜樣。

吳曼娜正在一個瓦盆裡擦蘿蔔絲。孔林對賺錢這類題目從來不感興趣，歪在沙發上讀著一本過了期的《民間醫藥》雜誌。有一篇講如何用偏方化解腎結石的文章讓他看得津津有味。他正琢磨爲什麼這個偏方還要加上香油和核桃仁，電視裡的女播音員宣布說，「下面我們要給大家介紹另一位致富典型，他就是安徽省肥東縣的楊庚同志。」

聽到這個名字，吳曼娜發出了一聲低沉的喊叫，她手裡用來擦蘿蔔絲的鋼礤床兒「噹啷」掉在盆裡。孔林回過頭，問，「出啥事兒啦？」

她沒有回答，眼睛直勾勾地盯著電視螢幕。他也隨著轉過頭去，正看到一個特寫鏡頭，楊庚的臉瞬間放大了，近得似乎能從電視裡鑽出來。他的臉同十一年前相比幾乎沒有變化，仍然像瓦刀一樣長，透著土黃色，可能是泛著油光的緣故，倒顯得不那麼嚴峻了。楊庚的頭髮裡露出了幾撮白髮，添了幾道皺紋，肚子也凸出來了，皮膚比以前黑了，十分健康。

年輕的女記者問他，「你是不是肥東縣裡最富裕的企業家？」

他臉上放著光，舔了舔上嘴唇，「這個嘛，我做夢也沒想到能過上今天的日子。這全歸功於黨的富民政策好。」他身後是一片建築土地，一架起重機正在給施工中的樓房運送磚瓦。半空中的腳手架上閃動著幾簇白色的電焊弧光。不知什麼地方有一只氣錘在打樁，發出有節奏的呼呼聲。

「你去年總共收入多少？」女記者把話筒舉高了，湊近他的嘴。

「兩萬元。」

「呵，差不多等於你付給一個工人工錢的二十倍呀。請談談你的致富經驗？」

他的眼睛裡閃出了星星點點的火花，好像有螢火蟲飛進了眼珠。吳曼娜認出了那熟悉的充滿欲望的眼神。「也沒什麼複雜的，」他說。「這個建築公司一直是虧錢的。三年前上級領導抬出了新政策：誰能夠扭虧爲盈，可以提成利潤的百分之十；反過來，如果還是賠錢，經理就要自己掏腰包，拿出百分之三的罰款。那時候沒人願意冒這個險，接下這麼個爛攤子。我是個賊大膽，沒人幹我幹。」他把頭向後一歪，發出一串開心的大笑。

「那你是如何使這個企業在一年之間做到扭虧爲盈的？」

「唯一的訣竅就是加強紀律，令行禁止，還要賞罰分明。我把公司的收益同每個人的利益掛鈎，大家都必須老實幹活，不能偷奸耍滑，否則扣工資、扣獎金。現在整個公司都實行了軍事化的管理。這麼說吧，就像是一個營。每個包工隊都要責任到人，按時完工，否則我就要拿他們的隊長是問。這樣就杜絕了推遲工期和質量不合格的現象，贏得了客戶的滿意。」

「今年怎麼樣？你自己預計會有多少收益？」

「大概有兩萬三千元吧。」

「這麼說又是一個好年景了？」

「對。」

「好，謝謝你，楊經理。」

鏡頭從楊庚臉上移開，推向了工地上一輛吼聲震天的推土機。吳曼娜失聲哭了出來，用衣袖擦著眼淚。孔林呆呆地看著電視機，心裡震驚得說不出話來。這個惡魔怎麼會如此得意？如此張牙舞爪？不僅賺了錢，還成了大家學習的典型？怪不得去年婚禮上洪淦說他是交上好運的惡狗。

吳曼娜尖叫著，「這不公平，不公平啊！」孔林慌忙從沙發上站起來，走過去抱住她。

「噓——別吵醒了孩子。」他把她移到沙發上坐下，從她手裡拿過擦了一半的蘿蔔，放到瓦盆裡。他握住她的一隻手，抬起來貼在自己臉上。她的手指還是濕的，沾著蘿蔔屑，帶著一股辣味。

「這會是眞的？像他那樣一個惡人咋會這麼容易地發了財，還出了名？」她問道。「老天爺，你瞎了眼哪！」

孔林歎口氣，搖了搖頭。「唉，生活就是這麼不公平，這麼可笑——好人無長壽，禍害一千年。」

「我怕他啊，怕得要命啊！」她哭訴著。

他轉身抱緊她，在她耳邊輕聲說，「別怕，他不在這兒。我不會讓他傷害你的。」

他輕輕地揉弄著她的耳垂，想使她平靜下來，好像她是個害怕黑夜的小女孩。他喃喃地耳語著，「不要怕，不要怕。」她的手臂環繞著他的身體，把臉埋在他的胸前。

他的話語和體溫復甦了她深深埋在心底十一年揪心的痛苦，也就是遭到強姦後的當天夜裡她體驗到的那種無人傾訴、無人安慰的痛苦。現在她的眼淚就像開了閘的江水，遏止不住地流出來。她緊緊地抱住他，上氣不接下氣地哭著。隨著眼淚的流淌，她的胸中好像有一道堤牆轟然崩塌。這種感覺眞好啊——她可以倒在一個値得信賴的朋友懷裡放聲痛哭，不用感到壓抑難堪，不用害怕在這個冷酷的世界中遭到別人的嘲笑，不用擔心成爲無窮無盡的流言和中傷的靶子，不用對誰說「原諒我」。這是她第一次可以盡情地拋灑眼淚，像個受委屈的孩子一樣。她的淚水浸濕了他的毛背心，她濃密的頭髮不斷地觸磨著他的臉頰。他也淚流滿面，輕輕地撫摸著她的後脖頸。

從那一晚上起，他們又睡到同一張床上。吳曼娜一連好多天夜裡作惡夢，那些夢境都是離奇古怪、模糊不清的。在一個夢裡，她揹著雙胞胎兒子，在山路上走著，要到山頂的一個尼姑庵裡去。這是一個豔陽天，微風送來滿山遍野野花的甜香。她來到一個水庫邊上，要下水淌過去到達對岸的山腳下。一個戴竹斗笠的老人沿著用石頭疊成的凹凸不平的堤壩從對面走過來。從遠處她看不清楚他的臉，但是他的腳下磕磕絆絆，完全是老態龍鍾的樣子。她背上的嬰兒被日頭曬得暈頭暈腦，已經睡著了，咧開的嘴角上掛著長長的涎水。

老人越走越近，突然一陣風颳掉了他頭上的斗笠，露出了他的臉。原來是楊庚！吳曼娜嚇得喊不出聲，兩腳像被釘在地上。他衝過來一把揪住她的脖子，搶走了她背上的孩子，然後一溜煙兒地跑上了大堤。她一邊追一邊喊：「把孩子還給我！楊庚，你只要還我孩子，咋整我都行！你放了他們，我就自己到你門兒上去。我發誓。」嬰兒哭叫著，踢蹬著小腿。

楊庚頭也不回，突然扭身跑向一個沙洲。他的皮靴踢起一片薄薄的塵土。她大口喘著氣，拚命追趕他。接著，她看見他把兩個嬰兒放進了一只巨大的木鞋裡，又把木鞋向水裡推去。風吹起來，木鞋迅速飄向一望無際的水庫中心。他哈哈大笑著說，「你再也見不到你的兒子了，看你還敢去告發我！」

她一下子癱在地上，喊著：「我從來沒有告發過你。求求你，求求你，可憐可憐我吧，把我的孩子還給我！」

「你做夢去吧！他們正往東海龍宮趕，要去見龍王爺呢。哈哈哈。」

「林，快來幫我啊！」她高聲叫著。

「你那個沒長卵子的男人屁事兒不頂。」楊庚說。

「林——快來，救救咱們的孩子啊！」她又叫起來。但是到處找不見孔林的影子。就在這時候，她的第一個戀人董邁從岸邊一片柳樹林子裡鑽出來，嘻嘻哈哈地在沙灘上晃蕩。他衝她揮著手，又把雙手握起來舉過頭頂，歡快地唱起來：「你丟了兒子嘍！你丟了兒子嘍！」他還是二十多歲的樣子，穿著軍裝，留著平頭。

她把嘴唇咬出了血，眼睛紅紅的，抓起幾塊大鵝卵石，使出平生的力氣朝楊庚和董邁擲過去。

「哎呦！」吳曼娜一拳打在孔林腦門上，疼得他叫起來。他拉開床頭櫃上的治燈，耀眼的燈光把她刺醒。她不停地揉眼睛。

「你幹啥打我啊？噢——我的眼……」他突然停住了，看到了妻子流淚的眼睛，和那張充滿恐懼的臉。

「對不起，對不起，我剛作了一個惡夢。嚇死人了。」她說著轉過臉。「我夢見咱們丟了孩子，找不回來了。」她又開始抽泣起來，一隻手臂伸到兩個兒子睡的小床裡，護著熟睡的嬰兒。

孔林歎口氣。「曼娜，別想的太多。」

「我不想了。」她說。「你接著睡吧。」

他關了燈，很快又響起了輕輕的鼾聲。黑暗中，吳曼娜大睜著雙眼，看著窗外光禿禿的樹枝在狂風中搖晃，把烏濃的雲彩切割成細碎的條紋。她奇怪爲什麼孔林沒有在她的夢裡出現，爲什麼董邁倒跑出來，又那麼惡毒地嘲笑她。這一切都意味著什麼？她問著自己。爲啥孔林不出來救我們娘仨？他去哪兒了？難道他眞的不敢和惡人鬥，來保護我們嗎？爲啥董邁會和楊庚那個狗雜種一樣壞？

一個問題接著一個問題在她腦海裡浮現，但是她一個也解答不了。她的思路又開始混亂起來。

屋外，淒冷的月亮像一張沒有血色的死人臉，在黑森森的樹頂上飄來蕩去。風發出嗚嗚的呼嘯，讓她想起了小時候在孤兒院，半夜經常聽到的野地裡的狼嗥。

# 11

吳曼娜的心臟一天比一天衰弱，她的脈搏更加紊亂，有時候纖細得如游絲一般。她的胸口和左臂常常劇烈地疼痛，到了夜裡就感到暈眩和氣短。她心臟的雜音經常變爲咚咚的狂跳。剛爲她做的檢查結果把心臟科專家姚醫生嚇了一跳。一天下午，姚醫生把孔林找了去。他把吳曼娜的X光片子湊近桌子上的檯燈，爲孔林指點著說，「藥物對她可能已經沒有用了。恐怕她沒有幾年的時間了。天知道她的心臟狀況咋會惡化得這麼快。」

孔林一聽，幾乎當場哭出來。他哽咽著說，「我——我怎麼會讓她病成這樣？我是個醫生，爲啥沒有看出來她心臟病嚴重到這個份兒上？」他用雙手蒙住臉。

「孔林，你也不要責怪自己。咱們都知道她的心臟有問題，只是沒想到梗塞會發展得這麼迅速。她的冠狀血管肯定老早以前就阻住了。」

「咳，我早就應該估計到的。我勸她不要吃那麼多的雞蛋，她就是不聽。」孔林用拳頭直捶膝蓋。

姚醫生歎著氣，「咱們要能早診斷出來就好了。」

「一點辦法也沒有了嗎？」

「我聽說歐洲有的醫學專家能夠擴張冠狀動脈血管，但是咱們國家還沒有引進這種技術。」

「我應該做什麼呢？」

「孔林，眞是抱歉。」姚醫生抓住孔林的手臂輕輕搖了搖，表示他也沒什麼好的建議。「你可不能太感情用事。打起精神來——她還指望你哪。」他停了一會兒，彷彿不知該說什麼好。孔林用掌心揉著肚子，好像在撫平腹中的絞痛。姚醫生接著說，「別讓她累著，也別讓她發火，盡量使她過得舒坦點兒。」

孔林低下頭，喃喃地說，「我會盡力的。」

「如果我是你的話，我不會告訴她這次診斷的眞實結果，讓她心情愉快比什麼都重要。」

「這個自然，我不會讓她知道的。」

雖然孔林想盡辦法對吳曼娜保守秘密，但是醫院裡已經傳開了她病得很重的消息。閒話越傳越走樣，有人甚至宣稱她活不過今年。幾個星期之後，吳曼娜也風聞到了自己心臟的眞實情況，但是她出乎意料地平靜。她對孔林說，她知道自己的日子不多了。她的話讓孔林難過得不知怎麼去安慰她。

她的身體越虛弱，脾氣就越暴躁。她經常對著鞠莉和孔林叫罵，有時候又像一個任性的小孩子那樣無緣無故地哭泣。

孔林把家務活全包下來，一點也不讓吳曼娜插手。周末鞠莉不能來的時候，他不得不幹起洗尿布的活兒。隆冬時節，自來水像針扎一樣冰涼。他在屋前的水龍頭邊上洗洗刷刷，兩隻手凍得又疼又癢。他從來想不到他的婚姻生活中還要有洗衣服的內容。在同吳曼娜結婚之前，她基本上把他所有衣服都洗了，他只需洗洗襪子和褲衩。現在每到星期六，洗衣盆裡的尿布堆得像小山尖一樣等著他。他不敢抱怨，也不願意想得太多，否則只會惹怒吳曼娜，把事情弄得更糟糕。雖然有這麼多不順心的事兒，他們畢竟還雇得起一個保姆，起碼他除了周末之外不用洗這些東西。

一到星期六晚上，他就一手端著一大盆嬰兒衣服和尿布，一手提著一壺熱水，走向屋前的水龍頭。他通常在洗衣盆裡放兩三把洗衣粉，澆上熱水，然後把要洗的東西在沏好的洗衣水裡泡一會兒。在銀白色的路燈光下，洗衣盆裡泛著的泡沫閃亮閃亮的，變幻出不同的顏色。門診樓樓頂上的大喇叭常常播放一個柔軟的女高音唱的〈一條大河波浪寬〉，要不就是大合唱〈五星紅旗迎風飄揚〉。孔林用搓板抵住盆沿，開始嘩啦嘩啦地搓洗起來。一會兒，洗衣水就沒有勁了，泡沫變成了灰水，涼得刺骨。他不斷往手指上呵氣，才能接著洗下去。用清水把洗完的衣服尿布涮乾淨才是最令孔林打怵的。熱水已經使完了，水龍頭裡放出來的冰水好像長了尖利的小牙在咬著他的指頭。他一聲不響地洗著，見到有來打水的熟人就低下頭去，裝做看不見。

人們注意到孔林的臉更加消瘦了，他面頰塌陷，兩個顴骨高高地支楞著。他穿的褲子肥得像麵口袋一樣。蘇然政委的妻子跟鄰居說，「你看孔林瘦得都沒屁股了。這是老天的報應啊，他活該。看誰還敢喜新厭舊當陳世美。」她只要一看見孔林，就兩眼冒火地瞪著他，狠狠地跺腳啐著吐沫。他根本不理她，裝著看不見也聽不見。但是他的同事們卻不像這個瘋婆子。他們已經不再開他的玩笑了，只是在背後搖頭歎氣。

他很感激女兒孔華能在周末來看他。她有時候幫他洗衣服和照顧孩子。她喜歡只用一個奶瓶子餵兩個弟弟，這樣他們就會搶著喝奶，發出愉快的叫聲。她逗著弟弟玩，叫他們「小寶貝兒」，把臉頂在他們的小肚皮上。他們會咯咯笑著，紮撒著胖胖的小手，在空中揮打著。她給他們每人織了一個帶花邊的小兔子帽。吳曼娜現在對孔華也親近了許多，甚至給她買了一件粉紅色的開襟羊毛衫。吳曼娜有一次跟孔林念叨，說她眞希望能有孔華這樣一個閨女。

吳曼娜在休了半年的病假之後，終於回到護理病房上班了。她只是上午幹四個小時，下午在家歇著，但是仍然拿全工資。

一月裡的一個星期天上午，孔林在廚房裡做午飯。他在爐子上悶上米飯，等鋁鍋裡的水開了之後，他壓小了火苗，就想到食堂去買個菜。頭天晚上他在伙房門口的小黑皮上看見一個通知，說是第二天中午賣土豆燒牛肉，七毛錢一份。他在路上碰見了政委蘇然，兩人站著聊了一會兒醫院裡的創收計劃。蘇政委打算明天春天辦一個短訓班，專門培訓木基市郊縣的衛生員。木基市政府衛生部請部隊醫院幫這個忙，並且願意出資贊助這個專案。這也就是說，到明年年底，醫院裡每個人都能拿到一筆額外的獎金。

因爲光顧了談話，孔林忘了家裡爐子上悶的米飯。等他端著一碗土豆燒牛肉進了家門的時候，廚房裡滿是嗆人的白煙。他一個箭步奔到爐邊，撂下菜碗，把米飯鍋從火上撤下來。他打開鍋蓋，一股蒸氣竄出來，蒙住了他的眼鏡，頓時什麼也看不清。等他扯起衣襟擦擦鏡片，又把眼鏡戴上後，看見米飯已經燒得下邊黑上邊黃。他拿起鐵舀子，剛想舀點水澆到米飯上，吳曼娜走進了廚房。她一邊咳嗽一邊繫著衣扣。「在鍋裡放根大蔥，快點！」她喊著。

孔林手忙腳亂地找到了一根大蔥，插在了米飯裡，這樣可以去除焦糊味。但是太晚了，一鍋米飯已經糊得根本沒法吃了。他推開廚房的氣窗，讓煙走出去。

突然，吳曼娜尖叫起來，「你是瞎子還是傻子，放上鍋就不管了？連個米飯都悶不好，你還能幹什麼啊！沒用的東西。」

「我——我去買個菜。你不是在家嗎，你咋就不能盯一會兒？」

「你告訴我了嗎？你跟我說了嗎？再說，我有病，做不了飯。你裝啥糊塗？」她用指頭抓住衣袖，在爐台上一揮，連鍋帶碗掃到了地下。碎碗茬子四散飛濺，牛肉、土豆和黑黃的米飯撒得滿處都是。飯鍋的鋁蓋在水池地上滾出去老遠，直到撞上廚房的門檻才停住，靠在擋門用的兩塊磚上。

「這玩藝兒豬都不吃。」她又加了句。

裡邊的臥室裡，長河扯尖了嗓子哇哇地哭叫。幾秒鐘後，大江也嚎了起來。吳曼娜趕忙進屋去哄孩子。孔林看也沒看地上的東西，一轉身衝出了家門。他大步走著，兩只綠色的連指棉手套用布繩拴著搭在腰間，像兩隻翅膀一樣在風中亂舞。「我恨她！我恨她！」他連聲地對自己說。

他又走向了醫院後面的小山。這是個冷天。山坡上的果園已經一派荒涼，蘋果梨樹粗壯高大，掛著霜的枝椏向四面伸延著，遠遠看去像一片欲飛的羽毛。好一會兒他的腦子彷彿不轉了，頭皮發麻，太陽穴緊繃繃的。他吃力地向山頂攀去，除了幾簇褐色的岩石之外，放眼望去都是白雪的世界。在山那邊，松花江邊上有一個村莊，村裡有一個養鹿場和一個船庫。不知爲什麼，孔林此刻渴望著能從山頂上眺望鹿場裡的鹿群和船庫外的小船。冬天的氣味清爽冷冽。天上沒有風，陽光灑在四周的大石頭上，照亮了裹著一層冰的樹幹。遠處，一群覓不著食的烏鴉在盤旋，饑餓地聒噪著。

孔林漸漸平靜下來，他又聽見腦子裡有個聲音在問他：你眞的恨她嗎？

他沒有回答。

那個聲音繼續說，這一切都是你自己造成的。誰讓你娶她了？

我愛她。他答道。

你眞的是爲了愛情才同她結婚的？你眞的愛她嗎？

他想了一會兒，然後勉強回答說，我覺著是。我們互相等了那麼多年，不是嗎？難道這麼長時間的等待不能證明我們的愛情？

不能，時間證明不了任何東西。實際上，你從來沒有愛過她。你不過是一時的衝動罷了。你的這種衝動根本沒有發展成爲眞正的愛情。

什麼？一時衝動！他驚訝得向後退了一步，呆呆地站在那裡。他的鼻子也塞住了，張開嘴巴呼著氣。

是的，你錯把衝動當成愛情。你根本不懂什麼是愛情。事實上，你等了十八年，只是爲了等待而等待。你完全可以爲了另外一個女人再等上同樣的時間，對不對？

我只等曼娜一個人。這裡邊根本沒有另外的女人。

好吧，就算是只有你們倆人。咱們先假定你和她彼此相愛，但是你能肯定你們倆作夫妻會很合適？你們的婚姻會美滿？

我們眞誠地愛著對方，難道不是這樣嗎？孔林的太陽穴怦怦跳著，他摘下板帽子，想讓冷風吹醒一下頭腦。

眞的嗎？那個聲音又接著說。對於愛情你究竟了解多少？你在娶她之前眞正了解她嗎？你眞的認爲她就是你願意相伴終生的女人？你現在說實話，在你認識的所有女人當中，你最喜歡誰？難道除了吳曼娜，就沒有比她更適合你的女人？

我也不知道。我的生活裡除了她就是淑玉。我怎麼能夠拿曼娜去比別的女人？雖然我也想接觸更多的女同志，但是我對女人知道的並不多。

霎那間，他覺得頭痛欲裂，腦袋嗡的一聲漲的老大。一想到他的婚姻並不像他原來想的那樣，他感到眼前一陣發黑，暈眩得站不穩，連忙找了塊石頭坐下，把呼吸調整均匀，更深地思考起來。

那個聲音又來了。沒錯，你是等待了十八年，但究竟是爲了什麼等？

他感覺腦子裡一片空白，不知道如何回答。這個問題令他害怕，因爲它暗示著他等了那麼多年，等來的卻是一個錯誤的東西。

我來告訴你事實的眞相吧，那個聲音說。這十八年的等待中，你一直渾渾噩噩，像個夢遊者，完全被外部的力量所牽制。別人推一推，你就動一動；別人扯一扯，你就往後縮。驅動你行爲的是周圍人們的輿論、是外界的壓力、是你的幻覺、是那些已經融化在你血液中的官方的規定和限制。你被自己的挫敗感和被動性所誤導，以爲凡是你得不到的就是你心底裡嚮往的，就是值得你終生追求的。

孔林震呆了，半天說不出話來。然後他開始咒罵自己：傻瓜，你等了十八年，卻不知道你眞正想要什麼！十八年啊，你的青春、你最寶貴的年華，流走了，荒廢了，只等來了這一場該死的婚姻。你是個頭號大傻瓜！

你下一步該怎麼走呢？那個聲音問道。

他發出了一聲長長的歎息，根本不知道怎麼辦或者是否應該幹點什麼。淚水流在他的臉上，滴進了他的嘴角。他不時抬起手把眼淚擦乾。他耳朵凍得生疼，於是戴上皮帽子，放下了護耳。

一會兒，二十多歲時的吳曼娜的形象在他眼前出現了。她有一張活潑的臉，散發著燦爛的笑容。她的掌心上伏著一隻小青蛙，它的嘴一張一合的。幾隻天藍色的蜻蜓繞著她轉，翅膀振顫著發出沙沙的響聲。孔林伸出手剛要去摸青蛙的脊背，它縱身一躍，噗通跳進了一條茄子地邊上清澈的水溝裡。她轉過身看著他，眼睛裡流淌著善意和柔情，彷彿那裡面充滿了她急於要告訴他的祕密。暖風揚起了她的頭髮，露出了她雪白光滑的脖子。那時候的她和現在多麼不同啊！他意識到，長年的等待已經徹底改變了她——從一個惹人喜愛的年輕姑娘變成了無可救藥的潑婦。不管他現在如何討厭她，他明白她一直是愛他的。可能是這種單戀毀了她，也可能是她在長久無望的等待中所遭受的痛苦和消沉化解了她溫柔的本性、腐蝕了她的希望、摧殘了她的健康、毒化了她的心靈、把她逼上了死路。

那個聲音打斷了他的思路。沒錯，她是愛過你。難道不正是這場婚姻把她耗得油乾燈盡了嗎？

他竭力尋找著這個問題的答案。她是想有個家庭，生幾個孩子，不是嗎？她一定是從心底裡渴望得到人間的溫暖和情誼。哪怕是有人表現出一點點好感，她都會誤以爲是愛情。是的，她也是被蒙住了眼睛，看不清眞實的情形，總以爲我愛她。她不知道什麼樣的人才是眞正的戀人。

他的心開始痛起來。他已經看清楚自己這輩子從來沒有全身心地愛過一個女人，他永遠都是被愛的一方。這肯定就是他對於愛情和女人了解得少而又少的原因。換句話說，在感情上他一直沒有長大成熟。他能夠充滿激情地愛一個人的本性和能力還沒有發育就枯萎了。如果他一生中能夠從靈魂深處愛上一個女人該有多好，哪怕只有一回，哪怕這會令他心碎欲裂、令他神志不清、讓他終日像吃了迷魂藥、讓他整天以淚洗面、最後淹沒在絕望之中！

你究竟打算怎麼辦呢？那個聲音仍然不依不饒。

他根本想不出答案。作爲一個丈夫和父親，他覺得自己應該繼續承擔婚姻加在他身上的責任和義務。事到如今，他又能做什麼來減輕負疚感、來使自己相信他還是一個正派人？除了繼續忍受，他又能做什麼呢？

他連連歎氣。要是他還能有足夠的激情和活力，他可以重新學習如何全身心地去愛別人。他會開始新的生活。要是曼娜的身體還很健康，不是快要死的人，他也許會做點什麼。他太老了，沒有行動的勇氣了。他的心太累了，眼下只希望在他妻子去世之前，兩個兒子已經長大到能去托兒所。

山腳下，一男一女在大冷天裡沿著醫院後面的圍牆向東蹓躂。兩人都穿著軍裝，男的要比那個嬌小的女人高出一頭。女的時不時得緊跑幾步才能趕上他。孔林看著他們很眼熟，使勁想辨認出究竟是誰，卻還是看不清楚。他想起來，從去年開始，那條禁止兩個異性同志走出醫院圍牆外面的規定已經沒有人理會了。沒有哪個領導會再批評青年男女在大院外面成雙成對地散步。他還聽說有的護士甚至同住院病人一塊兒鑽進樹林子裡。但是不知爲什麼，對他和吳曼娜來說，周圍仍然有一道無形的牆圈住了他們。自從結婚以後，他們從來沒有到醫院外面散過步，吳曼娜仍然不會騎自行車。

過了一會兒，孔林站起來，用棉手套撣撣腿上的雪。他沒有去爬山頂，反而從半山腰轉回身，慢慢向山下走去。他的膝蓋發軟，腳下有些磕磕絆絆。左邊的樺樹林裡有幾隻山羊在咩咩叫著：鋪著雪的小路上攤著一溜牛糞，還在冒著熱氣。山坡上，一輛馬車在吃力地向山頂上爬，鐵板鑲邊的輪子軋在碎石和冰塊上嘎吱嘎吱地響。下面靠山根的地方，一小股冷風旋轉著，在冰封的小溪旁捲起一堆乾樹葉子，紛紛揚揚地刮向一大片農田，田裡布滿收割過後留下來的玉米茬。

二十分鐘後孔林回到了家裡。一推開門，他被一股濃烈的米醋味兒薰得差點吐出來。冬天他們常在屋裡灑點醋，爲的是殺死空氣中的感冒病毒。他一直挺喜歡酸甜的醋味兒，但是今天卻聞著格外厭惡。吳曼娜走過來，用軟和下來的口氣說，午飯在籠屜裡，正在爐子上騰著。她擀了點麵條，做的炸醬麵。他沒有去廚房，而是進了臥室，重重地躺在屋角的行軍床上，拉過一條毯子蓋住臉。他煩躁地翻著身，行軍床的彈簧吱吱嘎嘎地響著。

吳曼娜開始哭起來。好一會兒他眞不想去理她，害怕去安慰她可能會招得自己也一塊哭。但是過了一會兒他平靜下來，從行軍床上爬起來向她走過去。他挨著她坐下，用胳膊抱住她的肩頭，說，「曼娜，別哭了。你還沒哭夠啊，這對你身體不好。」他第一次感覺到她非常脆弱，好像她渾身的骨頭隨時都會散開。悲哀和同情又注滿了他的心。他親吻著她的臉頰。

她抬起眼睛，滿臉羞愧地說，「是我不好，不該發那麼大的脾氣。你能原諒我嗎？」

「還記著那點小事幹啥？我應該更細心才對。」

「說你原諒我。」

「也不都是你的錯兒。」

「我就要聽這句話！」

「我原諒你。」

「那你現在去吃飯。」

「我不餓。」

「你去吃嘛。」

「好，好，你說吃咱就吃。」他想微笑一下，但是臉上的肌肉好像不聽使喚。他趕忙扭過頭，怕吳曼娜看見他臉上古怪的表情。他站起來，向廚房走去。

## 12

「你為啥不逃跑?」孔林的腦海裡時常浮現出這個問題。

他情不自禁地在想像中設計著各種逃跑計劃——從銀行中取出僅有的九百元錢，趁天黑的時候去火車站，買張車票上車，在哪個沒人認識他的偏遠小鎮上用化名重新開始生活。他最理想是能當個圖書館的管理員。但是在他的心靈深處，他知道：一旦他拋棄了家庭去追求個人的幸福，他會被悔恨所壓倒。無論他走到哪裡，他的良心永遠不會安寧。

春節快到了，吳曼娜對他說，「年前你能不能抽功夫去看看淑玉?去看看她日子過得咋樣。」

「你咋會想起來讓我去看她?」他有些吃驚。

「我尋思著她一個人肯定怪悶的，除了華，身邊也沒個親人。再說，你就不想她們娘倆?」

「好吧，我去一趟。」

他先是想到吳曼娜讓他去看淑玉，可能是因為她身上的病使她明白了許多事理。或是因為她知道將來還要依靠孔華和淑玉來照料兩個兒子。他又一想，難道吳曼娜就不是一個孤獨的女人嗎?她是不是想用這個舉動表明，因為她有一個完整的家庭，所以不會像淑玉那樣感到寂寞？難道說我這個丈夫的角色有那麼重要，缺了我就不算正常的家庭？是不是所有結了婚的女人都這樣想呢？

從某種程度上，他很想知道淑玉的日子過得如何，雖然孔華跟他說過她的情況不錯。她經常在火柴廠的浴室洗熱水澡，坐骨神經疼的毛病已經好多了。但是女兒也告訴他，母親有時候會想念鵝莊的老家。淑玉常說，「『人挪活樹挪死』，俺就是棟老樹，不能挪地方。」她要孔華一定答應她，明年春天娘倆要回趟鵝莊，給孔林的父母掃墓。但是想家歸想家，她還是很喜歡城市裡的生活。

正月二十九這天，孔林在一個旅行袋裡裝了四條凍鯉魚和一捆蒜苗，這些都是醫院分給每戶的過節食品。他準備好了要到光輝火柴廠去。正要出門，吳曼娜從床上抬起身，兩眼盯著他。他戴上皮帽子，放下護耳繫在頷下，戴著皮手套的手握著孔雀牌自行車的扶手。這輛自行車是型，是他們結婚時唯一不要票的牌子。吳曼娜的眼睛睜得大大的，眼裡放著光，連眨都不眨。她彎下身親了親兒子大江。兩個孩子正在搖床裡睡覺。

「騎車小心點。」她對孔林說。

「我會的。」

「早點回來。我給你等著門。」

「放心吧，我回來吃晚飯。」

現在是下午四點半，城裡的交通正是高峰。陰雲和煙霧使得天空灰濛濛的。孔林騎車走在長春街上，街道兩旁那些兩三層的樓房裡都一盞一盞地亮起燈。他要去的是城市的西頭。路邊頂上的紅圈瓦和瓦上的冰雪在暮色中變得模糊不清。路面的積雪被馬車和汽車壓得結結實實，很滑。孔林告誡自己不要騎得太快。一個星期前，一個女孩子就在這條馬路上騎車時被一輛卡車輾死。

他到達工廠的時候已經黑了。所有房子的燈都亮了。他很容易就找到了第十二單元。這是廠裡最近分給孔華的屋子，正好在一棟宿舍房的中央。他聽見女兒在屋裡哼著歌，想要敲門，但手又縮了回去。他聽不出來她在唱什麼，也許是一支舞曲。

天上下起了小雪。火柴廠南邊的一個大煙囪上裝了一個高音喇叭，剛剛放完了「東方紅」的音樂，開始播送晚間新聞。廠區外面的幾幢居民樓上傳來零零星星的鞭炮聲，那些人家在陽台上提前慶祝春節。

孔林還在猶豫是不是要進去。他站在窗戶旁邊，窗玻璃已經快被霜花蓋滿了。他彎下腰，閉起一雙眼，從一塊沒結霜的地方望進去。屋裡，淑玉圍著一條白圍裙，穿一件水綠色的棉襖，看起來健康快樂。母女倆正在做年糕。在一個揉麵的大缽上架著一個圓形的竹箅子，箅子上擺著三行年糕。孔華在用擀麵杖擀開一團黏麵，她的母親用一個小勺在粘麵上攤開紅豆沙餡。淑玉看起來年輕了，有了點城裡人的樣子。孔林覺著她簡直像一個專業廚師。他莫名其妙地被眼前平靜的情景攫住了，喉頭有些發緊。他直起身，四周看了看，發現另一座宿舍房有幾扇窗戶外面掛著幾個白布口袋，裡面一定是裝滿了凍餃子和年糕。他記得在他們老家鄉下，每到舊歷年底，家家戶戶都要做幾千個餃子和年糕，放在倉房裡凍起來，這樣從三十晚上直到初六這幾天，家裡不用動太多灶火。冬天是農閒的日子，人們有更多的時間輕鬆娛樂。許多男人每天就是賭博耍錢，喝得醉醺醺的。

他應該進去嗎？他想起幾個月前，一位離休老幹部就是在和以前的家庭團聚的時候死於中風。這個老革命是在一九四三年秋天從家鄉跑出來，參加了抗聯隊伍。全國解放時，他已經在哈爾濱當上了一個中級幹部，和農村的老婆離了婚。四十年後，他離休了，忽然想起要回老家看看。到了故鄉，他發現以前的妻子還在等著他，四個兒女也已經成了家。三世同堂大小十六口人一塊吃著團圓飯，老人百感交集，當場就中風倒在飯桌旁，兩天以後死去。

現在，站在這個單元房子的外面，孔林害怕進去以後控制不住自己的感情。他把旅行袋放在門口擺著的蜂窩煤上，剛要轉身離去，旅行袋落到了地上。掛在煤塊上方的一大捆凍蔥也一齊掉了下來。

「誰？」孔華在屋裡喊。

門開了。「爸！快進來。」她轉身向屋裡喊，「娘，我爸來了。」

淑玉也出來了，擦著兩隻粘著麵的手。「別站在雪地裡，快進屋。」她臉上笑開了花，好像他剛出遠門回來。

孔林鎖上車，進了屋。屋裡很暖和，他的眼鏡立刻蒙上一層霧。他摘下帽子和眼鏡，用拇指和食指擦著鏡片。

淑玉和孔華都催著他趕緊上炕。屋裡的炕很光潔，燒得滾熱。他脫掉大頭鞋爬了上去。他盤著腿，脫了外衣，又拉過條薄薄的被子蓋住腿。剛坐穩，淑玉就端來一大缸子釅釅的紅茶，放在他身前的炕桌上。她說，「快喝了暖和暖和。這天兒冷得邪乎。」

坐在暖炕上讓他感到十分舒服。他多麼想躺下來，烤烤腰背。他已經疲憊不堪。他喝著熱茶，聽著淑玉和女兒在廚房裡邊嘮嗑邊做飯，一種在自己家的溫暖感動得他直想哭。

他心裡的親情溢得滿滿的，呼吸也變得粗重起來。他打量著周圍，發現牆上貼著四張年畫，和他們在鵝莊老屋裡的年畫很相似，每張畫上至少都有一個胖小子和兩只肥大的仙桃。他意識到淑玉和孔華沒有他也過得挺好。想到這兒，他心裡湧上一股悲哀，覺得自己簡直是個沒用的廢人。「我是個多餘的人吶。」他喃喃地說。這是他很多年前從一本俄國小說中讀到的名句，現在他也忘記作者是誰了。

他試著回想這些年來過的節日，竟然發現腦子裡一片空白——過每個節日都和過以前的節日差不多。事實上，自從他少年時離開鵝莊以後，他從來就沒有度過一個快活的春節。他的思緒又從節日轉到了愛情，這使他更加困惑，因爲他從來也沒有和一個他全心熱戀的女人待上過一天——沒有，在他的生活中根本就沒有這樣一個女人，這種感情對他來說完全是陌生的。但是，現在有一件情他非常確定：在愛情和安寧這兩者中，他寧肯選擇後者。他嚮往一個舒心的家庭。世上有什麼地方能夠比這樣的家更美呢——你可以舒舒服服地坐著，看看書，吃上一頓可口的飯菜，睡一個不會被打擾的覺。他在心底裡知道，這只是一廂情願的幻想，因爲很快他就要回到另一個家裡去，回到吳曼娜和兩個雙胞胎兒子的身邊。他閉上了眼睛想，你把你自己的生活攪得一團糟，也不讓別人安生地過日子！

晚飯好了。孔華在炕桌上擺上一盤白菜拌粉條、一盤燉子雞、一小籃炸年糕。桌子中央放了一個沙鍋，裡面是酸菜熬白肉和小蝦米。淑玉打開一瓶白酒，給孔林倒了一滿杯，告訴他，「二驢進城的時候，本生讓他給你捎了這瓶酒。」

「二驢啥時候來的？」

「上個禮拜。他和他兒子韓東是來買一輛二手的卡車。他可有錢了，現在想做拉腳的買賣了。」

「本生咋樣？」

「還行吧。二驢說他對你可眼氣了。」

「你兄弟嫉妒我？」

「是啊。本生說了，『好事兒咋都叫孔林攤上了呢？我從來沒像他那麼有福。他大學也上了，幹部當著，還有仨孩子。』」

「他幹啥說這話？他那個雜貨鋪子不是賺了不少錢嗎？」

「這個俺不知道。二驢說，本生聽說你養了兩個小子，氣得直哭。他可從來沒這麼眼氣過。」

孔林抬起頭，仰望著傾斜的天棚，心裡說，各人愁苦各人知啊！他轉向女兒，「華，再去拿兩個杯子。」

「爸，咱家只有一個酒杯。」但她還是起身到廚房去了。

「你聽著，咱家還有好事兒呢。」淑玉說。

「啥事兒？」

「華的男朋友，就是那個馮金，快從海軍裡復員了。他也要到木基來，想在這兒找個工作。這孩子想跟華把親事定下。她爹，用不了幾年，咱就能抱上外孫了。咱老孔家的人丁可就更旺了。」

「娘，說這幹啥？」孔華從廚房回來了，手裡拿著兩個小碗。

淑玉的話說得孔林悲喜交集，想笑又想哭。他閉上眼睛停了一會兒，然後把酒倒進小碗裡，說，「來，咱們應該為這個家的團圓乾一杯。」

「爸，您過年好！」孔華對他說。

他們手裡的酒杯和碗碰在一起，都喝了一口酒。淑玉對他說，「她爹，嚐塊年糕，今年的年糕做得特別脆。」她又用筷子把一條雞腿搛到他碗裡。

他吃著飯，想起來這是他第一次和淑玉、孔華一道過年。雖然現在離初一還有兩天，也可以算是提前過年了。每年冬天他都待在醫院裡，只有夏天才回到鵝莊老家。回憶往事讓他難過。不知怎地，他希望淑玉和孔華能夠恨他，不讓他進門。那樣會讓他心裡好受些，至少會減少他對她們的依戀。她們對他越好，他心裡就越承受不了。

他一杯接一杯地喝著，好像要有意痲痺自己的頭腦，忘掉過去的事情。

「爸，別喝得太多。您會醉的。」他女兒說。

淑玉瞪著孔華，彷彿在說：要你多嘴！

「我沒——沒事兒。」他說，又舉起了手裡的酒杯。

他很快就控制不住自己的感情了。他覺得自己是個可憐蟲，急於想對她們表白心跡，但是，他的舌頭已經不聽使喚了。

他一把抓住淑玉的手，一把鼻涕一把眼淚地說，「淑玉啊，我可沒想著要傷害你啊。你——你能原諒我嗎？」

「行啊。」

「我是個壞——壞人，淑玉呀，你明白嗎。」

「不，你是個好人。」

「噢——我可不想作啥好人。我只想作個正常人。」

「行啊，那咱就作個正常人。」此刻，淑玉也是淚流滿面，因爲這是他頭一次對她說這樣親切的話。

「別——別哭，淑玉。」他笨拙地安慰著。他的視線竟然有些模糊，好像看到吳曼娜和兩個兒子也在他眼前哭著。他揉揉眼睛，他們消失了。

「她爹，俺真高興，你總算回家來了。」淑玉說，看了他們的女兒一眼。孔華一會兒看看父親，一會兒又看看母親。淑玉認定，孔林現在是露了真情。男人酒後吐真言吶。

「唉，我算是傻到家了。」他轉向女兒。「華，你知道嗎，曼娜活不了多久了。她快要死了。唉——照說呢，她也不是個壞女人，但是她的心臟不爭氣啊。」

「爸，快別說了！」

「好吧，好吧，我閉嘴。」他用一隻胳膊摟住了淑玉，另一雙手摸摸她的臉，問，「淑玉啊，是你嗎？」

「是，是俺，你的老婆淑玉。」

「淑玉，你會等著我嗎？我很快就會回到你這兒來。咱們還——還是一家人，對不？別撇下我。曼娜活不過一兩年了。唉，只是，我那雙胞胎的兒子該咋——咋整啊？」

「她爹，說這幹啥？你不用操這個心。」

「你會幫我嗎？」

「行啊，俺和華都會幫你，俺起誓。別難過了，嗯？」她轉身對女兒命令道，「去拿碗醋來，快點。你爹真醉了。」

他還在說著，「淑玉啊，我難過啊。我這心裡堵得慌，都要爆了。這鬼日子我是一天也過不下去了。」

她們讓他喝下一碗兌了水的醋。他倒在熱炕頭上，很快就扯起了時斷時續的呼嚕。淑玉給他蓋上一床薄被子，對孔華說，「去給醫院打個電話，告訴那個女人，你爹喝得太多了，今晚回不去了。」

孔華繫上頭巾，衝進了紛紛飄落的雪中。她跑向廠門口的傳達室，那裡有一台電話。孔林和淑玉娘倆一塊兒吃了早飯，騎車回到了醫院。頭天晚上喝醉了酒，現在他的腳步仍然有些發飄。吳曼娜看到他回來，立刻鬆了一口氣，說，「你應該自己注意，別喝那麼多。你已經不是年輕人了。」

「對不起。」他把旅行袋放到桌子上，裡面裝滿了榛子和栗子。

「我昨晚只睡了兩個鐘頭。眞把人急死了！」她說。

「我也沒想待下。我把魚和蒜苗給她們放在了門口，剛要走就被華瞅見了。」

「她們娘倆咋樣？」

「不錯，比在村裡強。」

「那就好。」

兩個嬰兒還在睡覺，孔林和吳曼娜開始做些過年的準備。她在鍋裡燉了豬腳和母雞，想做點肉凍。孔林把燒水的水壺拿到屋子前的水龍頭下，他要把壺面擦洗一下，清除掉壺裡的水垢。煮肉的鋁鍋在爐子上開著，吳曼娜把炒熟的花生和雜拌兒糖放進兩個餅乾桶裡，這樣明天一早同事和朋友來拜年的時候，就可以拿出來招待人家。

剛吃過午飯，孔華就來了。她看起來非常愉快，眼睛裡滿是笑意。孔林和吳曼娜在清掃房間，她就照看兩個弟弟。她哼小曲給他們聽，給他們講大灰狼和兩隻小白兔的故事，好像他們能聽懂她的話。屋子裡充溢著嬰兒的哇哇亂叫和笑聲。孔華用紅紙剪出一隻挺著胸脯的公雞和一隻神氣十足的大貓。她把剪紙在嬰兒的眼前晃來晃去，然後貼在兩扇窗玻璃上。吳曼娜看著這兩張剪紙很高興，它們紅紅的貼在窗戶上，給這個家裡帶來了節日的喜慶。特別是街上的行人老遠就能看到。

孔林舉著一把綁在竹竿上的掃帚，正在打掃天棚上的蜘蛛網。等他從孔華的身邊走過的時候，女兒拍拍父親的膝蓋。她看到吳曼娜正在屋子前面抖落麵口袋，就對父親說，「爸，我娘在家裡高興壞了。她說她會等著您。」

他突然想起了自己昨天晚上在飯桌上的胡言亂語。他非常尷尬地問女兒，「我昨晚出了不少洋相，對不？」

「沒有，沒有。我們眞高興您能來家。您應該看到我娘的樣子——她今天像換了一個人。她還說，等開了春兒，她要來看看他們。」她用手指了指搖床裡的雙胞胎。

一股難言的悲傷湧上了孔林的心頭。他沉思了一會兒，然後說，「華，你媽老了，你將來能照顧她嗎？」

「爸，瞧您說的。當然會了。」她微笑著。

「告訴她不要等我了。我是個沒用的人，不值得等。」

「爸，您這是何苦呢？我們都會等著您的。」

他感到胸口一陣發緊，趕快轉身去清掃廚房的天棚。他仰著臉，瞇著眼睛小心地掃著，強忍住湧上來的淚水。他心裡又難過又感動。屋子外邊，吳曼娜快活地對路過的人說著「過年好」。她的問候透著喜悅，孔林聽出來她的聲音裡仍然富有活力。

推薦

# 致哈金的「等待」

黃春明

一部或是一篇文學作品，尤其是小說，如果能夠符合老少咸宜，雅俗共賞，讓讀者感動之外，還產生一種說不出的美感，要是能達到這樣的標準，幾乎就是經典之作。

簡單的說，《等待》整篇小說，它兼具視覺性和聽覺性，在每一個片段的小說場域裡，作者把背景和人物的活動，簡潔地刻畫得那麼細膩而生動。當作者在敘述一個場景的時候，有如電影的鏡頭，有全景、中景、近景之外還有特寫，人物的動態也不例外，幾乎是直接呈現在讀者眼前，像是讀者自己看到的。至於整篇小說聽覺的過人之處，不在於音響效果的擬似聲響，而是統篇的人物對話。小說的寫作技巧上，對話的語言，要寫到說話的人，貼切地恰如其份，又能掌握到當時的情景和情緒，那絕對不是學院派書讀得多的人就能辦得到的。唯有生活面廣，觀察力敏銳的作家才能呈現出來。在小說裡，描寫廣大的群眾尤其困難，勞動人民並不容易掌握。

更可貴的是，具有上述的小說條件之餘，不識字的人，把這部小說讀給他聽，他一樣會感動和欣賞。嚴格來說，小說是用文字把敘述故事的語言抄錄下來而已。中國的文字從殷商甲骨文算起，至今也不過三千八百年，在那之前、萬年以上就有語言了。有了語言神話故事也延伸下來，乃至於插科打諢的笑也傳下來了。

我的意思是說，哈金的小說具有群眾性的感染力，也就能成爲社會大眾素養的教材。

最後，向哈金先生致敬。

導讀

# 一場荒謬的悲喜劇

馮品佳

世界文學裡以等待爲主題最著名的戲劇作品應該是貝克特（Samuel Beckett）的《等待果陀》（Waiting for Godot）；而哈金的《等待》（Waiting, 1999）則無疑是以書寫等待最爲著稱的小說文本。貝克特透過角色無止無盡地等待著果陀道出生命的荒謬；哈金的角色也陷入同樣的存在困境，在等待幸福來到的期望與失望之輪迴中打轉。

不同於《等待果陀》抽象的背景，《等待》是一本相當寫實的小說。批評家也稱許英美文學學院出身的哈金在後現代主義盛行之際依然堅持寫實文學的路線。哈金在小說中從不同角色的內心世界到外在景色與社會風態，以細緻的手法呈現一個改變中的社會與在其中求生求存的小人物們所面臨的挑戰。小說有如十九世紀盛行的三部頭小說（three-volume novel），以三段式敘事。除了序曲發生在關鍵性的一九八三年之外，其他三部分順時性地敘述了主角孔林從一九六三年到一九七〇年、一九七二年到一九八四年、以及一九八四年之後的數年時光，除了讓我們跟隨主角經歷他們的人生之外，中國大陸近三十年的變化則爲小說提供了重要的社會背景。値得一提的是中文譯本的翻譯手法，純然是中國方言俚語的組合，更加強化了小說的道地性與寫實性，讀來甚至有如中文創作的原著。

序曲中常年居住在木基市的孔林返回故鄉鵝莊與分居多年的妻子劉淑玉打離婚官司，但是依然無功而返。第三人稱的敘事者告訴我們在這對夫妻二十年的婚姻裡，孔林有十七年每年嘗試著與妻子離異，以便迎娶苦苦等待他的女友吳曼娜。婚外情的三角關係在所謂的民主國家有各種可能的解決方式。但是在文化大革命陰影籠罩之下的中國大陸，由於社會教條化以及種種外在政治氛圍的制約，孔林與曼娜只能遵照無理可言的規定苦等十八年，從熱血青年變成身心俱疲的中年，甚至導致曼娜受到嚴重的身心創傷，直到晉身銀髮族群之際才得以結爲連理。但小說並未就此打住，而繼續進入第三部，記述了孔林與曼娜苦戀修成正果之後、童話故事的結局以外的生命故事，以及最終孔林如何又開啓了另一個等待的迴路。

相對於外在的寫實，小說更著重再現不同角色的內在意識，除了使用大量的內心獨白，也運用了夢境反應他們的各種掙扎。小說主要的敘事觀點來自於孔林，間或摻雜著曼娜的心聲，詳細紀錄這對陷入不倫苦戀的男女情感旅程之起起伏伏。而孔林與曼娜的夢境，更是飽含佛洛伊德式的寓意，爲讀者打開解析主角們潛藏意識的視窗。

例如在第一部孔林與曼娜感情曖昧不明，曼娜主動出擊，相約觀賞京劇時以手指撩撥孔林，當夜孔林夢見與醫院女同事共組家庭，短短一段夢境的敘述，盡是妻賢子孝、往來無白丁的小資情景，與序曲中鵝莊老家的境況形成強烈對比。這個「半睡半醒」之際所做之夢，間接告訴我們孔林高度自我壓抑之下的夢想，他半推半就婚外情實際上源自對於這種都會資本主義專業人員生活方式的嚮往。這個理想家庭的夢想在第三部逐漸崩解，小說尾聲孔林與曼娜大吵一架，孔林的小資家庭夢完全破滅，卻刺激他誠實面對自己，了解自己是個情感成長早衰之人，從未全心愛人，也「永遠都是被愛的一方」。透過清醒時內心意識流轉與睡夢中的潛意識交錯呼應，哈金塑造出飽滿而具有深度的人物，爲小說編織出豐富的內心世界。

在《等待》的尾聲每個角色依然在等待著自己想像的幸福到來，如同《等待果陀》一般透著奇異卻又熟悉的荒謬感。貝克特稱《等待果陀》是一齣「悲喜劇」（tragicomedy）；以悲喜劇用以形容《等待》中描繪的人生百態也極其貼切。外在的時間流變與男女主角延宕的人生形成對比，也更加突顯等待的無奈與荒謬。面對不斷重複的命運，卻無力也無心改變，這是孔林的悲劇，卻又相當寫實地描繪出人性脆弱的一面。試問在我們自己的生命過程中誰沒有經歷類似的惰性？有多少人會選擇脫離經常因循的軌道而尋求突破？哈金顯然也洞悉這人性的弱點，對於孔林顯然是手下留情，沒有強烈地諷刺這個處處示弱的主角，反而在種種啼笑皆非的情境中滲入淡淡的哀傷，眞實地反映了人生的複雜。人生最大的悲劇其實是面對無常的生命依然害怕改變，而我們每個人都或多或少身陷於相同的困境。這種對於生命的洞見，或許就是哈金的《等待》能夠超越國界，成爲膾炙人口的世界文學傑作最重要的原因。

# 閱讀指南

1.有些讀者認爲《等待》是個政治寓言，其中有許多情節與角色的確充滿寓言性的色彩，除了主角孔林與曼娜之外，蘇然、魏副政委、楊庚、劉本生等等次要角色是否符合這樣的閱讀方式呢？除了政治性的閱讀，我們又能如何詮釋這些角色在小說中的功能？

2.《等待》大部分的觀點來自於孔林的想法。但是等待的不只是孔林一人，還有曼娜乃至於淑玉。小說中我們可以聽到曼娜的某些心聲，但是對於淑玉幾乎沒有太多的了解。請嘗試著從性別的角度來詮釋這本小說。小說的三角關係中最値得讀者認同或同情的角色是哪一位呢？哈金在小說中是如何塑造女性角色呢？

3.《等待》是哈金的成名之作，獲得了一九九九年美國國家書卷獎以及二〇〇〇年福克納獎的肯定。然而《等待》的內容完全是關於一九六〇年代到一九八〇年代的中國大陸之變動。爲什麼這本作品可以受到美國出版界與學界認可是一本出色的美國小說呢？中文譯本的讀者會認爲這是一本美國小說嗎？

大師名作坊141

# 等待（十五周年紀念新版）


作　　者—哈　金
譯　　者—金　亮
主　　編—嘉世強
美術設計—空白地區
責任企劃—張燕宜
董 事 長—趙政岷
出 版 者—時報文化出版企業股份有限公司
108019台北市和平西路三段二四〇號三樓
發行專線—（〇二）二三〇六—六八四二
讀者服務專線—〇八〇〇—二三一—七〇五
（〇二）二三〇四—七一〇三
讀者服務傳真—（〇二）二三〇四—六八五八
郵撥—一九三四四七二四時報文化出版公司
信箱—10899台北華江橋郵局第九九信箱
時報悅讀網—http://www.readingtimes.com.tw
電子郵件信箱—liter@readingtimes.com.tw
法律顧問—理律法律事務所　陳長文律師、李念祖律師
印　　刷—勁達印刷有限公司
初版一刷—二〇一五年一月三十日
初版四刷—二〇二四年九月十二日
定　　價—新台幣三八〇元
（缺頁或破損的書，請寄回更換）


時報文化出版公司成立於一九七五年，
並於一九九九年股票上櫃公開發行，於二〇〇八年脫離中時集團
非屬旺中，以「尊重智慧與創意的文化事業」為信念。


等待 / 哈金著；金亮譯. -- 修訂初版. -- 臺北市：時報文化, 2015.01
面；　公分. --（大師名作坊；AAA0141）
譯自：Waiting
ISBN 978-957-13-6187-1（平裝）

874.57　　104000551





ISBN 978-957-13-6187-1
Printed in Taiwan